Fredrika Gers ist gebürtige Hamburgerin und schreibt, seit sie schreiben kann. Sie lernte Bankkauffrau und arbeitete als Schiffsmaklerin. Folgerichtig ging sie anschließend in die Werbung und textete für namhafte Agenturen in Hamburg, Düsseldorf, Frankfurt und München. Nebenher verfasste sie journalistische Beiträge und Romane. Der großen Liebe wegen zog sie im neuen Jahrtausend ins Berchtesgadener Land. Dort entdeckte sie ihre zweite große Liebe: die Berge. Und schon bald entstand die Idee zu einem Berchtesgaden-Krimi. Im Rowohlt Taschenbuch Verlag erschienen bereits «Die Holzhammer-Methode» und «Teufelshorn».

«Gers' launiger Alpenkrimi liefert ein liebevoll ironisches Porträt der Region.» (Hörzu)

«Ein lustiger Krimi mit viel alpinem Lokalkolorit, spannend dazu.» (NDR 90,3)

«Der lockere und angenehm lesbare Schreibstil lässt den Leser in der Welt der Berchtesgadener rund um Franz Holzhammer und Psychologin Christine versinken und mitfiebern.» (Buch-Magazin)

«Franz Holzhammer ist ‹der Neue› unter den bayerischen Ermittlern und gleich ein Volltreffer.» (Bayern 3)

Fredrika Gers

GUT GETROFFEN

Holzhammer ermittelt

Ein Alpen-Krimi

Rowohlt Taschenbuch Verlag

3. Auflage November 2016

Originalausgabe
Veröffentlicht im Rowohlt Taschenbuch Verlag,
Reinbek bei Hamburg, November 2014

Umschlaggestaltung yellowfarm gmbh, Stefanie Freischem
Umschlagabbildungen by-studio-Fotolia.com; mauritius images / Peter Lehner; mauritius images / Alamy; Pitamaha / shutterstock.com
Satz Arno Pro, InDesign,
bei Pinkuin Satz und Datentechnik, Berlin
Druck und Bindung CPI books GmbH, Leck, Germany
ISBN 978 3 499 26850 2

Bei den vorigen Bänden brauchte es den Hinweis nicht, aber diesmal möchte ich es doch betonen: Die Handlung ist frei erfunden. Insbesondere hat das Mordopfer kein reales Vorbild bei uns im Talkessel, denn von den hiesigen Orthopäden lässt sich nur das Beste sagen.

Prolog

24. Dezember, 14.57 Uhr.

Einhundertsechsundzwanzig Männer mit altertümlichen Handfeuerwaffen standen in einer auseinandergezogenen Kette auf dem flachen, langgestreckten Hügel namens Bodnerbi. Sie trugen lange Lederhosen, blaugraue Joppen und auf dem Kopf entweder den schmalen Schützenhut ohne Krempe oder die bequemere und wärmere Zipfelhaube. Ganz links, in der Nähe des Glühweinstands, hatte der Kanonier Aufstellung genommen.

Hinter den Schützen erhob sich majestätisch der Jenner über Berchtesgaden. Die Seilbahnstützen zogen sich als beleuchtetes Band von der Talstation bis zum Gipfel. Diese Beleuchtung sollte Romantik verbreiten, und das klappte gut. Auch Christine sah abends gern vom Wohnzimmerfenster zu den Lichtern hinüber. Schon Wochen zuvor hatten die neu angeschafften Schneekanonen auf Vorrat weiße Pracht produziert. Und vor einer Woche waren nun endlich die Skipisten eröffnet worden.

Das Christkindlanschießen hingegen war ein uralter Brauch und wurde heute noch so ausgeübt wie vor hundert Jahren. Mit dem Anschießen war nicht gemeint, dass man das Christkind vom Himmel holen wollte. Der Lärm sollte ihm nur den Weg nach Berchtesgaden zeigen. Christine fand das nicht ganz logisch, denn auf der anderen Seite hieß es im Weihnachtslied ja: «Still, still, weil's Kindlein schlafen will.» Und dann kamen die Berchtesgadener und feuerten überall im Talkessel ihre alten Vorderlader ab. Die unförmigen Waffen hießen Böller, was darauf hinwies, dass ihr einziger Zweck darin bestand, Krach zu machen. Da schlief garantiert kein Kind mehr. Und auch keine Gams, kein Steinbock, kein Adler und kein Schneehuhn. Nur die Murmeltiere, tief in ihren Höhlen, deren Eingänge sie sicherheitshalber mit Lehm verstopft hatten, konnten in diesen Tagen durchschlafen. Christine fand diese jährliche Lärmbelästigung für die Tierwelt keineswegs bedenklich. Die Viecher erlebten das seit Hunderten von Jahren: Es musste zu den Dingen gehören, die die Jungen von den Alten lernten. Sie stellte sich vor, wie die älteren Gämsen ihre Kitze aufklärten: «Das machen die Menschen jedes Jahr um diese Zeit. Keine Sorge, es gilt nicht uns. Friss weiter.»

Die Sonne war bereits hinter dem Watzmann im Rücken der Zuschauer verschwunden. Sie bildeten vor dem Absperrband eine Kette, die genauso lang war wie die der Schützen, jedoch viel dichter. Traut vereint standen Einheimische und Feriengäste am Fuße des flachen Hügels den Schützen gegenüber. Obwohl nicht scharf geschossen wurde, empfahl es sich, einen gewissen Abstand einzuhalten. Zwar war es seit einigen Jahren verboten, aber noch immer noch klopften viele nach dem Einfüllen des Schwarzpulvers einen grob zugeschnitzten Holzpfropf vorn in den Lauf ihres Böllers. Denn das ergab einen schöneren Wumms.

Christine und Matthias standen fast in der Mitte der Kette. Sie fröstelten etwas, denn der Schnee unter den Füßen der vielen Menschen verwandelte sich zunehmend in Matsch und drang in ihre Schuhe. Auf dem Hinweg hatte Matthias ihr gerade erzählt, wie er früher zusammen mit seinem Vater selbst geschossen hatte. Sie hatten immer an der gleichen Stelle gestanden, gleich vor dem kleinen Gebüsch. Gar nicht einfach sei es gewesen, rechtzeitig mit dem Nachladen fertig zu sein. Vor allem, wenn es sehr kalt war, wollten die klammen Finger nicht so recht. Inzwischen schoss Matthias nicht mehr, immerhin war er jetzt Buddhist. Trotzdem hing die Urkunde für seine zwanzigjährige Mitgliedschaft bei den Schönauer Weihnachtsschützen immer noch in der Küche über der Eckbank.

Christine versuchte, die Schützen zu zählen. Sie wusste, dass viele Zuschauer das machten. Das galt besonders für die Einheimischen, die stolz waren, dass immer noch so viele der Ihren diese Tradition fortleben ließen. Und ein bisschen fühlte sie sich ja auch schon als Einheimische. Beim ersten Zählen kam sie auf einhundertvierundzwanzig, beim zweiten auf einhundertsiebenundzwanzig.

Der Schützenmeister stand knapp hinter der langen Reihe. Schon drang sein erstes Kommando zu den Zuschauern herüber: «Mach ma a Salve! Schützen – auf – Feuer!»

Einhundertsechsundzwanzig Vorderlader wurden senkrecht in die Luft gereckt und abgefeuert. Einer hatte allerdings Ladehemmung. Der Rauch vom Schwarzpulver mischte sich mit dem feuchten Nebel, der über der Wiese stand. Mehrfach rollte das Echo zwischen Hohem Göll, Untersberg und Watzmann hin und her. Auch aus den Nachbargemeinden hörte man das Schießen.

Die Schützen luden gleich nach. Man hörte allgemeines Klopfen, denn das Schwarzpulver musste im Lauf komprimiert werden. Die meisten hatten ihre Utensilien – Schwarzpulver, Zündhütchen, Hammer, Ladestock, Flachmann – in einem stilechten altmodischen Leinenrucksack dabei.

Der Schützenmeister sprach jetzt etwas leiser mit den Schützen. Christine konnte nichts verstehen, aber Matthias kannte die Sprüche: «Der wird jetzt fragen ‹seid's fertig?›. Und wenn welche ‹nein› sagen, dann kommt ‹macht's zua, mir san hier ned in da Kirch›.»

Christine grinste. Beten und spotten ging gut zusammen in Berchtesgaden.

Dann ertönte wieder ein lautes Kommando: «Dea ma ummi schiaß'n – erster ofanga.»

Christine freute sich über die unmilitärische Art und Weise, in der die Befehle gegeben wurden. Beim «ummi schiaß'n» wurden die Waffen einzeln abgefeuert. Erst wenn das Echo des vorigen Schusses zurückkam, zog der Nächste den Abzug durch. Der Schütze ganz rechts begann, und den Schlusspunkt setzte die Kanone beim Glühweinstand.

«Danach ist bestimmt Schnellfeuer dran», sagte Matthias zu Christine. Einen gewissen Heimatstolz konnte er dabei nicht verbergen. Beim Schnellfeuer schossen die Schützen einzeln wie beim «ummi schiaß'n», aber blitzschnell hintereinander. Schnellfeuer gab es zwar auch bei den anderen Weihnachtsschützenvereinen im Talkessel, aber nur die Schönauer waren in der Lage, gleich mehrere Runden nonstop zu absolvieren. Das funktionierte nämlich nur bei über hundert Schützen, sonst reichte die Zeit nicht zum Nachladen. Und selbst in der Schönau kam es vor, dass ein Schütze nicht ganz fertig wurde. Dann gab er seinem Nebenmann einen Wink, gleich weiterzumachen.

Matthias hatte recht gehabt. Die dumpfen Böllerschüsse ertönten jetzt unmittelbar hintereinander, sodass die Echos sich zu einem anschwellenden Donnern mischten, welches das ganze Tal erfüllte und sicher hinauf bis ins Steinerne Meer und weiter bis nach Bischofswiesen zu hören war. Der Qualm wurde dichter, schweflige Rauchschwaden zogen über die Zuschauer hinweg. Die meisten Schützen waren nur noch schemenhaft zu erkennen, die entfernteren sah man gar nicht mehr. Nur die Mündungsfeuer leuchteten gelbrot über den Köpfen auf. Sobald die Kanone gefeuert hatte, fing der erste Schütze ganz rechts wieder an.

Die dritte Runde war gerade bis zur Mitte gekommen, als es geschah: Genau während seines Schusses, die Waffe in der erhobenen Hand, fiel plötzlich ein Schütze vornüber in den Schnee.

Das Schießen hörte auf. In der Schützenreihe war plötzlich eine Lücke. Die Nebenmänner stürzten zu ihrem reglos daliegenden Kameraden, knieten sich in den von Schwarzpulver grauen Schnee.

Christine war schon unter dem Absperrband hindurch. «Ruf die Rettung!», rief sie Matthias über die Schulter zu. So schnell es im sulzigen Schnee eben ging, hetzte sie den Hügel hinauf.

«Ich bin Ärztin», stieß sie oben ganz außer Atem hervor. Die Umstehenden machten Platz und gaben den Blick frei.

Ein Weihnachtsschütze lag bewegungslos am Boden, das Gesicht im Schnee. Neben ihm knieten einige Kameraden. Immer mehr von ihnen kamen von beiden Seiten heran. Christine hockte sich neben den Liegenden und fühlte seinen Puls an der Halsschlagader. Nichts. Dann sah sie am linken Schulterblatt das Loch in seiner Joppe. Sie drehte den Mann um und suchte nach Lebenszeichen. Nichts. Erst jetzt erkannte sie ihn und erschrak. Es handelte sich um den Orthopäden Heimito

Waberer, im weiteren Sinne also um einen Kollegen. Aber das war nicht der Punkt. Der Punkt war, dass ihr Lieblingspolizist sich die Schuld daran geben würde.

Eigentlich fing alles schon am 5. an

Hauptwachtmeister Franz Holzhammer stand am Glühweinstand auf dem Weihnachtsschützenplatz, vor sich ein Spezi. Dieses erstaunliche Schauspiel bekam man nur einmal im Jahr zu sehen, und zwar am fünften Dezember. Im schönen Bayern, dessen Ministerpräsident schon mal verkündete, man könne auch nach zwei Maß Bier noch prima Auto fahren, brauchte ein Polizist es normalerweise mit dem Alkohol nicht so genau zu nehmen. Doch die zahllosen Touristen, die sich heute hier drängten, waren nicht gekommen, um einen abstinenten bayerischen Hauptwachtmeister zu sehen. Vielmehr freuten sie sich darauf, von Berchtesgadener Buttnmandln erschreckt, mit Kohle bemalt und mit Haselruten geschlagen zu werden – oder zumindest zu fotografieren, wie anderen dies geschah. Manch einer war extra aus Japan angereist, um die wilden Gesellen zu sehen, die im Berchtesgadener Talkessel den Nikolaus begleiteten.

Für die Touristen dauerte das Spektakel nur zwei Tage, doch im Talkessel beherrschte es seit Monaten das Denken, Tun und Treiben. Buttnmandllaufen war wichtiger als Weihnachten, sogar fast wichtiger als Skifahren. Ein Jugendfreund von Holzhammer hatte sogar seine Hochzeit verschoben, um noch ein letztes Mal mitlaufen zu dürfen.

Obwohl das Treiben überall im Talkessel stattfand, konzentrierten die Zuschauermassen sich grundsätzlich in der Fußgängerzone, also genau dort, wo der Platz sowieso begrenzt war und durch die Stände des Christkindlmarkts noch weiter eingeschränkt wurde.

Heute würde es noch enger werden als morgen, denn am ersten Tag mischten traditionell auch noch die Gebirgsjäger der Bundeswehr mit. Ihre Route war jedes Jahr die gleiche: Sie zogen die Maximilianstraße hinunter, bogen nach links in die Fußgängerzone ein, überquerten den Weihnachtsschützenplatz und schlängelten sich zwischen den Ständen des Christkindlmarkts hindurch bis zum Schlossplatz. Das verlief normalerweise alles recht geordnet; die Jager-Buttnmandl erlaubten sich keine Übergriffe, schließlich waren sie als Aushängeschild der Bundeswehr unterwegs.

Trotzdem stellte dieser Zug eine Herausforderung dar, die Jager schickten nämlich nicht nur Fußtruppen. Die halbe Tragtierkompanie mit ihren Maultieren, Haflingern, Wagen und Kutschen war unterwegs. Da hieß es höllisch aufpassen, damit keine entfesselten auswärtigen Digitalkamerabesitzer unter die Räder kamen. Da brauchte es Überblick, da brauchte es Absperrungen, da brauchte es einen stocknüchternen Hauptwachtmeister Franz Holzhammer.

Im Moment herrschte die Ruhe vor dem Sturm. Alles war vorbereitet und geregelt, Holzhammers Mannen an den strategischen Punkten postiert. Er fand sogar ein paar Minuten Zeit, mit dem vorzeitigen Weihnachtsgeschenk zu spielen, das er sich selbst gestern gemacht hatte. Neben seinem Diensthandy lag ein nagelneues Smartphone auf dem Stehtisch. Er liebte es schon jetzt. Woher diese Affinität zu modernen Kommunikationsmedien kam, wusste er selbst nicht. Seinem Chef gegenüber suchte er seine Kenntnisse tunlichst zu verbergen, sonst wäre er bald der Computerdepp vom Dienst.

Holzhammer hatte schon länger Internet als die meisten im Talkessel. Auf seinem Laptop spielte er seit Jahren Schach gegen Menschen aus aller Welt. Mit dem neuen Smartphone konnte er das nun endlich auch während langweiliger Dienstbesprechungen tun. Bei dem Gedanken musste sich ein breites Grinsen über sein Gesicht gelegt haben, denn die Norddeutschen vom Nebentisch sahen ihn plötzlich an wie einen entlaufenen Irren.

Das Diensthandy klingelte. Am anderen Ende war kein Polizeiobermeister, sondern Tante Steffi. Eigentlich Großtante, auf jeden Fall aber seine beste Informantin. Sie war über neunzig und hatte nichts anderes zu tun, als den ganzen Tag aus dem Fenster zu schauen. Weshalb sie auch tatsächlich den ganzen Tag aus dem Fenster schaute. Ihre Wohnung lag direkt an der Maximilianstraße. Den Buttnmandlzug der Jager würde sie also bequem vom eigenen Wohnzimmer aus verfolgen können. Wahrscheinlich hatte sie deshalb auch schon ihre Brille besonders gut geputzt.

«Du, Franz, da unten schleicht einer umanander, ich glaub, der will was aus den Autos stehlen», meldete die alte Dame. Sie war eine der wenigen, die Holzhammer beim Vornamen nannten.

«Hast du's vielleicht a bissl genauer?»

«Ja, rechts beim Parkplatz. So a Kleiner mit Zipfelhaube, trägt an oiden Parka. Ich glaub, er hat a Werkzeug unter der Jopp'n.»

«Danke, Steffi, vielen Dank. Ich kümmer mich gleich», sagte Holzhammer automatisch.

Aber hatte er wirklich die Zeit, jetzt noch seinen Posten zu verlassen, um einen Automarder zu stellen? Wenn er es tat, dann definitiv nur, um seine Lieblingsinformantin bei Laune zu halten, die garantiert mit dem Fernglas im Anschlag seines Auftritts harrte. Holzhammer sah auf die Uhr. Zum vermeintlichen Tatort waren es nur wenige Fußminuten. Die Jager würden erst in einer halben Stunde den Ortseingang erreichen. Und den Kontakt zu seiner eigenen Truppe konnte er auch im Gehen halten.

Holzhammer stieg von der Bierkiste, die er zwecks besserer Übersicht requiriert hatte, und drängte sich zur Maximilianstraße durch. Dort wandte er sich nach rechts. Zahlreiche Schaulustige strebten ihm entgegen, in Richtung Fußgängerzone, andere hatten sich bereits wie festgenagelt am Straßenrand aufgebaut. Als gäbe es nicht genug Straßenrand für alle zwischen hier und der Kaserne.

Der Parkplatz, an dem Tante Steffis Wohnung lag und den Holzhammer nun erreichte, war voll belegt. Er duckte sich hinter einen sperrigen Geländewagen, wobei er sich allerdings nicht viel kleiner machen musste, als er schon war. Für Polizisten hatten kompakte Abmessungen manchmal eben auch Vorteile.

Hier im Ortskern gab es normalerweise kaum Autoaufbrüche. Dafür war eher der Großparkplatz am Königssee prädestiniert, wo die Autos der Skifahrer und Seebesucher den ganzen Tag unbeaufsichtigt standen. Niemand achtete dort auf potenzielle Automarder. Die Feriengäste hatten genug damit zu tun, zum Jennergipfel hinaufzublicken, sich über die Parkgebühren zu ärgern oder das Klo zu suchen. Nur heute standen mehr Autos im Markt als am Königssee. Gut möglich, dass sich jemand den ganzen Trubel zunutze machen wollte.

Der Hauptwachtmeister spähte an dem absurden Kuhfänger seiner Deckung vorbei. Tatsächlich. Am anderen Ende des Parkplatzes trieb sich einer herum, der mit Sicherheit nicht sein eigenes Auto suchte. Holzhammer erkannte Nepomuk Maus. Der arme Schlucker besaß nicht einmal einen Führerschein. Trotzdem war er früher häufig mit dem Fahrzeug seiner Schwester unterwegs gewesen. Holzhammer hatte ihn einmal angehalten und eigenhändig heimchauffiert. Der bisherige Höhepunkt von Nepomuks krimineller Karriere war ein Banküberfall gewesen. Er war unmaskiert in die Berchtesgadener Sparkasse marschiert, hatte eine Wasserpistole hochgehalten und zur Kassiererin gesagt: «Dies ist ein Überfall.»

«Servus, Nepomuk», hatte die Kassiererin geantwortet und ihm ein paar Scheine gegeben, wie es die Richtlinien vorsahen. Um sich und anwesende Kunden nicht zu gefährden, sollte man auch vermeintlich harmlose Räuber auf keinen Fall provozieren.

Das Geld in der Hand, war der Möchtegern-Räuber zu Fuß heimgegangen, wo Holzhammer schon gewartet hatte. Für diese Art Verbrecher empfand er eher Mitleid, und so hatte er die Sache im Protokoll möglichst heruntergespielt. Auch die Kassiererin, die mit Nepomuks Schwester zur Schule gegangen war, hatte ausgesagt, dass sie das Ganze von vornherein als Scherz aufgefasst habe, schließlich sei Fasching gewesen. So hatte der verhinderte Bankräuber lediglich eine Strafe wegen groben Unfugs bekommen.

Nun musste Holzhammer also verhindern, dass Nepomuk eine Karriere als Autoknacker startete, bei der außer Sachbeschädigung sowieso nicht viel herauskommen würde. Autoknacker war ein qualifizierter Beruf – und wahrscheinlich anspruchsvoller als Bankräuber.

Als Nepomuk ihm den Rücken zuwandte, um durch die

Heckscheibe eines nagelneuen Mercedes zu spähen, sah Holzhammer den Zeitpunkt zum Einschreiten gekommen. So leise wie möglich – also nicht besonders leise – ging er von hinten auf den schmächtigen Mann im abgewetzten Parka zu. Der war so vertieft in die Verheißungen des Wageninneren, dass er nichts merkte, bis Holzhammer ihm die Hand auf die Schulter legte.

«Servus, Nepomuk, was machen wir denn da?», fragte Holzhammer freundlich.

Der Ertappte drehte sich so ruckartig um, dass ihm drei Holzbeitel aus der Tasche fielen.

«Damit wolltest du Autos knacken?», sagte Holzhammer. «Das hätt eh nicht funktioniert, glaub mir's.»

Nepomuk bückte sich schweigend nach seinem Werkzeug und sammelte es ein.

Holzhammer fuhr in seinem Grundkurs für Autoknacker fort: «Die Autos heutzutage san narrisch kompliziert, weißt du. Und der Mercedes da – weißt du nicht, dass so einer eine Alarmanlage hat? Wenn die losgeht, wackelt der Watzmann.»

«Ich wollt bloß schaun», verteidigte sich der unterqualifizierte Automarder.

«Ins Auto fremder Leut? Mit a halben Schnitzwerkstatt in der Joppn?»

Darauf wusste Nepomuk nichts zu sagen.

«Ich sag dir was: Du gehst jetzt direkt heim zu deiner Schwester. In a halben Stund ruf ich an. Wenn du dann ned dort bist, schreib ich dich zur Fahndung aus. Verstanden? Und jetzt schau, dass d' weiterkimmst.»

Der Ertappte nickte brav.

Christine kam gerade von ihrem letzten Termin für heute, einer Gruppensitzung mit älteren Reha-Patienten. Sie war zufrieden. Ihre Botschaft, dass der Erfolg der Reha ganz entscheidend von der Mitarbeit der Rekonvaleszenten abhing, war angekommen. Es machte einen Riesenunterschied, ob ältere Damen nach der Hüftoperation die Bewegungsangebote der Klinik konsequent nutzten oder sich nur gemütlich massieren ließen.

Als Leiterin der psychosomatischen Abteilung half sie den Patienten, das Beste aus der Reha zu machen oder auch bleibende Einschränkungen besser zu verarbeiten. Außerdem gab es Fälle, in denen die physische Rehabilitation nur als Feigenblatt für die Behandlung von Burn-out oder Depressionen diente. Für diese Patienten war sie natürlich die Hauptansprechpartnerin.

Gut gelaunt betrat Christine ihr protziges Büro im Erdgeschoss der Reha-Klinik. Sie selbst legte keinen Wert auf das Designersofa und den riesigen Mahagonischreibtisch, aber so stellte der hauseigene Innenarchitekt sich nun einmal das Wohlfühlambiente für Privatpatienten aus den Ölstaaten vor, und zehn von denen wogen zweihundert deutsche Kassenpatienten auf. Wenigstens hatte sie verhindern können, dass die Wände mit ihren sämtlichen Facharzt- und Promotionsurkunden bepflastert wurden. Wer brauchte schon zu wissen, dass sie ursprünglich Gynäkologin gewesen war – die eines Tages kein Blut mehr hatte sehen können. Erst danach hatte sie die Ausbildungen zur Fachärztin für Psychotherapeutische Medizin und für Rehabilitationsmedizin absolviert.

Zum Glück hatte das ästhetische Feingefühl des Innenarchitekten irgendwo zwischen Aktenschüben und Originalkunst auch ein Waschbecken mit Spiegel erlaubt. Dort versuchte sie nun, sich ein bisschen zurechtzumachen. Doch ihre Haare waren störrisch wie eh und je – wie ihre Trägerin, behaupteten manche.

Seit fünf Jahren arbeitete Christine nun schon hier, aber erst vor zwei Jahren – nachdem ihr Mann sie verlassen hatte – war sie in den Berchtesgadener Talkessel gezogen. Kurz darauf hatte sie Matthias kennengelernt, der in wenigen Minuten auftauchen würde, um sie abzuholen.

Christine wollte dieses Jahr unbedingt den Buttnmandlzug der Gebirgsjäger sehen. Letztes Jahr hatte sie ihn wegen einer Fortbildung verpasst. Dass Matthias weniger erpicht auf das Spektakel war, hatte er bereits deutlich zum Ausdruck gebracht. Trotzdem klopfte es jetzt an der Tür, pünktlich auf die Minute.

«Prima, wir können los», sagte Christine, als Matthias ins Zimmer trat.

Dieser griff sich ihren Mantel, um ihr hineinzuhelfen. Revoluzzer und Kavalier, heimatverwurzelt, aber ohne Sinn für die heimatlichen Bräuche, das waren nur einige der Widersprüche im Wesen ihres bayerischen Buddhisten. In einer durch und durch katholischen Umgebung hatte er eines Tages die Kreuze abgehängt und stattdessen den Schrein mit der altindischen Schriftrolle aufgestellt.

«Ich war dieses Jahr noch kein einziges Mal auf dem Weihnachtsmarkt», sagte Christine auf dem Weg zum Auto. Zack – schon wieder war es ihr herausgerutscht. Sie wusste, was jetzt kam.

«Christkindlmarkt», sagte Matthias.

«Sorry, ich kann mich einfach nicht dran gewöhnen. Immerhin heißt Weihnachten doch auch hier Weihnachten.»

«Schon, aber der Weihnachtsmann und seine Rentiere

haben Lokalverbot. Das steht sogar in den Richtlinien für die Standbetreiber. Hier gibt es nur Christkindl und Engerl.»

Das war typisch Matthias. Einerseits gab er vor, nichts an den Traditionen zu finden, andererseits kannte er sich bestens aus. Bei ihr war es genau umgekehrt. Sie hatte keine Ahnung und wollte gern alles über die lokalen Bräuche erfahren. Und wenn sogar Matthias nicht genug darüber zu erzählen wusste, fragte sie Holzhammer. Oder ihren Friseur. Kein Witz, denn der hatte das dicke Buch über die Buttnmandl geschrieben, das unter Einheimischen als beliebtes Weihnachtsgeschenk galt.

Sie parkten unten am Bahnhof und nahmen den Fußweg hinauf zur Maximilianstraße. Oben angekommen, stieg Christine ein Hauch von Weihnachten in die Nase. Zu beiden Seiten der Straße standen bereits zahlreiche Zuschauer.

«Sollen wir nicht gleich hierbleiben?», fragte sie.

«Lass uns weitergehen, die Jager werden es auch dieses Jahr schaffen, bis zum Schlossplatz vorzurücken», sagte Matthias.

Christine kannte ihn gut genug, um zu übersetzen: Lass uns weitergehen bis zum Christkindlmarkt, wo es Glühwein und Bosna gibt. «Na gut.»

Der Weihnachtsduft wurde intensiver. Christine konnte jetzt Noten von Zimt, Weihrauch und Würsteln unterscheiden. Sie erreichten die Fußgängerzone, deren Eingang während der Weihnachtszeit mit einem überdimensionalen hölzernen Torbogen markiert war. Der Durchgang musste so hoch sein, weil sonst die Wagen nicht hindurchgepasst hätten.

Zielsicher steuerte Matthias auf den großen Glühweinstand am Weihnachtsschützenplatz zu, Christine folgte ihm in seinem Kielwasser. Normalerweise hatte sie kein Problem damit, sich selbst durchzuboxen, aber Matthias hatte mit seinen 1,94 Metern einfach den besseren Überblick und folglich weniger Mühe, Franz Holzhammer im Gewühl zu erspähen. Der Hauptwachtmeister hatte ihnen verraten, dass er hier irgendwo sein Hauptquartier aufschlagen würde. Ob er neben Fremden oder neben Freunden stand, mache für die Pflichterfüllung keinen Unterschied, deshalb könnten sie genauso gut dazustoßen. Als Matthias genau vor dem Hauptwachtmeister anhielt, war Christine trotzdem erstaunt. Normalerweise überragte Matthias den Polizisten um zwei Köpfe, doch heute standen sie auf Augenhöhe. Ein Blick nach unten klärte die Sachlage: Christine entdeckte die Bierkiste, die dem Ordnungshüter einen besseren Überblick verschaffte. Und um einen noch besseren Überblick zu haben, hatte er ausnahmsweise kein Weißbier, sondern ein Spezi vor sich stehen.

«Servus, grüß euch!», freute sich Holzhammer. «Braucht's ihr Haferl?»

Christine kannte den Hintergrund dieser Frage. Die Glühweinbecher wurden nicht zurückgenommen, man musste sie jedes Mal kaufen, sofern man noch keinen Becher hatte. Mit dieser Regelung sparten die Standbetreiber sich den Abwasch. Für die vielen Gäste, die nur an einem Tag den Markt besuchten, war das völlig in Ordnung, zumal die Becher nur einen Euro kosteten. Sie wollten das bunte Haferl sowieso als Erinnerung mitnehmen. Den Einheimischen jedoch, die öfter vorbeischauten, war die Regelung ein Dorn im Auge. Man wollte schließlich nicht die gesamte Wohnküche mit Berchtesgadener-Advent-Glühweinhaferln füllen. Ebenso wenig wollte man während der gesamten Adventszeit ständig ein Haferl bei sich tragen, nur für den Fall, dass einen die Lust auf Glühwein überkam.

Aber natürlich war schnell eine echt Berchtesgadener Lösung gefunden worden. Die meisten Standbetreiber, ob sie nun Selbstgestricktes, Holzspielzeug oder Maroni verkauften, hielten inzwischen unter dem Ladentisch strategische Haferlreserven für Freunde und Familie bereit.

Da Christine noch keinen Becher der diesjährigen Edition ihr Eigen nannte, verzichtete sie auf das Angebot, eine der Holzhammer'schen Haferlquellen anzuzapfen. Das Sammeln von Weihnachtsmarktbechern war eine Macke, die auf den ersten Blick gar nicht zu ihrer sonst so vernunftbetonten Art passte. Aber das tat ihre Gewohnheit, auf einsamen Bergtouren mit den Tieren zu reden, auch nicht. Matthias hingegen legte keinen Wert auf eine doppelte Haferlsammlung und lieh sich eins bei Holzhammers Tante Hildegard, die schräg gegenüber einen Stand mit selbstgestrickten Trachtensocken betrieb.

Holzhammers Handy klingelte. «Ist gut», sagte er hinein und steckte es in die Tasche. «Mir müssen jetzt absperren, die Jager san gleich da», erklärte er den beiden und stieg von der Bierkiste.

«Oh, dann lauf ich jetzt vor zur Straße», verkündete Christine.

«Nur zu, ich halte hier die Stellung», sagte Matthias.

Der 5. wurde erst später wild

Holzhammer ging zu seinen jungen Kollegen, die versuchten, mit Hilfe von Absperrbändern einen Weg durch die Menschenmenge freizumachen. Er seufzte. Jedes Jahr das Gleiche, die Schaulustigen ließen sich nur widerwillig zur Seite drängen. Dabei hätte man sich nur wenige Meter entfernt, draußen an der Straße, immer noch ganz entspannt einen guten Platz suchen können – so wie Christine es vermutlich gemacht hatte. Richtig eng war es nur hier in der Fußgängerzone, zwischen den Ständen des Christkindlmarkts. Aber so waren die Leute. Wenn sich an einer Stelle dichte Trauben bildeten, glaubten alle, dort sei es am schönsten. Unter gewissem Körpereinsatz und dank Holzhammers kugelförmiger Autorität schafften sie es trotzdem, rechtzeitig einen kutschenbreiten Korridor freizumachen.

In der ersten mit Haflingern bespannten Karosse fuhr der ehrwürdige Nikolaus, außerdem diverse Kinder und Erwachsene in Zivil – vermutlich Bekannte und Verwandte des Standortkommandanten. Anschließend kam eine Kutsche mit Soldaten in Ausgehuniform. Eine Verbindung zu irgendwelchem Brauchtum war nicht festzustellen, aber im Grunde war die Tragtierkompanie an sich ja schon Brauchtum. Keins dieser Tragtiere würde jemals in einen Kampf ziehen, das wusste Holzhammer aus erster Hand, denn der Standortkommandant war einer seiner Schachpartner. Die Maultiere und Haflinger fungierten hauptberuflich als Sympathieträger, nebenberuflich transportierten sie Bier zu einigen abgelegenen Almen.

Ein Schwarm kleiner Engel ritt vorbei. Sie wurden von Jagern und Jagerinnen in Ausgehuniform am Zügel geführt. Wieder einmal registrierte Holzhammer mit Wohlgefallen, wie gut die traditionellen Keilhosen den Soldatinnen standen. Auch die taillenkurzen Jacken waren kleidsam. Sie betonten den Busen und saßen bei einigen Rekrutinnen ganz schön stramm. Dabei hatten die Erfinder garantiert nicht damit gerechnet, dass ihre Kreation einmal weibliche Formen betonen würde. Rund um Holzhammer klickten die Digitalkameras.

Mitten im größten Getümmel wurde er plötzlich von hinten an der Schulter gepackt. Unwirsch drehte er sich um – und stand vor Heimito Waberer, einem der wenigen Menschen im Talkessel, die er lieber gehen als kommen sah.

Gestikulierend wie ein Sitcom-Schauspieler, stieß Waberer hervor: «Ich werde angegriffen, ich brauche sofort Polizeischutz.»

Holzhammer spähte demonstrativ an ihm vorbei. «I siag neamds.»

Der vierschrötige Orthopäde war allgemein als Quertreiber bekannt. Alle naslang zeigte er aus nichtigen Gründen jemanden an. Aber dass er direkt halluzinierte, war neu.

«Ein Buttnmandl hat mich niedergeschlagen. Gerade eben. Von hinten, aus heiterem Himmel. Dann ist es in der Menge verschwunden. Aber bestimmt versucht er es wieder.»

Holzhammer fand es lächerlich, dass Waberer so angestrengt Hochdeutsch sprach. Er stammte zwar nicht aus dem Talkessel, aber immerhin ebenfalls aus Oberbayern. Und das mit dem Angriff glaubte er nicht. Sicher hatte der bloß irgendwo im Weg herumgestanden und war ganz versehentlich angerempelt worden. Die Buttnmandl konnten in ihren Verkleidungen schlecht sehen, da konnte es leicht passieren, dass man mit den Hörnern oder Glocken an einem sperrigen Nervbolzen hängen blieb. Selbst wenn er es gewollt hätte, hätte Holzhammer jetzt nichts für ihn tun können. Er stand hier mitten im Großereignis des Jahres und versuchte, ein paar tausend Menschen zu bändigen. Merkte der depperte Boandlschrauber das nicht? Nein, der redete immer weiter. Um ihn endlich loszuwerden, sagte Holzhammer schließlich: «Kimm halt morgen auf d' Polizei, dann mach ma a Protokoll.»

Verärgert vor sich hin schimpfend, wurde Waberer von der Menschenmenge verschluckt.

Weitere Wagen zogen vorbei, begleitet von Buttnmandln in Fell und Stroh. Ganz am Schluss ging ein einsamer Scharfschütze im typischen Tarnlook. Er sah aus, als wäre ein Stück Unterholz aus dem Wald aufgestanden und hätte sich dem Zug angeschlossen.

Mit halbvoller Speicherkarte fand Christine sich wieder am Glühweinstand bei Matthias ein. «Hey, das war klasse.»

«Sollte es auch sein», sagte Matthias. «Schließlich wird der Struber Standortkommandant hauptsächlich daran gemessen, ob er einen gescheiten Buttnmandlzug auf die Beine bringt.»

Das war wieder eine dieser trockenen Bemerkungen, bei

denen Christine sich über den Wahrheitsgehalt nicht ganz im Klaren war.

Auch Holzhammer tauchte wieder auf und bestieg aufs Neue seine Feldherren-Bierkiste.

«So a Depp», sagte er kopfschüttelnd zu niemand Bestimmtem.

«Wer denn?», fragte Christine.

Holzhammer erzählte knapp von seiner Begegnung mit Heimito Waberer. «Und dieser Vollpfosten ist fast a Kollege von dir. Kaum zu glauben.»

Inzwischen dämmerte es. Die Jager waren fort, die Absperrung aufgelöst. Viele Zuschauer schauten bereits in ihren dritten oder vierten Glühwein. Der Zug der Jager war nur das jugendfreie Vorspiel gewesen. Jetzt begann der zweite, wildere Teil des Schauspiels. Bald drang aus allen Richtungen das Scheppern schwerer Kuhglocken, die auf dem Rücken maskierter Jungberchtesgadener im Laufschritt durch die Straßen getragen wurden. Und es kam näher.

«Trink mit, bevor der kalt wird», sagte Christine zu Matthias und stellte ihm ihren aktuellen Glühwein vor die Nase.

Sie tauchte in die Menge, die wie ein Fischschwarm hin- und herwogte, weil noch nicht zu erkennen war, wo es in den nächsten Minuten am meisten zu sehen geben würde. Plötzlich quietschten einige Jugendliche direkt vor ihr auf und drängten rückwärts. Unversehens stand Christine in der ersten Reihe.

Riesige Gestalten mit furchterregenden Fratzen rannten scheppernd und brüllend auf sie zu. Genauso hatte das archaische Gebrüll damals in Manus Nachtcafé geklungen, als sie und Matthias dort in eine Buttnmandlversammlung geraten waren. Die Neuen hatten damit ihr Talent beweisen müssen, Furcht und Schrecken zu verbreiten. Im Café hatte es mit dem

Schrecken nicht wirklich funktioniert, aber hier, maskiert und in freier Wildbahn, war es etwas anderes. Tatsächlich zuckte Christine ein paarmal richtig zusammen, sodass ihre Fotos teilweise ziemlich verwackelt waren.

Es gab zwei Sorten von Buttnmandln. Die einen waren von Kopf bis Fuß in schweres, dickes Fell gehüllt, die anderen sahen aus wie wandelnde, x-förmige Strohhaufen. Alle aber trugen Masken in verschiedenen Ausführungen. Am beeindruckendsten fand Christine die riesigen, bemalten Holzmasken, Larven genannt, mit den langen Hörnern. Andere Masken waren aus Fell, mit langen, roten Zungen, die aus den Mündern hingen.

Wo war bloß der Nikolaus? Christine wusste, dass er eigentlich von seiner wilden Horde nicht überholt werden durfte. Aber das war wohl im Eifer des Gefechts in Vergessenheit geraten. Kein Wunder, denn ursprünglich gehörte der katholische Heilige ja gar nicht dazu. Er war erst vor ein paar hundert Jahren in den ehemals heidnischen Brauch integriert worden – wie Christine die Berchtesgadener kannte, um die Verbote zu umgehen. Theoretisch war er nun die Hauptperson, praktisch aber interessierte sich alle Welt nach wie vor nur für die wilden Buttnmandl.

Außerdem gab es in jeder Buttnmandlgruppe, Bass genannt, noch eine weitere Sorte Fellbekleideter, nämlich die Ganggerl. Ihre Aufgabe war es, die Bass zusammenzuhalten und umgefallene Strohbuttnmandl wieder auf die Beine zu stellen. Da die Ganggerl voll beweglich sein mussten, trugen sie leichtere Felle und statt der schweren Kuhglocken kleine Schafsglöckchen. Alle außer dem Nikolaus waren mit geflochtenen Ruten bewaffnet. Von Matthias wusste Christine, dass sie den Leuten damit nur auf die Beine schlagen durften. Weshalb die kluge

Berchtesgadenerin an den Nikolaustagen nur in Hosen aus dem Haus ging.

Links von Christine gab es jetzt noch mehr Radau, denn die Buttnmandl stoben nun seitlich in die Menge und schwärzten einigen Vorwitzigen mit Holzkohle die Gesichter. Überall kicherte und kreischte es, die einen drängten zurück, die anderen nach vorn.

Mitten in diesem Durcheinander kniete eine der Fellgestalten sich friedlich vor ein kleines Kind. Zögernd streckte es die Hand aus und kraulte dem Ungeheuer den Bauch. Während Christine noch in diese Szene vertieft war, legte sich plötzlich ein fellbedeckter Arm um ihre eigenen Schultern. Da war es mit der Contenance vorbei, und auch sie quietschte wie ein Teenager.

Ein anderes Buttnmandl mit gleich vier gedrehten Hörnern am Kopf kam hinzu und schlug mit der geflochtenen Rute gegen ihre Beine. Selbst durch die Jeans zog das ganz ordentlich. Zum Schluss fuhr eine der Fellgestalten ihr noch mit der Pfote durchs Gesicht. Schon ließen sie wieder von ihr ab und eilten weiter. Die Umstehenden lachten, wahrscheinlich war sie ganz schwarz.

Christine fotografierte hinter den Davonlaufenden her, auf deren Rücken die schweren Kuhglocken tanzten. Das letzte Strohbuttnmandl hatte offenbar nicht mehr genug Kraft für den Laufschritt, oder die wippenden Glocken schmerzten zu sehr. Aber ausruhen ging nicht. Es dauerte Stunden, die Burschen in das Stroh einzubinden, es gab keine Möglichkeit, das schwere Kostüm zwischendurch abzulegen. Und die Glocken mussten unterhalb des Strohs befestigt werden, sodass auch sie auf Gedeih und Verderb festsaßen. Wer seine Kraft überschätzte und sich zu viel auflegen ließ, hatte Pech gehabt.

Wer sich hingegen im Stroh bewährte, durfte vielleicht schon nächstes Jahr Fell tragen.

Als Christine sich wieder bei Matthias und Holzhammer blicken ließ, war das Gelächter groß.

«Weißt du, wie du aussiehst?», fragte Matthias.

«Jedenfalls ned wia a Studierte», fiel Holzhammer ein und legte einen Arm um Matthias' Schulter, was ihm dank der Bierkiste unter seinen Füßen ausnahmsweise möglich war.

Während Christine die beiden feixenden Spaßvögel fotografierte, fiel ihr auf, dass die beiden leeren Becher vor Matthias zwei verschiedene Bildmotive zeigten.

«Freilich», sagte Holzhammer. «Die Haferl unter Tante Hildegards Ladentisch san ja aus dem vorigen Jahr.»

Christine spähte zu den anderen Stehtischen hinüber. Tatsächlich, das Verhältnis von alten zu neuen Haferln betrug rund eins zu vier, machte zwanzig Prozent sparsame Berchtesgadener, achtzig Prozent Besucher. «Da kann man ja Einheimische und Gäste unterscheiden, noch bevor sie den Mund aufmachen.»

«Richtig. Aber dass diese Unterscheidung Einfluss auf die Preisgestaltung hat, ist natürlich nur ein Gerücht», sagte Matthias und machte sein Buddhisten-Gesicht.

«Die Auswirkungen des becherförmigen Personalausweises werde ich gleich mal testen», sagte Christine.

Sie nahm das Vorjahreshaferl vom Tisch, kämpfte sich zum nahe gelegenen Maronistand durch und stellte es dort demonstrativ auf die Theke.

Sogleich fragte die Verkäuferin freundlich: «Grias di, was magst denn?»

«Einmal Maroni», sagte Christine. Normalerweise hätte die Standbetreiberin aufgrund des norddeutschen Zungenschlags jetzt auf «Sie» umgeschwenkt. Tat sie aber nicht. Im Gegenteil, Christine bekam noch zwei Maroni extra in die bereits vorgefüllte Tüte gesteckt.

«Quod erat demonstrandum», sagte sie, als sie wieder bei Matthias ankam.

Zu dritt verspeisten sie die Maroni und beobachteten das Treiben rundum.

«Was ist das denn?», sagte plötzlich Matthias und deutete auf einen Mann, die mit der Menschenmenge an ihnen vorbeitrieb. Es handelte sich um einen Herrn in Berchtesgadener Tracht, der Christine vage bekannt vorkam. Seine Ausstattung war vom Feinsten, von der langen Hirschledernen bis zum riesigen Gamsbart. Alle Sachen sahen so neu aus, als kämen sie direkt aus dem Schaufenster vom Lederhosen-Aigner. Unwillkürlich schaute man, ob nicht irgendwo noch ein Preisschildchen baumelte.

«Das ist nichts weiter», sagte Holzhammer. «Bloß der Fischer.»

«Seit wann trägt der denn Tracht?», fragte Christine entgeistert. Sie kannte den smarten Polizeichef ausschließlich in Kaschmirpulli und Edeljeans – und auch ganz ohne, aber das war eine Geschichte, die sie gern vergessen wollte.

«Er will sich assimilieren», erklärte Holzhammer. «Mir werden sehen, wie lang er braucht, um sich auch dabei wieder komplett zum Affen zu machen.»

Zweimal hatte sich der aus München strafversetzte Polizeichef jetzt schon zum Gespött der Leute gemacht. Vor zwei Jahren hatte er mehrere Morde bis zuletzt als Unfall abgetan und letztes Jahr fälschlicherweise den Bürgermeister der Schönau verhaftet. Dass dieser die Aktion mit Fassung getragen und keinerlei Konsequenzen gezogen hatte, war reine Glückssache gewesen. Es war wirklich höchste Zeit für Fischer, sich endlich eine gewisse Reputation zuzulegen. Der protzige Gamsbart verschwand in der Menge.

Inzwischen war es fast dunkel. Christine konnte keine guten Fotos mehr schießen, und die Speicherkarte in ihrer Kamera war auch fast voll.

Matthias ergriff die Gelegenheit. «Lass uns gehen, morgen gibt's ja auch noch was zu schauen. Da kommt die Bernei-Bass bei uns zu den Nachbarn, das haben sie mir erzählt. Da kannst du sowieso viel besser sehen, und es ist auch viel originaler und stimmungsvoller.»

Christine grinste. Sie kannte ihren Matthias gut genug, um seine wahren Beweggründe zu erkennen. Ihre spontane Diagnose lautete «Sportereignis im Fernsehen». Aber sie stimmte trotzdem zu.

Matthias brachte das Haferl zu Tante Hildegard zurück, und die beiden verabschiedeten sich von Holzhammer, der natürlich bis zum Schluss bleiben musste. Dann machten sie sich auf den Weg zum Auto. Überall lagen jetzt Strohhalme. Und noch unten am Bahnhof hörte man das Scheppern der Glocken.

Hinter dem Bosna-Stand der Caritas, genau vor dem Eingang der Stiftskirche, standen zwei Männer. Von der Bühne drang der piepsige Gesang eines Kinderchors herüber.

«Was soll das heißen, du hast es noch gar nicht versucht?», fragte der Auftraggeber mit einem drohenden Unterton. Der Mann besaß eine Vollglatze und stechende blaue Augen. Er erinnerte Nepomuk an den Kannibalen aus «Schweigen der Lämmer». Au-

ßerdem sprach er in dem gleichen seltsamen Dialekt wie sein überaus strenger Großvater selig, der nach dem Krieg aus Ostpreußen ins Berchtesgadener Land gekommen war.

«I hob des Objekt erst einmal ausobserviert», antwortete Nepomuk in fast perfektem Einbrecherisch, ein Stück Bratwurst mit Zwiebelsenf herunterschluckend. «Und dabei hab i halt gespannt, dass die Nachbarn dort alles spannen. Keiner kimmt da eini, ohne dass eam einer siagt. Besonders auf d' Nacht, weil da ist da normal kein Mensch. Deshalb hab ich ma denkt, vielleicht war's überhaupts besser am Tag.»

«Pass auf, wir machen das jetzt anders. Ich sag dir genau, was du tun sollst, und das tust du dann. Und nur dann gibt's Geld. Verstanden?»

Nepomuk nickte. Er war gerade besonders knapp bei Kasse, und die Sache mit dem Autoknacken hatte sich ja auch zerschlagen.

«Also: Diese Buttnmandl laufen ja schließlich nicht nur durch die Fußgängerzone. Und gerade dort hinten, wo der Kerl wohnt, sind viele Kinder. Als ich im Sommer dort war, haben welche ihren blöden Ball auf meinen Q7 geschmissen. Dort haben sicher einige Familien den Nikolaus bestellt. Vermutlich vorzugsweise morgen, denn der Sechste ist ja wohl auch hier draußen der eigentliche Nikolaustag.»

«Ja, der Nilo hat am Sechsten oft mehr zum doan als wie am Fünften», stimmte Nepomuk zu.

Als seine untalentierte Hilfskraft gegangen war, mischte der Münchner sich wieder unter die Marktbesucher. Um seinen Verdruss hinunterzuspülen, genehmigte er sich noch einen Glühwein. Man sollte nicht am falschen Ende sparen, aber so groß war die Auswahl an ortskundigen Kriminellen leider nicht. Er schlenderte quer über den Christkindlmarkt in Richtung Tiefgarage. Eine Bande Taschendiebe, das wär es jetzt. Aber woher nehmen?

Aua. Ganz in Gedanken war er gegen ein überdimensionales Holzpferd gelaufen. Diese komischen Spielzeuge in Übergröße standen hier überall herum: wackelnde gelbe Riesenhühner im Käfig, rote Pferde mit Pfeifenschweif, blaue Menschen in Bergmannstracht. Sie standen auf Holzsockeln über den ganzen Markt verteilt. Wahrscheinlich sollte das Weihnachtsstimmung verbreiten. Aber nicht bei ihm.

Vor der Glühweinhütte am Weihnachtsschützenplatz bemerkte er einen dicken Polizisten in Uniform. Wenn das die Ordnungsmacht von Berchtesgaden war, dann würde er leichtes Spiel haben.

Am 6. kam nicht nur der Nikolaus

Da am sechsten Dezember nicht für irgendwelche Wagen abgesperrt werden musste, konnte Holzhammer seinen Standort auf dem Christkindlmarkt nach anderen Kriterien wählen. Er bezog Stellung am Schlossplatz, wo sich der Glühweinstand von Manu, der Wirtin des Nachtcafés, befand.

Noch vor wenigen Jahren hatte der Christkindlmarkt sich ausschließlich auf diesen Platz beschränkt, wo die Buden im Schatten von Stiftskirche und Schloss ein bescheidenes Halbrund gebildet hatten. Jetzt war der Schlossplatz in das sogenannte Gesamtkonzept integriert, aber einige der angestammten Stände hatten bleiben dürfen – die Caritas, die freiwillige Feuerwehr und natürlich Manu. Alle anderen hatten sich aufwendig bewerben müssen, und ihre Standplätze waren ausgelost worden. Um der ganzen Sache mehr Eventcharakter zu geben, war mit zweihundertfünfzig kleinen Tannen ein Baumlabyrinth aufgebaut worden. Es war das übersichtlichste Labyrinth, das Holzhammer je gesehen hatte, aber wenn er ehrlich war, hatte er auch noch nicht viele gesehen. Auf der kleinen Bühne am Schlossplatz hatten früher nur Berchtesgadener Musiker mit Zither, Alphorn oder Diadonischer aufgespielt. Jetzt traten auch internationale Künstler auf: Einige kamen sogar aus dem über zehn Kilometer entfernten Salzburg.

Der Stand von Manu befand sich in einer Ecke, umrahmt von zwei Krippenhändlern – eine etwas unglückliche Konstellation, wie Holzhammer fand. Vor ihrem Stand hatte sich eine beträchtliche Schlange gebildet. Doch dann war Glockengeschepper zu hören, die Gäste mit ihren Digitalkameras liefen davon, die Schlange löste sich auf. Holzhammer nutzte die Gelegenheit, ein paar Worte mit der Wirtin zu wechseln: «Läuft ja gut bei dir.»

«Muss wohl am Glühwein liegen», grinste Manu.

«Du hast doch nicht …?»

«Schweigen und genießen», antwortete Manu und füllte Holzhammers Haferl.

Mit dem Glühwein war es nämlich neuerdings wie mit Shell oder Esso; es gab einen vorgeschriebenen Lieferanten. Alle Standbetreiber hatten sich vertraglich verpflichtet, Heißgetränke ausschließlich dort zu beziehen. Sie hatten nur die Wahl zwischen weißem oder rotem Glühwein und Bratapfelmost. Quasi Normal, Super und Diesel.

Vorsichtig schlürfte der Hauptwachtmeister von dem Corpus Delicti. Dann war der Fall klar: Manu betrieb eindeutig eine illegale freie Glühweintankstelle. Sie schenkte den Glühwein aus, den sie an dieser Stelle schon seit zwanzig Jahren ausschenkte. Holzhammer wusste, was er nun zu tun hatte, nämlich genau das, was Manu gesagt hatte: schweigen und genießen.

Plötzlich erhob sich hinter seinem Rücken ein Geschrei. In dem Moment, als er sich umdrehte, traf ihn etwas am Kopf. Na super, er hatte doch geahnt, dass das nicht gutgehen konnte.

«Ihr Deppen!», rief er, rieb sich die Schläfe und bückte sich unwillkürlich nach dem Wurfgeschoss. Es war ein Schaf.

Zum Glück kein Hirte, sonst hätte er womöglich den spitzen Stab ins Auge bekommen. Während Holzhammer am Boden kniete, lernten noch einige Engel das Fliegen. Flüche und Beschimpfungen flogen ebenfalls hin und her: «Du mit deine Plastikmandln aus Fernost!»

«Meine Figuren san von die besten Schnitzer aus Südtirol, aber du bestellst deine Krippen doch bei Playmobil!»

Ein Jesus samt Krippe durchquerte den Luftraum.

Das Schaf in der Hand, richtete Holzhammer sich zur vollen Größe von 1,65 Metern auf: «Sofort ist a Rua, sonst nehm ich euch auf der Stelle fest!» Natürlich kannte er die Streithähne. Der eine betrieb seinen Krippenladen in der Berchtesgadener Fußgängerzone, der andere draußen in Königssee. Sie waren direkte Konkurrenten und beide für ihre aufbrausende Art bekannt – niemand hätte die beiden freiwillig so nah beieinander untergebracht. Aber der Königsseer war erst dieses Jahr nachgerückt, an die Stelle einer Frau mit Strohsternen, die wegen ihrer Gicht hatte aufhören müssen.

Holzhammer wusste, dass die Animositäten zwischen den beiden Händlern nicht nur auf ihrer Wettbewerbssituation beruhten. Es hatte auch mit ihrer Herkunft zu tun. Der eine hatte sein gutgehendes Geschäft schon vom Vater geerbt, der andere sich mühsam hochgeschnitzt. Er war einer der einheimischen Schüler der Berchtesgadener Schnitzschule gewesen und hatte sich von Anfang an durch besondere Begabung ausgezeichnet. In den langjährigen Konkurrenzkampf warf er nur sein Talent, während der andere wegen mangelnden Talents mit Werbung und Webauftritt zu punkten suchte.

Die beiden Krippenhändler beruhigten sich. Weniger aufgrund von Holzhammers Drohungen, da machte er sich keine Illusionen, sondern vielmehr, weil neue potenzielle Kunden heranströmten. Eine vielköpfige Bass lief direkt zwischen den Buden hindurch und zog einen Schwarm Schaulustiger hinter sich her. Mit ihren großen Holzmasken und den hoch aufragenden Hörnern waren einige Fellerne fast doppelt so groß wie Holzhammer. Das mussten die Rosenhofer sein, eine der bekannteren Bassen mit besonders markanten Masken.

Die abgestürzten Engel wurden platt getrampelt. Die würde man abschreiben müssen. Aber Hauptsache, der Frieden war erst einmal wiederhergestellt. Was unter der Oberfläche brodelte, konnte man sowieso nicht kontrollieren. Holzhammer war zufrieden mit der allgemeinen Lage.

Fünf Bassen schepperten im Laufe des Nachmittags an ihm vorbei. Wahrscheinlich war er im Hintergrund Hunderter Fotos zu sehen, die Daheimgebliebene in aller Welt demnächst bei Sake, Ostfriesentee oder Rootbeer würden begutachten müssen. Holzhammer hielt die Stellung am Schlossplatz fast bis zum Ende. Zwischendurch telefonierte er immer wieder mit seinen Mannen an den anderen strategischen Punkten. Als die Menge sich langsam zerstreute, verabschiedete er sich von Manu, die – wie alle Standbesitzer – verpflichtet war, bis zum offiziellen Ende geöffnet zu halten, und machte sich zu Fuß auf den Weg quer durch die Fußgängerzone Richtung Polizeiwache, wo sein Wagen stand. Ein ausgedehnter Fußmarsch, zumindest für Holzhammer, aber nach der langen Steherei tat das ganz gut.

Hinter dem Torbogen, der den Schlossplatz abschloss, wehte ihm aus dem Stand der Forstverwaltung der unwiderstehliche Duft von Geräuchertem entgegen. Wie magisch angezogen, trat Holzhammer näher. Gulasch und Wurst von Hirsch und Gams waren im Angebot. Sollte er so ein eingeschweißtes Packerl Gamsgulasch mitnehmen? Aber vielleicht würde seine

Marie das als Kritik an ihrem Speiseplan auffassen. Da es aus der Hütte aber so verführerisch duftete, entschied Holzhammer sich, wenigstens ein paar der kleinen, geräucherten Gamssalamis zu nehmen. Die konnte man aus der Hand essen, sie passten perfekt zur Brotzeit und stellten keinen Eingriff in Maries Küchenhoheit dar. Das Pergamentsackerl mit den Würstchen stopfte er unter seine Uniformjacke.

Auf seinem weiteren Weg kam er an einem zwei Meter hohen roten Arschpfeifenrössl vorbei, das gerade in ein japanisches Blitzlichtgewitter getaucht wurde. Holzhammer wendete den Kopf ab, um nicht geblendet zu werden. Dabei fiel sein Blick auf ein Schild mit der Aufschrift «Hausgemachte Nudeln mit Lebkuchenfüllung». Das war nun eine ziemlich gewagte Auslegung der Maßgaben der Berchtesgadener Advent GmbH, nur einheimische Spezialitäten anzubieten. Viel zu gewagt für Holzhammers Geschmack. Schockiert sah er zu, wie der Nudelhansel aus einer Pfanne die Lebkuchengefüllten Tortellini auf Pappteller schaufelte und dann auch noch zweierlei Schokoladensoße aus Plastikflaschen daraufspritzte. Spontan überkam Holzhammer der dringende Wunsch nach einem weiteren Glühwein. Er wandte sich ab und ging weiter.

Vor der Schauschmiede stand eine große Menschentraube. In der Esse loderte Glut, auf dem Amboss fabrizierte der Kunstschmied gerade ein Grabkreuz. Ein Engerl ging vorbei und verteilte Lose für den Berchtesgadener Adventskalender. In all diese Weihnachtsstimmung hinein ertönte plötzlich lautes Schimpfen.

«So eine Frechheit», regte sich jemand auf.

Holzhammer konnte sich denken, worum es ging. Und richtig: «Aber der Becher kostet doch nur einen Euro, und der Glühwein wäre viel teurer, wenn wir einen Spülservice bezahlen müssten», erklärte die Verkäuferin.

Der Gast moserte weiter und steigerte sich in der Lautstärke. Holzhammer trat näher.

«Es ist doch auch viel hygienischer so», argumentierte die Glühweinfrau. «Auf anderen Märkten werden die Becher nur kurz mit Wasser ausgespült, das wollen Sie doch auch nicht.»

Holzhammer bewunderte sie für ihre Geduld, denn dieses Gespräch hatte sie seit dem 28. November bestimmt schon zweihundertmal geführt. Er stand jetzt direkt hinter dem Gast.

«Das ist Betrug, das muss einem doch vorher gesagt werden!»

Die Verkäuferin deutete gelassen auf das Schild, das direkt neben ihr hing. «Können Sie nicht lesen? Da steht's angeschrieben.»

«Ihr unverschämten Gebirgsdeppen!», zeterte der Urlauber und holte mit seinem Haferl aus, um es in die Glühweinhütte zu schleudern.

Doch da legte sich ein eiserner Griff um sein Handgelenk. Die kräftigen Finger waren das Einzige an seiner Figur, was Holzhammer sich aus Klettererzeiten bewahrt hatte. «Bis daher und ned weiter.»

Der Tourist drehte sich um. Beim Anblick der Uniform sank sein Arm sofort schlaff herab. Wie versteinert sah er Holzhammer an. Offenbar erwartete er, dass jetzt irgendeine Strafe folgen würde, eine Anzeige wegen Tätlichkeit – wenn nicht sogar Arrest. Aber die Polizei, ebenso wie die Glühweinfrau, war bekanntlich gehalten, den Fremdenverkehr zu fördern.

Da der Gast ihn weiterhin anstarrte wie ein Kaninchen die

Schlange, sah Holzhammer sich gezwungen, einen konstruktiven Vorschlag zu machen. «I dad sagen, Sie gengan jetzt a mal Richtung Schlossplatz. Da hat's grad die beliebte Veranstaltung ‹Weihnachtslieder selber singen›. Singen S' drei, vier Liedl mit und dann gengan S' heim in Ihre Pension. Passt.»

Folgsam zog der Gast ab – Haferl in der Hand.

Holzhammer hatte jetzt genug vom Thema Glühwein. Er ging hinüber zum Ochsen, wo es Weißbier gab. Während er an dem roh gezimmerten Stehtisch stand und geruhsam sein Bier genoss, schlug es acht, und wie auf Kommando wurden rundherum die Stände geschlossen und verrammelt.

Draußen war es bereits dunkel. Sehr dunkel, denn der Himmel hing voller Winterwolken. Bald würde es wieder Schnee geben. Christine und Matthias standen trotzdem auf dem Balkon, denn Christine wollte die Ankunft der Buttnmandl nicht verpassen.

«Ich frag mich schon lange, wieso ausgerechnet du vom Berchtesgadener Brauchtum gar nicht genug bekommen kannst», sagte Matthias. «Sonst muss bei dir doch immer alles logisch und rational und wissenschaftlich begründet sein.»

Christine hatte sich das selbst schon gefragt. «Schwer zu sagen. Auf jeden Fall fasziniert mich diese Liebe und Energie, die die Leute da reinstecken. Diese Verwurzeltheit, das Heimatgefühl, das da zum Ausdruck kommt. Solche Heimatgefühle kenne ich ja überhaupt nicht. Vielleicht beneide ich die Leute ein bisschen darum.»

Christine war in Lübeck aufgewachsen, hatte in Hamburg studiert und dann mit ihrem Mann in verschiedenen Orten in

Bayern gelebt. Die Wahl des Wohnorts war für sie immer eine Zweckentscheidung gewesen.

«Wo bekommen die Buttnmandl ihre Glocken eigentlich her?», fragte Christine. «Es hat ja nicht mehr jeder einen Bauernhof.»

«In der Schönau gibt's die Glocken beim Krippenhändler», sagte Matthias. «Ab Herbst werden die verkauft.»

«Jetzt wird mir auch klar, was das für ein manisches Läuten war, das ich in den letzten Wochen manchmal gehört habe. Und ich dachte immer, das wäre eine psychisch gestörte Kuh!»

Matthias lachte. «Natürlich müssen die Glocken vor dem Kauf ausgiebig getestet werden, damit es ein harmonisches Geläut gibt. Jede Bass hat ihren ganz typischen Klang.»

«Immerhin weiß ich schon, dass es die Holzmasken beim Loafnmacher gibt», sagte Christine. Das Wort «Loafn» klang nicht ganz richtig aus ihrem Mund.

«Sehr gut», grinste Matthias. «Früher wurden die Loafn das Jahr über versteckt und nur zu Nikolaus hervorgeholt. Heute hängen sie bei vielen das ganze Jahr in der Stube, wo jeder sie sehen kann. Eigentlich schade, das nimmt was von dem Geheimnis.»

«Jaja, früher war alles besser», sagte Christine. «Früher hatten wir auch noch einen Kaiser, und Frauen durften nicht wählen. Bei den Buttnmandln darf sogar bis heute noch keine Frau mitmachen.» Während sie das aussprach, wurde ihr bewusst, dass diese Tatsache sie tatsächlich wurmte.

«Stimmt gar nicht», widersprach Matthias. «In Loipl gibt's schon seit dem Krieg ein Nikoloweibi und in Winkl ein Engerl. Und in der Ramsau hat sich im letzten Jahr sogar die erste Mädchenbass gegründet.»

«Wahnsinn, dann gibt es ja doch Fortschritt im Talkessel.»

Einen Moment schauten sie schweigend in den dunklen Garten hinunter. Dann drang das typische Scheppern von der Hauptstraße herüber. Es kam langsam näher und verstummte wieder.

«Sie machen eine Pause und erholen sich, damit sie anschließend recht frisch herlaufen und möglichst laut scheppern können», sagte Matthias.

Und so war es. Nach einigen Minuten erscholl das Läuten aus der Dunkelheit erneut und kam schnell näher.

«Und, sind die Glocken gut aufeinander abgestimmt?», fragte Christine.

Matthias lauschte. Er war viel musikalischer als sie. «Die meisten passen super zusammen», urteilte er. «Aber ein Mandl tanzt definitiv total aus der Reihe. Versteh ich gar nicht.»

Der Zug war jetzt in Sichtweite. Eilig lief Christine auf die Straße, Matthias folgte ihr gemächlich. Voran schritt majestätisch der Nikolaus mit seiner Tiara und dem Krummstab. Auch sein Gefolge war besonders prächtig ausstaffiert. Christine fielen vor allem die dick eingebundenen Strohbuttnmandl auf, deren Kleider oben und unten malerisch auseinanderfielen und so eine perfekte X-Form bildeten.

Vor dem Eingang des Nachbarhauses gaben die Maskierten jetzt alles. Der Lärm musste fast im ganzen Talkessel zu hören sein. Dann gebot der Nikolaus mit einer Geste seines Krummstabs Ruhe. Er schritt zur Haustür und pochte mit dem Stab dagegen.

«Die werden nicht alle einlassen», sagte Matthias.

«Aber sie haben sie doch bestellt?»

«Ja, aber da wird vorher genau ausgemacht, wie das abläuft – wie viele und welche Buttnmandl ins Haus dürfen.

Kannst du dir vorstellen, wie es hinterher aussieht, wenn die Strohernen durchs Haus tapsen? Die verstreuen nicht nur überall ihre Halme, die reißen auch alles um, was nur irgendwo im Weg steht. Das können sie gar nicht verhindern.»

Tatsächlich gingen nur der Nikolaus und zwei Fellerne ins Haus. Die Strohbuttnmandl lehnten sich derweil an einen Zaun, wo sie ihre schweren Glocken abstützen konnten.

«Wo kommt eigentlich dieses tolle lange Stroh her? Im Talkessel gibt's doch kein einziges Kornfeld», fragte Christine.

«Die Bassen haben mit ein paar Bauern im Alpenvorland ausgemacht, dass sie ein kleines Stückchen ihrer Kornfelder vom Mähdrescher verschonen. Das schneiden die Burschen dann selbst, mit der Hand.»

«Wahnsinn, was für ein Aufwand.»

«Ja, Buttnmandl ist man nicht nur zu Nikolaus, sondern das ganze Jahr», sagte Matthias mit ernster Miene.

In diesem Moment öffnete sich die Balkontür im ersten Stock des Hauses. Zwei feixende Kinderköpfe erschienen über dem Geländer. Die beiden Jungen im Alter von zehn und zwölf Jahren machten sich offensichtlich einen Spaß daraus, dem Nikolaus ein Schnippchen zu schlagen.

Da regten sich plötzlich die beiden Ganggerl, die bis dahin friedlich draußen gewartet hatten. Sie liefen zur Hauswand, dass ihre Schafsglöckchen schepperten, sprangen hoch und griffen ins Gebälk – der eine links, der andere rechts. Nur mit den Fingern von unten einen Holzbalken umklammernd, zogen sie sich hoch, schwangen die Beine über den Kopf und waren mit drei, vier Zügen oben auf dem Balkon. Christine war so überrascht, dass sie sogar das Knipsen vergaß.

«Jetzt weiß ich auch, wer die beiden sind», sagte Matthias. «Das sind die Brüder vom Hasenlehen, die immer die Speedkletter-Wettbewerbe unter sich ausmachen. Der eine arbeitet inzwischen hauptberuflich als Industriekletterer.»

Die beiden Kinder auf dem Balkon hatten sich ordentlich erschrocken. Sie wurden gepackt und zurück in die Stube verfrachtet. Doch gleich darauf waren sie schon wieder zu sehen. Die Buttnmandl hatten sie am Schlafittchen und schleiften sie zur Haustür hinaus. Die strampelnden Jungen wurden erst mit Schnee eingerieben und dann mit Holzkohle bemalt.

«Moderne Erziehungsmethoden sind das nicht gerade», konstatierte Christine.

«Ach was, die wollten das doch, das war eine Mutprobe», sagte Matthias.

Und richtig, die Gemaßregelten lachten schon wieder, während sie sich den Schnee aus den Pullovern klaubten.

«Zu den Kleinen ist der Nikolaus immer recht gütig, und da halten sich auch die Buttnmandl zurück.»

Das hatte Christine schon gestern in der Fußgängerzone bemerkt. «Früher muss es ja noch viel wilder zugegangen sein», sagte sie.

«Ja, es ging mehr kaputt, ganze Türstöcke mussten dran glauben. Manchmal schleppten die Buttnmandl das gesamte Mobiliar aus der Stube auf die Straße. In der Nachkriegszeit wurde auch gern die Speisekammer geplündert. Mein Vater erzählte immer, wie sie nach dem Hausbesuch bei einem Bauern plötzlich ein Buttnmandl vermissten. Als sie es Stunden später fanden, saß es immer noch in der Räucherkammer zwischen den Würsten.»

Die Buttnmandl sammelten sich und liefen die Straße hinunter.

«Das muss doch weh tun, wenn die schweren Glocken so gegen das Steißbein knallen», sagte Christine.

«Sicher, deshalb binden die meisten sich einen Nierengurt unter das Fell. Aber blaue Flecken sind trotzdem drin. Und einen Missklang höre ich auch immer noch.»

Am 7. hagelte es Anzeigen

Am nächsten Morgen musste Holzhammer sich in seinem Dienstzimmer mit den Folgen der Buttnmandl-Tage herumschlagen. Eine Journalistin aus Augsburg saß vor ihm. Sie hatte gerade Anzeige erstattet. Man habe sie zu Boden geworfen, dabei sei ihre Kamera zu Bruch gegangen.

Holzhammer hätte ihr gern gesagt, was er von dieser Anzeige hielt. Das Buttnmandllaufen war kein Kindergeburtstag, und das war auch richtig so, schließlich ging es hier nicht bloß um irgendeinen Nikolausbrauch. Die Buttnmandl standen seit jeher für Freiheitsdrang und Unabhängigkeit der Berchtesgadener. In früheren Jahrhunderten hatte die Obrigkeit immer wieder versucht, das Treiben zu unterbinden. Das erste belegte Verbot stammte aus dem Jahre 1601 und bewies doch nur, dass die Berchtesgadener sich noch nie etwas hatten verbieten lassen.

Holzhammer hätte ihr auch erzählen können, wie sein Sohn Andi einmal über und über mit Federn und Hühnerkacke beschmiert nach Hause gekommen war. Unter den Kindern galt es nämlich als besondere Mutprobe, die Buttnmandl bei ihren geheimen Vorbereitungen zu belauschen. Wer sich da erwischen ließ, wurde nicht nur mit Kohle und Schnee eingerieben. Den kleinen Andi hatten sie damals in den Hühnerstall gesteckt. Insofern war die Dame doch noch richtig gut weggekommen.

Für Holzhammer war es sowieso keineswegs ausgemacht, dass tatsächlich Buttnmandl an der Havarie ihrer Kamera schuld waren. Vielleicht war sie beim Knipsen rückwärts gelaufen und dabei gestolpert. Und jetzt wollte sie für die Versicherung etwas in der Hand haben. Aber zur Presse musste man nett sein, auch wenn's schwerfiel. Sein Chef Dr. Fischer war darin ja Meister. Aber der kam auch aus München. Einem Berchtesgadener hingegen war es fast unmöglich, mit seiner Meinung hinter dem Berg zu halten. Das ging nur mit Hinterfotzigkeit.

«Wie sahen denn die Angreifer aus?», fragte Holzhammer also betont interessiert.

Die Journalistin starrte ihn an. «Sie hatten ein Fell und lange, rote, heraushängende Zungen. Was glauben denn Sie?»

«Fell, Zungen ...», wiederholte Holzhammer, als bereite ihm das Schreiben große Mühe. Er tippte etwas in seinen Computer. Für die Journalistin sah es so aus, als würde er im Zeitlupentempo ihre Aussage eingeben. In Wirklichkeit tätigte er gerade eine Bestellung bei einem Internet-Versandhaus. Er brauchte dringend ein zweites Ladegerät für sein neues Smartphone, damit er es auch während des Dienstes aufladen konnte.

Die Journalistin fuhr aus ihrem Stuhl hoch. Es sah aus, als würde sie gleich über den Schreibtisch springen, um ihn zu erwürgen. Schnell schaltete Holzhammer aufs Intranet der Polizei um.

Da wurde die Tür seines Büros aufgerissen. Herein fegte Heimito Waberer. «Man will mich umbringen!», rief er, auf seinen Kopf deutend.

Ja bitte, dachte Holzhammer spontan.

Die Journalistin sah von einem zum andern. Dann stand sie auf und ging kopfschüttelnd hinaus. Dabei murmelte sie etwas, das sich für Holzhammer anhörte wie «Was für ein Irrenhaus».

Auch gut. Ein Protokoll weniger. Aber an dem nächsten würde er wohl nicht vorbeikommen.

«Man hat mich niedergeschlagen. Schon wieder. Diesmal mit einer Eisenstange. Gestern Abend, vor meiner eigenen Haustür!»

«Eisenstange», sagte Holzhammer nur. Das konnte ja heiter werden. Eisenstangen waren große Mode im Talkessel, seit im Januar 2012 die allseits beliebte Bischofswieser Rodellegende mit einer Eisenstange attackiert worden war. Der Exrodler und sein Nachbar waren beim morgendlichen Schneefräsen aneinandergeraten. Angeblich hatte die Rodellegende die Gattin des Nachbarn befräst. Seitdem waren Eisenstangen in Holzhammers Protokollen allgegenwärtig. Immer sollte es eine Eisenstange gewesen sein, alle Augenzeugen sahen nur noch Eisenstangen, sogar wenn es bloß um eine Bolzerei in der Disco ging. Das sollte ihm mal jemand vormachen, in der Disco plötzlich eine Eisenstange aus dem knappen T-Shirt zu ziehen.

«Warst beim Arzt?», fragte Holzhammer süffisant.

Das angebliche Opfer starrte ihn an. Natürlich wusste Waberer, dass Holzhammer wusste, dass er nur in seine eigene Praxis zu fahren brauchte, um sich dort von magersuchtverdächtigen, busenoptimierten Helferinnen umsorgen zu lassen.

Doch dieses kleine Geplänkel gewährte Holzhammer nur einen kurzen Aufschub. Was Waberer nun zu Protokoll gab und was Holzhammer mit stoischer Miene auf möglichst neutrale Weise in den PC hackte, ergab ungefähr folgendes Bild:

Bereits vorgestern, am 5. Dezember, hatte der Orthopäde

sich auf dem Christkindlmarkt verfolgt gefühlt und plötzlich aus heiterem Himmel von hinten einen Schlag bekommen. Da Holzhammer ihn abgewimmelt hatte – Dienstaufsichtsbeschwerde vorbehalten –, hatte Waberer sich gezwungen gesehen, seine Beule und seine Nerven an der Bar des Edelweiß mit einem guten Single Malt zu behandeln. (Soso, dachte Holzhammer an dieser Stelle, und wenn du das Hotel verhindert hättest, wie du es versucht hast, wo hättest du dann am helllichten Tag in Berchtesgaden einen guten Whisky herbekommen?) Anschließend hatte das arme Opfer ein Taxi genommen und sich heimfahren lassen. An diesem Abend war nichts weiter passiert, dafür am folgenden angeblich umso mehr. Waberer sei in seiner Praxis gewesen und von dort abends mit dem Wagen heimgefahren, hatte das schmiedeeiserne Tor zu seinem Grundstück per Fernbedienung geöffnet und den Wagen in der Garage abgestellt. Dann war er auf dem Kiesweg Richtung Haus gegangen. Da also seine eigenen Schritte recht laut knirschten, hatte er nicht gehört, dass weiter hinten im Garten jemand über den Rasen lief. Bis plötzlich etwas schepperte: Wie sich später herausstellte, war die teure Statue, die er vor Jahren aus Italien mitgebracht hatte, Kopie einer antiken Schönheit, von ihrem Sockel gefallen. Jedenfalls drehte er sich nach dem Lärm um und vermeinte einen Schatten zu sehen, der von ihm weglief und über die Gartenmauer verschwand.

Doch das sei noch nicht alles gewesen. Als er sich gerade wieder dem Haus zuwenden wollte, habe er einen weiteren unförmigen Schatten gesehen. Dieser habe unflätige bayerische Flüche ausgestoßen, als er an dem ehemaligen Standort der Statue vorbeigekommen sei – vermutlich, weil er über herumliegende Teile gestolpert sei. Dann habe er Waberer hinter einer Hausecke aufgelauert und ihn niedergeschlagen. Mit einer Eisenstange. Anschließend sei auch der zweite Unbekannte in der Dunkelheit verschwunden. Kurz gesagt, es klang völlig absurd.

«Hast du eigentlich koa Alarmanlage an deim Schuppen?», fragte Holzhammer.

«Doch, natürlich. Aber die geht erst los, wenn jemand ins Haus eindringen will. Außerdem besitze ich einen ausgebildeten Hund, ein Rassetier aus einer Spitzenzucht.»

Passt, dachte Holzhammer. Nur eine Frau hat er nicht, weil die ihm nämlich schon vor Jahren weggelaufen ist, aus seinem schmiedeeisern vergitterten Protzbunker. Laut sagte er: «Scho recht, die Rasse brauch ma ned fürs Protokoll.»

Er drückte die Taste, die den ganzen Schmarrn zum Drucker schickte, und ließ den Geschädigten unterschreiben.

Als Waberer endlich gegangen war, faltete Holzhammer die Hände hinter dem Kopf und legte die Füße auf seinen hässlichsten Schreibtisch in der schönsten Polizeiinspektion Deutschlands. Zweimal innerhalb von zwei Tagen wollte der Waberer nun insgesamt drei unbekannte Unholde gesehen haben, die außer ihm niemand bemerkt hatte. Was für eine Gespenstergeschichte. Waren dem Mann vielleicht kürzlich ein paar Nadeln aus der Tanne gefallen? Wenn man das herauskriegen könnte, würde ein gewisser Hauptwachtmeister sich einen Haufen Arbeit sparen.

Aber irgendetwas würde er unternehmen müssen, immerhin waren ein Einbruch und eine Körperverletzung gemeldet worden. Nein, nicht einmal ein Einbruch. Nach den Buchstaben des Gesetzes waren es nur unbefugtes Betreten und Sachbeschädigung – nicht an Waberer, sondern an der Statue.

Auf keinen Fall würde er dafür extra die Spurensicherung

aus Traunstein anfordern. Bei den meisten Einbrüchen im Talkessel tat er das nicht. Sein Sandkastenfreund Rolf Berg hatte schon genug zu tun. Der Kreis der üblichen Verdächtigen war klein, und meistens reichte Holzhammers privates Netzwerk mit seiner lieben Marie und der nachtaktiven Großtante Steffi an der Spitze vollkommen aus, um die Sache aufzuklären.

Holzhammer seufzte wie ein altes Pferd. Also gut, genau zwei Dinge würde er in dieser Sache unternehmen. Eine offiziell und eine inoffiziell.

Zunächst das Offizielle. Holzhammer rief seinen aufgewecktesten Jungpolizisten aus dem Bereitschaftsraum. Der frischgebackene Polizeiobermeister Müllerhuber war bereits als Achtjähriger beim Räuber-und-Gendarm-Spielen immer der Gendarm gewesen. Vor fünfzehn Jahren war er einmal mit der Spielzeugpistole im Anschlag quer durch Holzhammers Garten geprescht. Aus irgendeinem Grund hatte Müllerhuber seinen kindlichen Berufstraum nie aufgegeben, obwohl er leicht hätte studieren können.

Holzhammer druckte noch einmal das Protokoll aus und gab es Müllerhuber. «Greif dir an Kollegen, und dann fahrt's zum Waberer-Grundstück. Schaut einfach a bissl ums Haus rund ummadum, macht Fotos von der blöden Statue und allem, was euch auffällt. Wenn euch was auffällt. Und wenn's ihr rein zufällig über a blutbeschmierte Eisenstange stolpert, dann packt's die in a Asservatensackerl Größe XXL und bringt's mit.»

«Und wie kommen mir eini?», fragte Müllerhuber.

Richtig, der hohe schmiedeeiserne Zaun. Waberer würde ja in seiner Praxis sein.

«Holt euch halt die Schlüssel von eam», beschied Holzhammer den jungen Kollegen.

«Und wenn er mitkommen will?»

«Dann kimmt er mit.»

Müllerhubers missmutigem Nicken war zu entnehmen, dass der unangenehme Boandlschrauber auch für ihn kein Unbekannter war.

Dann war Holzhammer wieder allein mit seinen Gedanken über Waberers potenziellen Dachschaden. Aber hoffentlich nicht mehr lange. Er griff zum Telefon und rief die einzige Fachfrau für Dachschäden an, die er kannte.

Zu Holzhammers Freude stimmte Christine zu, ihn gleich in der Mittagspause zu treffen. Dass er dabei nicht unbedingt belauscht werden wollte, brauchte nicht ausgesprochen zu werden. Inzwischen hatten ihre kleinen, konspirativen Treffen ja fast schon Tradition. Dieses Vertrauensverhältnis war vor zwei Jahren entstanden, als eine Patientin von Christine auf mysteriöse Weise ums Leben gekommen war und sie beide gemeinsam etwas außerhalb der Legalität ermittelt hatten. Die Freundschaft zwischen ihm und Christine musste Außenstehenden ungefähr so exotisch vorkommen wie diese Tierfreundschaften, von denen man manchmal in der Zeitung las – zwischen Pony und Papagei oder Erdhörnchen und Elefant.

«Lass uns doch zu Mittag im Mitterstüberl treffen. Da ist jetzt ein Russe drauf, der kennt mich noch ned», sagte Holzhammer.

Pünktlich um zwölf saß das ungleiche Paar in einer lauschigen Ecke der alten Wirtschaft, und es gab keine Blini, sondern Schweinsbraten für Holzhammer und Forelle für Christine.

Holzhammer berichtete von Waberers morgendlichem Auftritt. Seine vorige Begegnung mit dem Orthopäden, vorgestern auf dem Weihnachtsschützenplatz, hatte sie ja bereits mitbekommen.

«Und, was sagst du? Des passt doch alles ned zamm. Erst wird er im Markt angegriffen. Dann wird er daheim übern Haufen gerannt. Und dann ist gleich noch jemand im Garten, a zweiter Angreifer. Natürlich mit a Eisenstangen, drunter macht's der Waberer ned. Macht drei Angriffe in zwei Tagen.»

«Das klingt wirklich seltsam. Wie passt ein Angriff auf offener Straße mit einem Einbruchsversuch zusammen? Aber ausschließen kann man es auch nicht.»

«Eh ned. Aber ich glaub eher, der hat einfach durchdraht.»

«Ganz plötzlich? Unwahrscheinlich. War der Waberer vielleicht schon immer etwas seltsam? Manchmal baut sich so was langsam auf. Dann gibt's einen letzten Auslöser, und die Sache kippt.»

«Ein Querulant war er von Anfang an. Von seinen Nachbarn gibt's koan, den er noch ned angezeigt hat. Wegen Laub von ihren Bäumen, wegen Lärm von ihren Kindern, wegen Haufen von ihren Hunden. Seit er da ist, war er immer gegen ois. Egal, was.»

«Dann ist er nicht von hier?»

«Na, aus der Gegend von Traunstein. Das weiß ich von Maries Patenkind, die hat a Zeitl bei eam an der Rezeption gearbeitet. Aber sie ist schnell wieder weg und arbeitet jetzt lieber beim Tierarzt.»

«Dann hatte er früher seine Praxis woanders?»

«Ja, aber ned lang, was man hört. Hat wohl etwas länger zum Studieren gebraucht und erst ewig spät seine Dings bekommen, seine Genehmigung.»

«Seine Approbation?»

«Genau. Also, er hatte die Praxis in Traunstein, dann muss da irgendwas gewesen sein, und vor zehn Jahren ist er hier aufgeschlagen.»

Holzhammers Handy klingelte. Müllerhuber war dran, um Bericht zu erstatten. «Über die rückwärtige Mauer san wohl vor kurzem welche gekraxelt. Aber was sagt das schon. Werden Kinder gewesen sein. Und die Statue auf dem Rasen kann genauso gut von Waberer seinem Hund obigerissen worden sein. Sonst war nix. Koa Blut, koa Eisenstange, koa Brecheisen, koa Spur an den Türen.»

«Dank dir», sagte Holzhammer und steckte das Handy wieder weg.

«Und – was sagst jetzt?», nahm er das Gespräch mit Christine wieder auf.

«Tja, komplett ‹durchgedreht› ist er sowieso nicht, immerhin weiß er noch, wo die Polizeiwache ist. Am ehesten könnte er in einen Wahn geglitten sein. Das geht oft schleichend, und da wäre auch dieses Querulantentum typisch. Meist steht am Anfang eine reale Begebenheit, bei der derjenige tatsächlich ungerecht behandelt oder angegriffen wurde. Von da an baut sich das immer weiter auf. Die Leute verlieren ihren Realitätssinn nicht komplett, sondern nur bei dem einen Thema. Bei allem anderen wirken sie völlig normal. So wie dieser Reifenstecher damals, der an den Bundespräsidenten und den Papst geschrieben hat, weil er überall Verschwörungen sah.»

«Der sechs Jahre in der Psychiatrie eingesperrt war?»

«Genau. Ziemlich gutes Beispiel für Verfolgungswahn. Gab druckreife Interviews, trat im Fernsehen auf. Bei dem fing es auch mit Querulantentum an, und einen wahren Kern hatte die Sache ebenfalls. Aber umgekehrt hat natürlich nicht jeder Querulant gleich einen ausgewachsenen Wahn.»

«Eh ned», sagte Holzhammer. Er ahnte, worauf das hinauslief.

«Also mit anderen Worten, ich kann dir auf keinen Fall garantieren, dass Waberer sich das alles nur eingebildet hat.»

«Schad», sagte Holzhammer. Da hatte er es. Er konnte die Sache auf keinen Fall einfach zu den Akten legen. Auf der anderen Seite verlangte aber auch niemand, dass er sich für den Waberer ein Bein ausriss.

Der verhinderte Einbrecher war frustriert. Was für ein unglaubliches Pech hatte er da wieder gehabt! Genau an jenem Abend, an dem er beim Orthopäden einbrechen wollte, war jemand anders auf die gleiche Idee gekommen! Dabei hatte alles ganz gut angefangen. Wie von seinem Auftraggeber vorgeschlagen, hatte er spätabends am 5. Dezember ein Buttnmandlkostüm gestohlen. Das war leicht gewesen, denn viele Buttnmandl legten die stark müffelnden Felle nachts auf die Terrasse oder den Balkon. Es bestand sowieso keine Chance, die vom Schneematsch feuchten Kostüme bis zum nächsten Tag wieder trocken zu bekommen. Es hatte ganz gut gepasst, aber es war eklig gewesen. Besonders die Fellmaske aufzusetzen, hatte ihn Überwindung gekostet.

So ausstaffiert, wartete er in der Nähe des Orthopädendomizils, bis eine Bass vorbeikam, und schloss sich ihr unauffällig an. Er lief immer ein bisschen hinterher, sodass die Ganggerl ihn möglichst nicht sahen, aber jeder zufällige Passant glauben musste, er gehöre dazu. Zum Glück waren die Straßen in der Schönau ja nicht so hell erleuchtet wie im Markt. Wenn sie in eine Hauseinfahrt ein-

bogen, blieb er zurück und versteckte sich in der vorigen Einfahrt oder hinter einem Baum. Auf diese Weise gelangte er tatsächlich bis zu seinem Ziel und kletterte über die rückwärtige Mauer auf das Grundstück. Die Idee seines Auftraggebers war bis dahin schon recht gut gewesen, niemand von den neugierigen Nachbarn konnte etwas bemerkt haben.

Problemlos kam er bis auf die Terrasse, wo er eins der kleinen Sprossenfenster an der Glastür einschlagen wollte, um die Tür von innen öffnen zu können.

Er hantierte im Schein der Taschenlampe an der Tür herum. In jeder der kleinen Scheiben spiegelte sich seine eigene Fellgestalt. Er war zwar nervös, aber gleichzeitig auch stolz auf sich. Er war im Begriff, einen richtigen Einbruch zu begehen, noch dazu einen richtig raffinierten – mit Anschleichen und Verkleiden. In der einen Hand hielt er einen Beitel und in der anderen einen Hammer. Auf diese Weise wollte er möglichst punktgenau eine der Scheiben einschlagen. Darauf war er ganz allein gekommen. Doch jetzt kniete er schon mehrere Minuten auf den kalten Granitsteinen und hatte den entscheidenden Schlag noch nicht getan. Er wusste nämlich, dass dies der entscheidende Moment war. Sein Auftraggeber hatte ihm gesagt, dass er sich um die Alarmanlage keine Sorgen machen sollte, um die würde er sich selbst kümmern. Wenn der das nur nicht erwähnt hätte! Dann hätte er selbst jetzt nicht ständig an diese Gefahr denken müssen. So aber plagte ihn die Furcht, dass es mit dem Lahmlegen der Anlage nicht geklappt hatte. Würde eine Sirene losgehen, wenn er das Fenster einschlug, oder nicht? Er warf einen Blick auf sein Spiegelbild, das im Schein der Taschenlampe in der Scheibe zu erkennen war. Und zwar gleich mehrfach.

Da – plötzlich hob eine der Spiegelgestalten einen Arm. Und darin hielt sie weder Hammer noch Meißel, sondern eine Eisen-

stange! Das war nicht sein Arm! Ein zweites Buttnmandl stand hinter ihm und wollte ihn erschlagen. Nepomuk duckte sich, drehte sich um, sah einen Moment in glühende Augen und hetzte dann über den Rasen, so schnell es sein Kostüm erlaubte. Er rannte, als wäre der Leibhaftige hinter ihm her – was ja in gewisser Weise auch zutraf. In der Eile riss er die blöde Statue um, und das war wohl sein Glück. Denn hinter sich hörte er den anderen fluchen, und der Vorsprung wurde größer.

Dies alles hatte er gerade seinem Auftraggeber gebeichtet. Die beiden hatten sich wieder auf dem Christkindlmarkt getroffen, denn im größten Gewühl fiel man am wenigsten auf.

«Du Vollidiot», zischte der Münchner mit dem ostpreußischen Dialekt, «du lässt dich bei einem Einbruch von einen anderen Einbrecher vertreiben?»

«Vielleicht war es ja gar kein Einbrecher», entschuldigte sich Nepomuk.

«Was soll es denn sonst gewesen sein, ein echter Krampus vielleicht?»

«Nein, aber es war dunkel, und es war wirklich zum Fürchten.»

«Ein Einbrecher, der sich im Dunkeln fürchtet … Was bist du eigentlich für eine Witzfigur!»

«Was hätt ich denn tun sollen, ich hatte nix zum Zurückschlagen. Der andere hatte eine Eisenstange, und er wollt mi derschlogn, ich schwör's!»

«Und das soll ich glauben, dass ausgerechnet an diesem Tag noch einer einbrechen wollte?»

«Vielleicht war es ja die Konkurrenz?»

Der Auftraggeber überlegte einen Moment. «Also wenn einer meiner Wettbewerber auch schon Wind von der Sache bekommen hat, dann wird es höchste Eisenbahn. Wir versuchen es noch mal. Und wenn das nicht klappt, dann tritt Plan B in Kraft.»

Der verhinderte Dieb hatte keine Ahnung, was Wettbewerber waren, und was Plan B war, wusste er schon gar nicht. Aber er fürchtete, dass er dann nicht mehr mit von der Partie sein würde.

Am 16. gab's nicht nur Glühwein

An diesem Samstag fuhren Christine und Matthias in den Markt, um ihre Weihnachtseinkäufe zu erledigen. Es war natürlich Christines Idee gewesen, dass sie sich gegenseitig Skier schenkten. Beide hatten vor langer Zeit das letzte Mal auf den Brettern gestanden. Christine konnte auf einige Skikurse in ihrer Kindheit zurückblicken, während Matthias das Schwingen nie bewusst gelernt hatte. Sein Vater hatte ihn mit drei Jahren das erste Mal auf selbst abgeschnittene Ski gestellt – das übliche Verfahren im Talkessel. Vor fünfzehn Jahren hatte er dann wegen einer Fußballverletzung am Knöchel jeglichen Sport aufgegeben. Im Sommer hatte er noch sein Motorrad und kam wenigstens an die frische Luft. Aber jetzt stand es bis zum nächsten Frühjahr in der Garage, und Christine kam es so vor, als hätte auch Matthias sich in eine Art Winterschlaf begeben. Sie fand es schade, dass er im Winter seine ganze Freizeit auf der Couch verbrachte, und wollte das ändern. Es war ein langfristiges Projekt und bisher von wenig Erfolg gekrönt. Vielleicht würden die Ski helfen.

Sie selbst konnte es jedenfalls kaum erwarten. Letztes Jahr war der lange Winter eine zähe Zeit gewesen. Das Fitnessstudio hatte Christine zwar Bewegung verschafft, aber es konnte ihr die Natur nicht ersetzen. Der Geruch von muffigen Sportschuhen statt von klarer Bergluft, schwitzende Muskelmänner statt eleganter Gämsen, und nach Süden sah man in einen geputzten Spiegel anstatt aufs Steinerne Meer. Die Berge machten den Kopf frei, und das wollte sie auch im Winter nicht mehr missen.

Auf dem Weg von der Schönau in den Markt kamen sie an dem neuen Biomasse-Heizkraftwerk vorbei, das von den Betreibern als schönstes Heizkraftwerk überhaupt gepriesen wurde. Darüber konnte man durchaus unterschiedlicher Meinung sein, da die Schönheit sich lediglich daraus ergab, dass der Bau von außen mit Bäumen bemalt worden war. Als würde man jetzt das Werk vor Bäumen nicht mehr sehen. Und mit der klotzförmigen Anlage zwischen Schönau und Berchtesgaden war es ja nicht getan. Jahrelang waren überall die Straßen aufgerissen worden. In der Schönau gab es immer noch unpassierbare Gehwege, da sich einige Hausbesitzer nur zögernd entschließen konnten.

Sie parkten beim Autohaus und liefen Richtung Fußgängerzone. Vor dem Eingang des Christkindlmarkts parkten einige Wagen vom Bayerischen Rundfunk. Drinnen in der Metzgergasse stauten sich die Menschen. Scheinwerfer leuchteten den Platz des Schnitzers aus, der dort seit Eröffnung des Marktes an einer Marienstatue arbeitete. Er war damit schon ein ganzes Stück vorangekommen. Neben dem alten Mann in Berchtesgadener Tracht stand eine junge Frau in Münchner Chic mit einem Mikrophon in der Hand. Christine und Matthias konnte nicht verstehen, was gesprochen wurde, aber sie sahen, dass der Schnitzer sehr einsilbig antwortete und die Journalistin etwas verzweifelt wirkte.

Natürlich gab es in Berchtesgaden diverse qualifizierte Verkaufsstellen für Skiausrüstung. Matthias steuerte zielstrebig quer über den Weihnachtsschützenplatz, wo sie zunächst eine Pferdekutsche voller juchzender Kinder vorbeilassen mussten.

Ski gab es im Keller des Geschäfts. Natürlich kannte Matthias den Verkäufer, bei dem es sich um den Juniorchef handelte. Als klarwurde, dass zwei komplette Ausrüstungen gebraucht wurden, materialisierte sich zusätzlich der wettergegerbte Senior. Christine hatte ihn schon auf diversen Bergtouren getroffen. Als sie ihre minimalen Skikenntnisse offenbarte, riet er zu einem leichtdrehenden Modell in kurzer Länge. Christine verließ sich blind darauf, in den richtigen Händen zu sein. Matthias war anspruchsvoller und diskutierte lange hin und her. Schließlich hatte er sich für ein Paar entschieden, das seiner Größe, seinem Gewicht, seinem Können und der primären Verwendung angemessen schien. Als Nächstes wurde kurz die Frage der Bindung diskutiert. Bei den Schuhen wurde es dann wieder ausführlicher. Der Verkäufer belehrte Christine, dass man Skischuhe anders kaufte als Bergschuhe. Während bei Bergschuhen vorn ein Zentimeter Luft sein sollte, mussten Skischuhe den Fuß eng umschließen.

Für vollkommene Fußanpassung kamen die Innenschuhe in einen Backofen, wo sie weich und schwabbelig wurden. Anschließend musste Christine die Füße in den warmen Schwabbel stecken – ein Gefühl, das sie nicht jeden Tag brauchte. In leichter Abfahrtsposition musste sie dann zehn Minuten verharren. Es sah noch viel komischer aus, als es sich anfühlte. Das konnte Christine leicht feststellen, denn Matthias stand in der gleichen Position neben ihr. Sie musterten sich gegenseitig, bis sie gleichzeitig in hilfloses Kichern ausbrachen.

«Du siehst aus wie eine, die durch das Plumpsklo gefallen ist», sagte Matthias.

Stöcke gab es gratis dazu, damit war der Hardware-Kauf erledigt. Sie ließen alle Sachen da, weil die Ski noch präpariert und die Bindungen anhand der Schuhgröße montiert werden mussten.

Als sie durch die Metzgergasse gingen, schnitzte der Schnitzer wieder still vor sich hin. Das Fernsehen war abgezogen. Es roch nach Weihrauch, und aus dem Glockenturm der Stiftskirche erklang vom Winde verwehter Trompetenschall. Ein Mann mit vier leeren Haferln kam ihnen entgegen.

«Lass uns noch einen Glühwein nehmen» sagte Christine. Sie kam einfach nicht dagegen an. Die Holzbuden mit den selbstgemachten Sachen, die Gerüche, die Musik, die ganze fast kitschige Atmosphäre nahm sie einfach gefangen.

Der Einfachheit halber machten sie diesmal nicht den Umweg über Tante Hildegard. Mit den gefüllten Neubechern schlängelten sie sich zu einem Stehtisch, auf dem bereits drei Altbecher standen. Diese gehörten drei Männern mittleren Alters und waren heute offenbar bereits mehrmals nachgefüllt worden. Die Altbecherbesitzer rückten zögerlich zur Seite, ohne ihr Gespräch zu unterbrechen. Sie machten gerade so viel Platz, dass Christine und Matthias mit ausgestrecktem Arm durch die Lücke hindurch ihre Haferl auf dem Tisch abstellen konnten, und ignorierten sie ansonsten komplett.

Als sie zum Auto zurückgingen, fragte Christine, worüber die drei Männer eigentlich gesprochen hätten. «Die haben so leise gesprochen und dabei noch genuschelt, ich hab kein einziges Wort verstanden.»

«Ganz genau hab ich es nicht mitbekommen», antwortete Matthias. «Aber ich glaube, dass es um was Illegales ging. Obwohl sie wegen unserer neuen Haferl dachten, dass wir sowieso nichts verstehen, haben sie noch extra leise gesprochen. Ich hab was von Medikamenten verstanden. Vielleicht verbotene – Doping oder so.»

«Wie Leistungssportler sahen die aber nicht aus», sagte Christine.

«Stimmt, dafür waren die viel zu alt. Und sie waren auch nicht gut beieinander. Der Kleine, der am meisten geredet hat, war früher beim Zangei in der Werkstatt, wurde dann aber entlassen. Warum, weiß ich nicht.»

Der Inhaber der Autowerkstatt und Tankstelle in Königssee hieß tatsächlich mit Nachnamen Zange – ein Umstand, der Christine jedes Mal erheiterte, wenn sie dort vorbeikam. «Sie wollten solche Medikamente kaufen?», fragte Christine.

«Klauen wohl eher. Aber darüber haben sie nur in Andeutungen gesprochen. Von einem Keller, in dem etwas lagert, war die Rede.»

«Seltsam. In der Klinik wurde vor längerer Zeit mal in den Arzneimittelraum eingebrochen. Aber wir haben die nicht im Keller, und meines Wissens auch keine der Apotheken hier.»

«Ich weiß es wirklich nicht. Wahrscheinlich haben die nur rumgesponnen», meinte Matthias.

Als sie zum Parkplatz zurückkamen, sahen sie, dass ihre veranschlagte Parkzeit überschritten und eine uniformierte Mitarbeiterin der kommunalen Verkehrsüberwachung gerade dabei war, ihre Autonummer zu notieren. «Wohl etwas zu lange eingekauft, was?», sagte die Frau mit einem etwas hämischen Unterton.

«Ja», antwortete Matthias, «aber wir haben Glück – wir fahren nämlich jetzt weg.»

Damit stiegen sie ein und fuhren davon, bevor die Dame ein Knöllchen unter den Scheibenwischer schieben konnte.

«Diese Berchtesgadener Schlagfertigkeit muss irgendwie

genetisch bedingt sein», sagte Christine. Schon öfter hatte sie Matthias dafür bewundert.

«Ach was, jahrelanges Training.»

Anschließend fuhren sie zu einem jahrhundertealten Wirtshaus am Rande von Berchtesgaden. Der Gamspfeffer dort war legendär, und ein Kollege, der mit dem Koch verwandt war, hatte Matthias gesteckt, dass der Jäger letzte Woche eine Gams gebracht habe.

In der Kernzone des Nationalparks wurde zwar nicht gejagt, aber in den Randgebieten durften die reichlich vorhandenen Gämsen geschossen werden. Nur die Steinböcke waren allgemein geschützt.

«Wir müssen vorher noch am Bahnhof vorbei», sagte Christine. «Da liegt mein neuer Rucksack.»

«Dein Rucksack liegt am Bahnhof?»

«Ja, ich hab ihn im Internet bestellt. Der Verkäufer hat mich angerufen, er sei aus Freilassing und hauptberuflich Lokführer. Er wollte den Rucksack bei seiner nächsten Fahrt nach Berchtesgaden mitbringen und beim Fahrdienstleiter abgeben.»

«Die spinnen, die Freilassinger», sagte Matthias.

«Ich finde das spannend», sagte Christine. «Wenn man sich vorstellt, jeder Lokführer macht einen Internetshop auf ...»

«... dann wird die Verlagerung des Gütertransports auf die Schiene endlich Wirklichkeit», beendete Matthias den Satz.

Manchmal war es fast unheimlich, wie sie sich zu ergänzen schienen. Wenn ihr vor drei Jahren jemand gesagt hätte, sie würde einmal mit einem Mann zusammenleben, der aus dem hintersten bayerischen Gebirgsdorf kam, und dass sie sogar selbst dort leben würde, hätte sie laut gelacht. Doch genau das war seit zwei Jahren der Fall, und Christines einzige Sorge hinsichtlich dieser Beziehung drehte sich nicht um die Reibungspunkte, im Gegenteil. Am Anfang hatte sie die buddhistische Gleichmut von Matthias rein positiv gesehen, zweifellos wirkte er ausgleichend auf sie. Doch mittlerweile fragte sie sich manchmal, ob es des Gleichmuts nicht etwas zu viel war. Waren die letzten Monate mit ihrem Exmann nicht auch so gewesen? Nur, weil es keinerlei Streit gab, hatte sie gedacht, es sei alles in Ordnung. Dabei hatten sie in Wirklichkeit komplett nebeneinanderher gelebt. Bis es eines Tages zum Knall gekommen war. Die ganze Scheidung war dann wieder so glatt über die Bühne gegangen wie der samstägliche Bettenwechsel in einem Hotel. Erst jetzt kam alles wieder hoch. Wahrscheinlich war das völlig normal, und Matthias hatte überhaupt nichts damit zu tun.

Das Wirtshaus war um die dreihundert Jahre alt. Die Wirtsstube wirkte durch die dunkel getäfelte Decke noch niedriger, als sie schon war. In einer Ecke stand ein großer Kachelofen, über dem an Holzstangen hängend großmütterliche Liebestöter drapiert waren. An einen dicken Balken waren urzeitliche Ski ohne Kanten und mit Riemenbindung genagelt. Eine lange, mit Fleckerlteppich bespannte Bank reichte unter den Fenstern hindurch von Wand zu Wand. Davor standen massive Holztische und die typischen Stühle mit dem ausgeschnittenen Herz in der Lehne. Unter der Decke befand sich ein umlaufendes Regal mit Trödel aller Art, vom Zinnkrug bis zum Vogelkäfig.

«Das sieht alles gut aus», sagte Christine, während sie in die Speisekarte schaute. «Aber ich werde wie geplant den Gamspfeffer nehmen.»

«Geplantes Vorgehen, so kenn ich dich», sagte Matthias.

Als die junge Bedienung kam, wahrscheinlich ein Lehrmädchen, bestellte Christine in schönstem Norddeutsch: «Also, wir hätten dann gerne zweimal den Gamspfeffer. Und dann hätte ich noch eine Frage: Welcher der offenen Rotweine passt denn am besten dazu?»

«Moment, da muss ich fragen», antwortete das junge Mädchen und verschwand.

Kurz darauf erschien eine Frau, die trotz ihrer erst mittleren Jahre eine altmodische Zopffrisur trug. Mit in die Hüfte gestemmten Händen und unwilliger Miene, als sei sie bei einer viel wichtigeren Tätigkeit gestört worden, schnappte sie: «Ja bitte?»

Christine wiederholte ihre Frage: «Welcher der offenen Rotweine passt denn am besten zum Gamspfeffer?»

Die Antwort kam wie aus der Pistole geschossen: «Müssen Sie doch selber wissen, was Ihnen am besten schmeckt!»

Christine war platt. Matthias saß still auf seinem Platz und grinste vor sich hin.

«Ja ... ja dann hätte ich gern ein Weißbier», bestellte Christine schließlich verdattert.

Als die Frau weg war, machte Matthias wieder den Mund auf: «Das war die Betti. Ist die nicht charmant? Ich hab extra den Mund gehalten, damit sie uns für Touristen hält.» Er grinste immer noch.

«Unglaublich. Und das nur, weil ich Hochdeutsch spreche. Wenn du gefragt hättest, hätte sie dich geduzt und dir wahrscheinlich die ganze Weinkarte auswendig vorgetanzt.»

«Das nun nicht gerade. Dazu müsste ich schon der Bankdirektor oder der Notar sein. Aber geduzt hätte sie mich, das ist klar.»

«Das ist ja schlimmer als auf dem Oktoberfest», grummelte Christine. Es war immer das Gleiche: Wenn Matthias zuerst sprach, wurden sie beide geduzt. Wenn sie zuerst sprach, wurden sie gesiezt.

Der Gamspfeffer war auf jeden Fall eine Pracht. Er kam in einer würzigen dunklen Soße, mit Spätzle und Preiselbeeren. Die Portionen waren reichlich bemessen, sodass Christine vorzeitig aufgab.

«Sollen wir hier noch einen Enzian trinken oder lieber bei Manu hereinschauen?», fragte Matthias, als die Teller abgeräumt waren.

«Sagen wir so, bei Manu fühle ich mich willkommener», sagte Christine. Manus schummrige Kneipe mit dem abgeblätterten Sperrmüllcharme war zwar optisch eine Katastrophe, aber die Herzlichkeit der Chefin machte das wieder wett. Manus Kneipe war eine Art Zeitloch, in das man abtauchen konnte, wenn die Gegenwart zu garstig wurde.

Sie fuhren also zurück in den Markt und parkten unter den wachsamen Augen von Tante Steffi – Holzhammer hatte ihnen von seiner dauerobservierenden Tante erzählt.

Bei Manu war alles unverändert. Am Dartautomaten tummelten sich die gleichen Jugendlichen wie immer, die Promifotos an den Wänden hatten die gleiche Patina wie immer, selbst die neu hinzugekommenen. Und der breite Rücken auf einem der abgewetzten Barhocker an der L-förmigen Theke war natürlich auch keine Überraschung. Die Weihnachtsdekoration bestand aus einem mit Lametta beworfenen Fichtenzweig auf der Theke und drei schiefen, tropfenden Kerzen.

Manu begrüßte sie wie üblich. Mit ausgebreiteten Armen schwebte sie um den Tresen herum und schloss beide nacheinander mit solcher Inbrunst in die Arme, als wären sie gerade aus Geiselhaft oder Kriegsgefangenschaft heimgekehrt. Das war eigentlich nicht Berchtesgadener Art, aber eben Manus.

«Hockt's euch schon her», sagte Holzhammer, ohne sich umzudrehen.

Als Manu sie freigegeben hatte, rutschten sie neben Holzhammer auf zwei ehemals fellbezogene, inzwischen längst glatzköpfige Barhocker.

«Wie geht's mit der Verbrechensbekämpfung?», fragte Christine ihren Lieblingspolizisten.

«Alles im grünen Bereich, aber mit dem Waberer seine Anzeigen kommen mir noch ins Guinessbuch. Weltrekord in der Disziplin ‹serienversuchte Orthopäden-Attacke› ... oder ‹versuchte Orthopäden-Serienattacke›. Wie auch immer.»

Christine wusste es zu schätzen, dass Holzhammer sich stets bemühte, in ihrer Gegenwart «nach der Schrift» zu sprechen.

«Er hat schon wieder was gemeldet?»

«Allerdings. Grad heut will er wieder jemand auf seinem Grundstück gesehen haben. Zusammen mit den Angreifern und Einbrechern von Nikolaus und dem von letzter Woche wär das dann der fünfte Vorfall.»

Da war doch an einen echten Wahn zu denken. Aber das konnte Christine jetzt nicht ansprechen, sonst hätte Barfrau Manu mitbekommen, dass Holzhammer und sie schon wieder konspiriert hatten. Gespräche über halbwegs belanglose Dienstsachen hingegen wurden an Manus Tresen ständig geführt. «Und es gibt nichts, was seine Angaben bestätigt?»

«Ned wirklich. Und seit er die Alarmanlage scharfgemacht hat, geht die bei jedem Marder an, der über die Terrasse läuft. Da rücken mir doch ned jedes Mal aus. Mir haben schließlich genug ernsthafte Verbrechen aufzuklären. Wenn zum Beispiel a Buttnmandl-Kostüm gestohlen wird.»

«Wurde denn eins gestohlen?», fragte Matthias.

«Oans? Zwoa!», rief Holzhammer entrüstet.

Christine schmunzelte. Der Diebstahl musste für ihn eine Freveltat sondergleichen darstellen.

«In der Nacht vom Fünften auf den Sechsten san zwei komplette Kostüme verschwunden», erzählte Holzhammer weiter. «Des eine hing in der Schönau draußen zum Trocknen, des andere in der Oberau. Von zwei ganz verschiedene Bassen also. Beide Buttnmandl konnten am Sechsten ned mitlaufen.» Holzhammer nahm vor lauter Mitgefühl einen tiefen Zug aus seinem Weißbierglas.

«Sind die Kostüme denn wertvoll?», fragte Christine. Sie konnte sich nicht vorstellen, warum jemand so ein stinkendes Fell stehlen sollte, in dem vorher außer der Kuh auch noch ein schwitzender fremder Mensch gesteckt hatte.

«Könnt alles Mögliche sein», sagte Holzhammer. «Am ehesten a Bubenstreich. Oder a Bosheit von a anderen Bass. Oder Touristen, die sich daheim in Köln a Buttnmandl übern Kamin hängen wollen.»

«Da fällt mir was ein», sagte Christine zu Matthias. «Du hast doch bei den Buttnmandln in unserer Straße diesen Missklang gehört.»

«Stimmt, ich kenn die Bass ja von klein auf, die haben immer besonders großen Wert auf ein harmonisches Geläut gelegt. Und heuer war mindestens einer dabei, der voll danebenlag.»

«Ob sich da falsche Buttnmandl eingeschlichen haben?», fragte Christine. «Das würde beides erklären, den Kostümdiebstahl und das falsche Läuten.»

«Des würden die Ganggerl doch merken», wandte Holzhammer ein.

«Vielleicht war das Kuckucksmandl nur ganz kurz dabei»,

überlegte Christine. «Es könnte an einer dunklen Stelle kurz vor unserem Haus unauffällig dazugestoßen sein. Kurze Zeit später ist es dann wieder abgebogen.»

«Und warum?», fragte Matthias.

«A Mutprobe, das wär durchaus möglich», sagte Holzhammer.

«Und wenn es der Einbrecher vom Waberer war?», sagte Christine. «Das ist bei uns um die Ecke.»

«Dann war es trotzdem koa Einbrecher, sondern irgend a Blödsinn», sagte Holzhammer. «Ist halt a wild gewordenes Buttnmandl bei ihm übern Rasen gerannt. Mir doch wurscht.»

«Würde ja auch seine anderen Geschichten nicht erklären», gab Christine zu.

«Eben. Ich bleib dabei: Der hat an Schuss.»

«Ich kenn auch niemand, der freiwillig zu dem gehen würde», sagte Matthias.

«Und wie kommt er dann zu der großen Praxis?», fragte Christine.

«Im Grunde gehen hauptsächlich Touristen zu ihm. Die haben oft nur einen verstauchten Knöchel oder wollen was gegen die Rückenschmerzen vom ungewohnten Hotelbett. Da kann man nicht viel falsch machen», sagte Matthias. «Einheimische gehen höchstens zu ihm, wenn's pressiert und kein anderer Zeit hat.»

Holzhammer nickte zustimmend.

«Dann operiert der auch gar nicht?», fragte Christine.

«Dazu kommt's heut wohl kaum noch», sagte Holzhammer. «Aber früher hat er manchmal Dienst in der Notaufnahme gemacht. War wohl gut für den Ruf. Da muss er einige zusammengeflickt haben.»

«Zum Glück steht er kurz vor der Rente», sagte Matthias.

«Für mich ist das kein Glück», erwiderte Holzhammer. «Dann hat er noch mehr Zeit, sich wichtig zu machen.»

«Stimmt», mischte sich an dieser Stelle Manu ein. «Das mit der Wichtigtuerei hab ich letztens wieder erlebt. Ich war essen mit meiner Mama im Goldenen Bär, und am Tisch in der Ecke saßen ein paar Sportfunktionäre mit Franz Beckenbauer. Natürlich waren an den Nebentischen einige am Tuscheln, aber keiner dachte daran, die Leut zu stören. Bis auf den Waberer, der auch irgendwo saß. Plötzlich geht der hin, pflanzt sich vor dem Beckenbauer auf und erzählt ihm einen schweinischen Witz. Natürlich hat keiner gelacht.»

«Ha», machte Holzhammer in Andeutung eines Nichtlachens.

«Ich frag mich, warum sich überhaupt jemand von so einem operieren lässt», sagte Matthias.

«Na ja, bei manchen Sportverletzungen muss es schnell gehen», sagte Christine. «Oder man hat zwar die Wahl, muss sich aber sofort entscheiden. Zum Beispiel beim Kreuzbandriss: Entweder man operiert sofort, oder man wartet sechs Wochen, bis die Schwellung abgeklungen ist.»

«Am Anfang war der Waberer in allen möglichen Vereinen dabei», erzählte Holzhammer. «Von die Funtenseer bis zur Feuerwehr. Aber die meisten haben schnell gemerkt, was sie sich da eig'fangt haben. Er wusste immer alles besser, und die andern durften die Arbeit machen.»

Der Gebirgstrachtenerhaltungsverein GTEV d'Funtenseer war Christine schon mehrfach untergekommen. Die Funtenseer waren für ihre Trinkfestigkeit und ihre Feste bekannt.

«Nur die Zipfelhauben haben ihn gar nicht erst reingelassen», sagte Matthias.

«Wer?», fragte Christine. Für sie waren Zipfelhauben bisher nur eine hiesige Kopfbedeckung gewesen.

Matthias drehte sein Glas hin und her und sagte: «Die Zipfelhauben sind ein ehrwürdiger Verein. Das sieht man schon daran, dass mein Vater da Mitglied war.»

«Und was machen die?»

«Sie haben einen monatlichen Stammtisch und veranstalten einmal im Jahr einen Ball. Und zwischen dem elften Elften und Aschermittwoch muss jedes Mitglied ständig eine Zipfelhaube bei sich führen. Wobei Miniaturzipfelhauben nicht statthaft sind.»

«Verstehe», antwortete Christine. Aber das war natürlich geschwindelt.

Am 24. greift jetzt Holzhammer ein

«Der Waberer? Daschoss'n?», rief Holzhammer entgeistert in sein Handy. Als Christines Anruf ihn erreichte, stand er nur wenige Kilometer entfernt im Schneematsch. Zusammen mit seiner Frau hatte er den Bischofswieser Weihnachtsschützen zugeschaut, bei denen sein Sohn Andi dabei war. Zum Glück war gerade Ladepause, sonst hätte er kein Wort verstanden.

Holzhammer besann sich und fügte hinzu: «Bin scho unterwegs! Die Schützen sollen dableiben. Aber ned alle die Leich anlangen.»

Marie war es natürlich überhaupt nicht recht, dass er sie ausgerechnet am Heiligen Abend allein lassen wollte. «Kann der Waberer sich ned wann anders daschiaß'n lassen?», fragte sie empört.

«Besser heut als morgen. Die Würschtel kann ich auch später noch essen», antwortete Holzhammer. Am Weihnachtsabend gab es traditionell nur Würstchen mit Kartoffelsalat, weil man ja erst zum Schießen und später dann in die Kirche ging. Am ersten Feiertag hingegen, wenn die Familie zu Besuch kam, pflegte Marie groß aufzukochen. Ihre einzigartigen Kochkünste ließen Holzhammer sogar freiwillig die angeberischen Geschichten von Onkel Korbi ertragen.

«Helft nix, ich muss jetzt weg, der Andi fährt dich heim»,

teilte er seiner Angetrauten mit und ließ sie stehen. Wenn er sich jetzt auf Diskussionen einließ, würde er erst morgen zum Tatort kommen.

Im Auto überlegte Holzhammer, wer jetzt alles zu informieren war. Ein Erschossener, und der Tatort war sogar mit dem PKW zugänglich, da konnte sich wirklich jeder nützlich machen. Streifenpolizisten, Spurensicherung, sogar sein Chef.

Er rief Dr. Fischer an. Da es im Hintergrund böllerte, schloss Holzhammer, dass sein Chef im Markt war und den dortigen Weihnachtsschützen zuschaute, die hoch über dem Ort am Lockstein standen.

«Servus, frohe Weihnachten. Mir ham an Toten. Daschoss'n», sagte Holzhammer.

«Was? Blödsinn», antwortete Fischer. Als würde seine rechte Hand mit so etwas Unfug treiben.

«Die Christine hat's gemeldet, die wird's ja wohl wissen. In der Schönau, beim Weihnachtsschießen. Ich bin auf dem Weg. Rufst du in Traunstein an?»

Das nahm dem Polizeichef den Wind aus den Segeln. «Ist gut, fahr hin, ich schick noch ein paar Leute aus der Dienststelle und ruf in Traunstein an. Dann komm ich selbst», sagte er.

«Ich komm dann selbst», äffte Holzhammer seinen Chef nach, während er das Handy auf den Beifahrersitz warf.

Erst während der Fahrt wurde ihm bewusst, was wirklich passiert war. Ihm wurde heiß im Gesicht. Einen Moment lang verschwamm die Straße vor seinen Augen. Der Wagen machte einen Schlenker. Den Waberer hatte es erwischt. Den Nervbolzen, den Spinner. Den Klageführer, dessen Klagen er die ganze Zeit als Blödsinn abgetan hatte. Immer wieder hatte Waberer behauptet, man wolle ihm ans Leder. Und er hatte das nicht ernst genommen. Vielleicht hätte er diesen Mord verhindern können.

Als er das Bodnerfeld erreichte, bot sich ihm der Albtraum eines jeden Ermittlers. Hunderte Menschen, die überall herumtrampelten und garantiert jede Spur zerstörten. In der Luft lag immer noch Pulverrauch, aus der Ferne hörte man mehrere Sirenen.

Holzhammer schritt über die Wiese und erreichte nach ein paar Metern den Rand der Zuschauermenge. Hier außen hatte man offenbar noch gar nicht mitbekommen, warum das Schießen abgebrochen worden war. Klar, durch den Qualm hatten nur die nächststehenden Zuschauer den Mann fallen sehen. Vermutungen flogen kreuz und quer durch die Luft. Wahrscheinlich konnte schon jetzt keiner mehr unterscheiden, was er selbst gehört oder gesehen hatte und was ihm nur erzählt worden war.

Er sah, dass die Schützen ungefähr in der Mitte ihres flachen Hügels zusammengeströmt waren, und drängte sich unten, wo der Weg besser war, weiter durch.

Einige Zuschauer waren neugierig zu den Schützen hinaufgestiefelt und verstärkten den Ring, den die ratlosen Schützen um den Toten gebildet hatten.

«Polizei, Platz da», sagte Holzhammer und setzte gleichzeitig seine Bierkugel als Rammbock ein, um den Ring zu durchbrechen. Die Schützen kannten ihn, und die Feriengäste zeigten Respekt vor der Uniformmütze, die er sich im Auto aufgesetzt hatte. Da er ursprünglich nicht im Dienst gewesen war, trug er dazu eine rote Funktionsjacke in Übergröße.

In der Mitte des Auflaufs kniete Christine neben dem Toten. In ihrem Rücken hatte sich Matthias aufgebaut, damit die Menge ihr wenigstens ein bisschen Platz ließ. Dass es sich bei dem Toten tatsächlich um Heimito Waberer handelte, sah Holzhammer auf den ersten Blick. Musste er sich Vorwürfe machen? In diesem Moment machte er sich jedenfalls welche. Und es gab nur eins, was er tun konnte, um sein Gewissen zu beruhigen: die Sache so schnell und so gründlich wie möglich aufklären. Die Weihnachtsfeiertage waren für ihn vorbei, bevor sie angefangen hatten.

Er wandte sich an Christine: «Was sagst?»

«Der Mann fiel nach vorn um, ich habe ihn auf dem Bauch liegend gefunden. Der Einschuss – es muss ein Schuss gewesen sein – ist am linken Schulterblatt. Als ich gesehen habe, dass er fällt, bin ich sofort losgerannt, aber als ich ankam, war er bereits tot. Vorn ist nichts zu sehen, die Kugel steckt wohl. Wenn du mich fragst, ging sie von hinten ins Herz.»

An der Straße war jetzt Blaulicht zu sehen. Drei Streifenwagen bogen in den Parkplatz beim Wirtshaus ein. Holzhammer telefonierte mit den Kollegen am Fuß des Hügels. Sie sollten schnellstens den rückwärtigen Bereich absperren, das war das Wichtigste. Nach Christines Aussage musste der Schuss von hinten gekommen sein und nicht aus Richtung der Zuschauer. Vielleicht war da doch noch irgendwas an Spuren zu retten. «Und lasst's wen da, dass die Leut ned einfach über das Bandl steigen.»

Dann wandte er sich an die umstehenden Weihnachtsschützen. «Wer ist denn direkt neben dem Waberer gestanden?»

Zwei Männer traten vor, beide kannte Holzhammer. Der eine war Metzger, der andere Lehrer am Gymnasium. Auch der Schützenmeister löste sich aus der Menge. Er war Besitzer einer großen Schreinerei, schaffte es jedoch irgendwie immer, so heruntergekommen auszusehen wie der letzte Krattler. Wahrscheinlich machte er das mit Absicht, um nicht allzu oft eine Runde schmeißen zu müssen. Diesmal hatte er einen völlig zerknautschten Hut auf, und seine graue Joppe zierte ein großer grünlicher Fleck.

«Mir ham Schnellfeuer g'schossen», sagte der Schützenmeister ungefragt. «Und bei der dritten Runde fällt der plötzlich um.»

«Hast du das gesehen?», fragte Holzhammer.

«Na, ich steh ja ganz rechts, bei den ersten Schützen. Nach drei Runden Schnellfeuer siehst von da nimmer bis zur Mitten.»

Das war plausibel, der Rauch lag immer noch schwer in der feuchten, windstillen Luft.

«Aber so war's», bestätigte der Lehrer.

Der Metzger nickte nur.

«Habt's ihr sonst was gesehen? Beim Anrücken vielleicht?»

Die drei schüttelten den Kopf.

«Oder beim Nachladen? Dass da jemand hinter euch war?»

Wieder nur Kopfschütteln.

Der Schützenmeister fügte hinzu: «Ich steh zwar leicht hinter den Schützen, aber ich schau ja nach vorn. Grad beim Nachladen, da schau ich, wann's fertig san.»

Ein junger Polizist in Uniform trat zu Holzhammer. «Die Absperrung hintenherum steht», sagte er.

Holzhammer blickte sich um. Die Weihnachtsschützen machten nicht den Eindruck, als würden sie ihm weglaufen, aber bei den Zuschauern gab es schon Absetzbewegungen. «Sehr gut. Dann kümmert's euch jetzt um die Zuschauer. Fangt von den Seiten an, je zwoa Mann von links und rechts. Braucht's ned jeden einzeln ansprechen, fragt einfach alle paar Meter in die Runde, ob jemand was gesehen hat. Die, an denen ihr vorbei seid, sollen dann heimgehen, vor allem die Gäste. Dass sie ihr Abendessen ned verpassen.»

Im Winter buchten die meisten Gäste Halbpension. Zumindest diejenigen, die nicht in Ferienwohnungen oder privat untergebracht waren. Und wenn sie jetzt wegen höherer polizeilicher Gewalt das Abendessen verpassten, würde es in jedem Hotel und jeder Pension endlose Diskussionen darüber geben, ob dieses Essen zu zahlen war oder nicht. Das waren ganz automatische Überlegungen. Auch ein Berchtesgadener Polizist war zwar in erster Linie dem Gesetz verpflichtet, doch gleich dahinter kam der Tourismus, von dem praktisch hundert Prozent aller Arbeitsplätze abhingen.

«Von da unten kann niemand gesehen haben, ob hinter den Schützen einer wegrennt», mischte der Lehrer sich ein. «Da müsste man ja im Bogen schauen, und das geht ned.»

Natürlich hatte er recht, der Mann unterrichtete schließlich Physik. Holzhammer wusste das, weil seine Tochter bei ihm Abitur gemacht hatte. Die bislang Einzige in der Familie mit Abitur.

Trotzdem wiederholte er seine Anweisung: «Fragt, ob jemand was gesehen hat. Vielleicht schon beim Herkommen. Oan, der sich komisch verhält, der herumschleicht oder sonst was.»

Als der junge Polizeiobermeister gegangen war, wandte Holzhammer sich wieder an die Schützen. «Sagt a mal – ihr habt zwar nix gesehen, aber vielleicht gehört? Vielleicht an Knall, bisserl anders als die Böller? Der a Schusslaut gewesen sein könnt?»

Alle schüttelten die Köpfe.

Holzhammer überlegte. Wenn es keinen Schusslaut gegeben hatte, der sich von dem der Brauchtumswaffen unterschied …

Konnte die Mordwaffe ein manipulierter Vorderlader gewesen sein? Er wollte nichts versäumen. Er nahm das Handy zur Hand und rief vier Leute von der hinteren Absperrung zu sich. Als sie erschienen, sagte er: «Alle Böller san konfisziert. Sammelt sie ein.»

«Ich glaub, dass du spinnst», rief der Schützenmeister. «Mit am Böller kann man niemand daschiaß'n. Und hergeben tun mir die gleich gar ned.»

Dass ein normaler Handböller keine Kugeln verschoss, wusste Holzhammer auch. Aber war es wirklich so schwer, aus dem Brauchtumsgerät eine Mordwaffe zu machen? An Handwerkern, speziell auch an Drehern und Werkzeugmachern, war im Talkessel schließlich kein Mangel. Einen gescheiten Lauf in die altertümliche Holzschale einfügen, das würde wohl so mancher hinbekommen. Holzhammer würde sich gleich morgen mit dem Böllermacher darüber unterhalten. Auf die Ergebnisse der ballistischen Untersuchung würde er jedenfalls nicht warten. Das würde sicher bis zum 27. dauern.

Holzhammer nickte dem Bereitschaftspolizisten zu und gab ihm so zu verstehen, dass seine Anweisungen auszuführen seien. Doch er stieß auf Widerstand.

«Spinnt's ihr, des san keine Wasserpistolen», sagte der Schützenmeister zu Holzhammer. «Die meisten san seit Generationen in der Familie. Außerdem brauch ma die noch für heut Abend.» Und laut rief er seinen Schützen zu: «Gebt's die Böller ja ned her!»

Holzhammer knickte ein. Das Schießen spätabends zur Christmette war rein brauchtumsmäßig tatsächlich der allerwichtigste Termin, obwohl nachmittags mehr Zuschauer kamen. Und wegen eines unbeliebten Waberers, der noch nicht mal im Talkessel geboren war, würden die Schönauer das auf keinen Fall absagen. Er sah ein, dass er keine Chance hatte, auch wenn er nicht mit bewaffnetem Widerstand rechnen musste. Schließlich konnte man mit den schweren Vorderladern nicht scharf schießen – bis auf einen vielleicht. Er würde auch anders zum Ziel kommen.

«Die san alle registriert, oder?», fragte er den Schützenmeister daher, ohne auf den Widerstand gegen die Staatsgewalt näher einzugehen.

«Registriert, regelmäßig beschossen und geprüft. Das wird kontrolliert.»

«Und a schriftliche Mitgliederliste habt's ja wohl auch?» So ganz sicher konnte man nicht sein bei denen in der Schönau.

«Selbstverständlich», sagte der Lehrer. «Ich bin ja Schriftführer.»

«Sehr gut – ein Schönauer, der lesen und schreiben kann», sagte Holzhammer. Und zu seinen Kollegen: «Also gut, dann lassen mir des mit den Böllern. Ich geh mit den Schützen für weitere Befragungen zum Bodner, und ihr wartet hier auf die Tatorttruppe und den Arzt.»

Langsam sortierte sich die Menge. Die Gäste gingen in ihre Pensionen und Ferienwohnungen, um über die Ereignisse zu sprechen, und Holzhammer zog mit den Weihnachtsschützen zu dem Gasthof, der dem Bodnerfeld seinen Namen gab. Auch Christine und Matthias gingen mit.

«Was ist denn mit Straßensperren?», fragte Christine.

«Hab ich auch dran gedacht», sagte Holzhammer. «Aber wenn das keiner aus dem Talkessel war, dann lass ich mich zum Kosmetiker umschulen. Selbst die, die am nächsten gestanden sind, haben ausschließlich Böllerschüsse gehört. Keine Pistole ned, kein Gewehr ned. Jetzt zeig du mir den Auswärtigen, der mit am manipulierten Böller daherkommt. Und wenn, dann hat er den längst entsorgt. In die Ache geschmissen. Also gibt's nix, wonach mir suchen könnten.»

Als sie den Eingang erreichten, fuhr gerade der Wagen von Dr. Fischer vor. Wieso eigentlich erst jetzt? Holzhammer konnte sich gut vorstellen, dass der famose Dr. Fischer absichtlich gezögert hatte, um seiner rechten Hand die ersten Schritte zu überlassen. Der Polizeichef war wieder in Tracht, wie vor ein paar Wochen auf dem Christkindlmarkt. Holzhammer registrierte, dass sein Chef die Feinheiten noch nicht richtig im Griff hatte. An seinem Körper vermischten sich Elemente der Festtagstracht und der Schützentracht. Es genügte eben nicht, sich einen Gamsbart für 3000 Euro und eine Hirschlederne zu kaufen. Besonders peinlich war der Hut, auf dem der Gamsbart steckte. Es handelte sich nämlich weder um den schmalen Schützenhut noch um den festlichen, schwarzen Rundscheibling, sondern um ein x-beliebiges Sepplmodell für Touristen.

«Die Leiche wird direkt vom Polizeihubschrauber abgeholt», sagte Fischer zur Begrüßung. Es klang stolz – als würde die Münchner Polizei den Hubschrauber ihm schicken und nicht der Leiche.

Holzhammer erklärte kurz die Lage und was er veranlasst hatte. «Gut, dann bin ich ja gerade richtig gekommen, um die Befragung der Funktionsträger zu übernehmen», sagte Fischer. Als hätte Holzhammer ihm nicht gerade erklärt, dass er mit dem Schützenmeister und dem Schriftführer bereits gesprochen hatte. Aber wenn der zweifelhafte Trachtenträger die beiden noch ein bisschen nerven wollte, konnte er das Holzhammers wegen gerne tun. Die würden sich schon zu wehren wissen.

Der Bodnerwirt war natürlich begeistert über die unverhoffte Gästeflut und mobilisierte schleunigst ein paar Hilfskräfte zum Aufnehmen der Bestellungen. Holzhammer versuchte gar nicht erst, die 125 Schönauer Weihnachtsschützen davon abzuhalten, bereits vor Protokollierung ihrer Aussage ein Bier zu bestellen. So versorgt, würden sie wenigstens dableiben und sich nicht nach Gutdünken verdrücken.

Nachdem Fischer bei den sogenannten Funktionsträgern abgeblitzt war, unterstützte er tatsächlich seinen Hauptwachtmeister bei der Befragung der Schützen. Auch Müllerhuber wurde von Holzhammer dazu rekrutiert. Fischer arbeitete sich im Uhrzeigersinn durch die äußeren Tische, Holzhammer gegen den Uhrzeigersinn, und Müllerhuber kümmerte sich um die Tische in der Mitte. Jedem Schützen stellten sie die gleichen Fragen: Neben wem hatte er gestanden? War ihm etwas Ungewöhnliches aufgefallen? Vielleicht schon beim Anrücken? Wirklich nicht?

Das Frage-Antwort-Spiel verlief zügig. Nur ein paar allseits bekannte Schwätzer antworteten mit einem längeren Redeschwall, der aber im Endeffekt ebenfalls auf absolut nichts hinauslief. Keinem war auf dem Weg zum Bodnerfeld etwas Besonderes aufgefallen. Auch während des Schießens hatte niemand etwas gesehen, man achtete allenfalls noch auf seinen Nachbarn, damit beim Schnellfeuer keine Rhythmusstörungen auftraten. Auch beim Nachladen war man hochkonzentriert. Man achtete einfach nicht darauf, ob vielleicht irgendwo ein Mörder herumlief.

Nichts, nichts, nichts. Es war frustrierend, aber im Grunde hatte Holzhammer bei der Einzelbefragung auch kein anderes Ergebnis erwartet. Nur Pflichtbewusstsein und vielleicht ein winziger Hoffnungsrest irgendwo im Hinterkopf hielten ihn während der Prozedur bei der Stange.

Nach rund neunzig Minuten, so gegen siebzehn Uhr dreißig, hatten sie die Aussagen von einhundertachtzehn Schützen und waren keinen Schritt weiter. Sieben hatten sich also verdünnisiert, wenn Christine richtig gezählt hatte. Holzhammer hatte eigentlich mit mehr Schwund gerechnet. Sein Chef hingegen simulierte schon wieder eine halbe Herzattacke: «Wie konntest du die gehen lassen, wieso hast du die nicht zurückgehalten? Schlamperei!»

Das war mal wieder typisch. Holzhammer war ja nicht einmal vor Ort gewesen, als der Schuss fiel, wie hätte er da jemand am Gehen hindern sollen. Ermittlungstechnisch war es auch kein Drama, da sich die Namen der Fehlenden aus den Aussagen eindeutig erschließen ließen. Die meisten Schützen hatten nicht nur angegeben, wer direkt neben ihnen stand, sondern auch noch ein oder zwei weitere Mitschützen in jeder Richtung. Man kannte sich schließlich. Musste halt jemand die Ausreißer daheim aufsuchen.

Der Hauptwachtmeister war nicht in der Stimmung, sich anpflaumen zu lassen. Also gab er Kontra: «Hättest mir ja helfen können, wenn du eher da gewesen wärst. Wieso warst du eigentlich erst a halbe Stund nach mir da? Hast wohl deinen Wagen geschoben?»

Fischer lief ein bisschen rot an, sagte aber nichts mehr, sondern marschierte in Richtung Toilette – wahrscheinlich, um in Ruhe sein weiteres Vorgehen zu überdenken. Es war allgemein bekannt, dass Fischer für Ermittlungsarbeit ungefähr so viel Talent hatte wie eine Gams zum Kuchenbacken. Selbst schuld, hätte er halt nicht bei seiner Strafversetzung nach Berchtesgaden durchgedrückt, dass die gemütliche Polizeiinspektion zur Kriminalinspektion erhoben wurde. Ob Fischer auf dem Klo auch mit dem Staatsanwalt telefonierte? Holzhammer konnte sich das gut vorstellen, da war er ungestört und blamierte sich nicht vor den Schützen, indem er Salve und Schnellfeuer verwechselte.

Zögernd brachen die Schützen auf. Durch die Fenster der Gaststube konnte man sehen, wie sie grüppchenweise mit ihren altmodischen Rucksäcken in die Dunkelheit wanderten, teils still, teils lebhaft diskutierend.

Holzhammer gesellte sich zu Christine und Matthias. Christines Aussage über die Auffindungssituation hatte er natürlich als Erstes aufgenommen. Matthias hingegen hatte nicht mehr gesehen als alle anderen. Er saß in sich gekehrt auf seinem Stuhl.

«Wie geht's jetzt weiter?», fragte Christine.

«Wir werden sicher zuerst die üblichen Verdächtigen überprüfen», sagte Holzhammer.

«Also Erben, Ehefrau, Verwandte?»

«Genau.»

«Die Weihnachtsschützen sind ja wohl kaum verdächtig», sagte Matthias.

«Zumindest ned die, die tatsächlich beim Schießen waren. Man kann schließlich ned neben jemand stehen und ihm gleichzeitig in den Rücken schießen. Des wird sogar der Fischer spannen. Aber es schießen ja nie alle. Wer woaß, vielleicht hat sich einer auf den Weg gemacht und ist dann hinten irgendwo unauffällig abbogen.»

Alle Mitglieder der Weihnachtsschützen durften zwar schießen, aber sie mussten nicht. Niemand wusste vorher, wer erscheinen und aus wie vielen Schützen die lange Kette bestehen würde.

«Ich dad sagen, geht's ihr heim und macht eure Bescherung. Hier passiert nix mehr. Ob Fischer heut Abend noch eine Besprechung will, wird sich gleich aussi stellen. Der telefoniert grad auf dem Häusl mit dem Staatsanwalt.»

Weder Christine noch Matthias zeigten Verwunderung angesichts dieser Information. Was wiederum Holzhammer nicht verwunderte, hatten sie doch oft genug zu dritt über die zweifelhaften Charaktereigenschaften seines Chefs gelästert.

«Gut, dann wünschen wir dir noch viel Erfolg», sagte Christine. «Und wenn wir irgendwas tun können ...»

Holzhammer genehmigte sich jetzt endlich auch ein Weißbier, während er darauf wartete, dass sein Chef wieder auftauchte. Ein paar Minuten später kam Fischer zurück.

«Ich habe den Staatsanwalt informiert», sagte er.

«Na der wird si g'freit haben», antwortete Holzhammer.

«Ja, er war sehr zufrieden mit den Schritten, die ich eingeleitet habe», fuhr Fischer fort.

«Glückwunsch», sagte Holzhammer und fragte sich, ob der Mann eigentlich nie etwas merkte. Er mochte ja an der Universität ein Hecht gewesen sein, aber im täglichen Polizeidienst zählte doch eher das, was man neudeutsch als Soft Skills bezeichnete. Um zu verschleiern, dass sein Plan eigentlich schon feststand, fragte er: «Mach ma heut noch a Lage oder morgen? Ich würd sonst in der Früh als Erstes zum Böllermacher, a paar Fragen klären. Am Vormittag kimmt sicher der Bericht vom Berg. Und wenn mir überirdisches Glück haben, sogar scho was aus München. Dann hätten mir vernünftiges Futter für a hübsche Lagebesprechung so gegen elfe, zwölfe.»

«Ich setze eine Besprechung an für morgen, elf Uhr dreißig», sprach Fischer, als wäre ihm das selbst eben eingefallen.

«Gut, dann seh'n mir uns. Und schaut's zu, dass ihr bis dahin was über die Erben aussi bringt, der Tote hat nämlich koa Frau und koa Kind ned», instruierte Holzhammer seinen

Chef noch. «Und jetzt schau ich a mal nach dem Rolf, der da oben im Gatsch umanander duad.»

Damit stand der Hauptwachtmeister auf und griff nach seiner Jacke. Rolf Berg, Leiter der Spurensicherung und Holzhammers Sandkastenfreund, würde natürlich keinen Beistand brauchen. Im Gegenteil, er verbat sich gern die Störung durch Spurenvernichter jeglicher Art. Aber Holzhammer musste unbedingt noch etwas Bewegung haben. Das kam selten genug vor, normalerweise mied er sportliche Betätigungen, die über das Stemmen eines Maßkrugs hinausgingen. Momentan jedoch kam ihm das Adrenalin zu den Ohren raus. Warum hatte er die Beschwerden des Orthopäden nicht ernst genommen? Hätten sie dem Mann wirklich Polizeischutz gewähren sollen, wie er es wollte? Die Idee war der gesamten Belegschaft der PI Berchtesgaden völlig absurd erschienen. Und hätte Polizeischutz überhaupt verhindern können, dass Waberer hier, mitten unter diesen vielen Menschen, erschossen wurde? Die bisherigen Angriffe waren ja völlig dilettantisch gewesen – sofern sie überhaupt stattgefunden hatten. Ein derartiger Präzisionsschuss wäre in dem Zusammenhang mindestens genauso unwahrscheinlich erschienen wie ein Weihnachtsmann auf dem Berchtesgadener Christkindlmarkt.

Holzhammer stapfte durch den Matsch, dass es spritzte. In der Nacht würden die Pfützen auf der großen Wiese sicher gefrieren. Ein blöder Witz kam ihm in den Sinn: Sagt die Krankenschwester zum Arzt: «Der Simulant auf Zimmer neun ist gestorben.» Sagt der Arzt: «Jetzt übertreibt er aber wirklich.» Heute Abend war das nicht lustig.

Am Fundort standen inzwischen Scheinwerfer, Rolf Berg und seine Leute waren in voller Aktion. Der Hügel war heller erleuchtet als der Berchtesgadener Christkindlmarkt – was aber eigentlich auch keine Kunst war. Ein grün-weißer Polizeihubschrauber stand abseits, und ein Mann beugte sich über die Leiche, die man wieder auf den Rücken gedreht hatte. Das musste der Pathologe aus München sein, den wohl der Hubschrauber gebracht hatte.

Holzhammer war beeindruckt von dem Aufgebot, obwohl er natürlich wusste, dass dies bei Mord die Standardprozedur war. Aber so oft hatten sie das ja nicht. Soweit er zurückdenken konnte, war dies der erste Mord im Talkessel, der sofort als solcher zu erkennen war, ohne dass der Mörder von vornherein feststand. Die meisten Fälle waren doch relativ klar – wie damals bei der Frau, die ihren Mann mit dem Beil erschlagen hatte.

Rolf Berg streifte in einem weißen Wegwerfanzug im Gebüsch hinter dem Fundort umher. Angestrahlt von den Scheinwerfern, leuchtete der Chef der Spurensicherung wie ein Fabelwesen im Film. Allerdings trugen Einhörner oder Yetis nur ganz selten runde Brillen. «Na du fauler Hund», begrüßte er Holzhammer, «hast dich wohl in der warmen Stube versteckt?»

«Freilich, Fischer und ich haben mit 118 Weihnachtsschützen im Bodner versteckst di gespielt. Und ihr?»

«Mir haben drei Rucksäcke gefunden, nichts Besonderes darin. Haben die Schützen wohl in der Aufregung liegen lassen.»

«Die nimm i dann mit zur Dienststelle. Sonst nix?»

«Bis jetzt ned. Aber wir sind auch noch nicht durch. Wir untersuchen ein ziemlich großes Dreieck, mit Spitze bei der Leiche und Hypotenuse am hinteren Weg.»

«Und du bist sicher, dass du weißt, was a Hypotenuse ist?», fragte Holzhammer.

Den Einwurf ignorierend, fuhr Berg fort: «Um das Gebiet etwas eingrenzen zu können, warten wir noch auf die Einschätzung des Pathologen. Der steckt gerade seinen Kugelschreiber in den Schusskanal.»

Das tat er natürlich nicht, das wusste sogar Holzhammer.

«Was war das eigentlich für ein Typ?», fragte Berg.

«A mieser Typ. Von Beruf Boandlschrauber. Praxis in Bischofswiesen, Haus in der Schönau. Der ist erst im Talkessel aufgeschlagen, da warst du scho lang in Traunstein. Wo er übrigens her ist.»

Holzhammer sah Rolf Berg ins Gesicht. Dann auf den Boden. Sie standen weit genug von den anderen entfernt, dass er seinem Schulfreund reinen Wein einschenken konnte. Er musste das einfach loswerden. Leise fuhr er fort: «Das Blöde ist halt, er hat sich in den letzten Wochen bedroht gefühlt. Ist andauernd auf die Wache kimmen. Und mir ham eam ned wirklich glaubt. Genau gesagt: Ich hab eam ned glaubt. Wer hätt das auch ahnen können ...»

Eine Pause entstand. Rolf Berg brauchte nicht auszusprechen, dass er verstand. Er lebte zwar schon lange in Traunstein, wo die Spurensicherung für ganz Südostbayern saß. Aber selbstverständlich würde er immer in erster Linie Berchtesgadener bleiben. Und Holzhammers Freund.

«Wir machen dann hier weiter», sagte Berg nur. «Bericht morgen. Der Pathologe und die Leiche fliegen später zusammen nach München. Mit den Ergebnissen könnt's aber etwas länger dauern als sonst.»

«Scho klar, Weihnachten ist das Fest der Familienstreitigkeiten. Da landen fast immer ein paar Familienmitglieder im Kühlhaus.»

«Richtig, und auf der anderen Seite werden teilweise sogar

Pathologen von ihren Ehefrauen gezwungen, unterm Christbaum zum hocken.»

«Von Polizisten ganz zu schweigen», ergänzte Holzhammer mit gespielt finsterer Miene. Er fühlte sich schon besser.

«Und Spurensicherer», ergänzte Berg mit ähnlicher Miene.

«Na guad, dann bin ich dahin», sagte Holzhammer und sah zu, dass er aus dem Scheinwerferkreis herauskam. Er konnte hier nichts mehr tun. Stattdessen würde er mit Marie zur Christmette gehen. Das würde sie freuen, und vielleicht – ganz vielleicht – würde ihm das ja auch von höherer Stelle angerechnet.

Christine und Matthias waren auf dem Heimweg durch die spärlich beleuchteten Straßen der Schönau. Sie gingen schweigend nebeneinander her. Natürlich dachte Christine über die Geschehnisse nach – weniger über den Mord als darüber, was diese Sache bei Holzhammer auslösen musste. Sie wusste, dass unter seiner harten Schale ein sensibles Herz schlug. Holzhammer war Polizist aus Überzeugung, auch wenn er sich gern seine eigenen Regeln zurechtzimmerte, die nicht unbedingt buchstabengetreu mit den Gesetzen übereinstimmten. Aber es waren Regeln, die Hand und Fuß hatten. Es waren Regeln, die dem kategorischen Imperativ jederzeit standhalten konnten.

Was musste er sich jetzt für Vorwürfe machen. Er hatte Waberers Anzeigen nicht ernst genommen. Um das guten Gewissens tun zu können, hatte er Christine sogar um ihre professionelle Meinung gebeten. Sie hatte ihm natürlich gesagt, dass man mit einem Wahn nicht so schnell bei der Hand sein durfte.

Andererseits ging die Häufung der Waberer'schen Anzeigen schon stark ins Absurde. Es war nur allzu verständlich, dass Holzhammer sich da nicht mit aller Kraft reingehängt hatte. Und ebenso klar, dass er deshalb jetzt ein schlechtes Gewissen hatte. Das konnte Christine natürlich nicht kaltlassen. Schon deshalb, weil er ihr damals auch geholfen hatte. Vor zwei Jahren war die Situation ja genau umgekehrt gewesen: Christine hatte ein schlechtes Gewissen gehabt, weil sie einer Patientin zu einer Bergtour geraten hatte, auf der diese dann umgekommen war. Nur weil Holzhammer gegen Fischers ausdrückliche Anordnung weiter ermittelt hatte, war die wahre Todesursache ans Licht gekommen, und Christine hatte wieder ruhig schlafen können. Jetzt war die Zeit gekommen, sich bei ihm für diesen großen Gefallen zu revanchieren. Fragte sich nur, wie.

Auf der anderen Seite dieser Waberer. Ein Mediziner, letzten Endes ein Kollege von ihr. Was war das bloß für ein Typ gewesen? Offenbar hatte er mit eher mäßiger Kunstfertigkeit einen Haufen Geld gescheffelt. Wie war das wohl zugegangen?

«Obacht, kunnt hei sein», riss Matthias sie aus ihren Gedanken und fasste ihre Hand. Ein Erdhaufen versperrte den Gehsteig, sodass sie auf die Straße ausweichen mussten. Wieder jemand, der sich einen verbilligten Fernwärmeanschluss legen ließ.

«Was?»

«Auf der Straße könnte es glatt sein.»

«Drei Tage Urlaub, und schon ist dein Hochdeutsch weg.»

«Das liegt eher an den einhundertzwanzig Schönauern von vorhin.»

Normalerweise sprach Matthias mit Christine Hochdeutsch. Er hatte beruflich den ganzen Tag mit «Preißn» zu tun, denn er arbeitete in der sogenannten Auslandsabteilung der Berchtesgadener Bank. Das war nicht etwa die Abteilung für Im- und Exportgeschäfte, sondern die Abteilung für den Kontakt mit der Frankfurter Zentrale. Daher schaltete er ganz automatisch auf Nach-der-Schrift-Sprechen um, sobald er Hochdeutsch hörte. Außerdem hatte er sich angewöhnt, in Christines Beisein auch mit Einheimischen Hochdeutsch zu sprechen. Doch die vielen Weihnachtsschützen, die er größtenteils seit seiner Kindheit kannte und mit denen er noch nie anders gesprochen hatte als im tiefsten Dialekt, hatten sein Hochdeutsch kurzfristig zum Erliegen gebracht.

Inzwischen konnte Christine das meiste verstehen, manchmal noch mit Verzögerung, weil sie die Vokale einzeln im Kopf ersetzen musste: «oi» wie in «Oim» durch ein kurzes «a», «aa» wie in «Baam» durch «au», «oa» wie in «Oachkatzlschwoaf» durch «ei». Wobei sich an diesem Wort schon das Problem zeigte. Das regelhafte Ersetzen klappte nicht immer, auch in Bayern war ein Katzerl ein Katzerl und kein Koitzerl. Doch die Berchtesgadener hatten noch weitere Schikanen in ihren Dialekt eingebaut. Gern verschluckten sie die Konsonanten komplett. Im vorigen Sommer war Christine einmal von einem älteren Einheimischen angesprochen worden, als sie gerade ein Foto gemacht hatte: «Hoaeeuilocht?» Sie hatte nur freundlich genickt. Es hatte zehn Minuten gedauert, bis sie den Satz dechiffriert hatte, und dies auch nur aus dem Kontext heraus: «Host a schees Buidl g'mocht?»

«Das ist übrigens das Haus vom Waberer», sagte Matthias, nun wieder in klarstem Hochdeutsch.

Man konnte nicht viel erkennen, nur eine aufwendige Umfriedung, ein großes Tor und dahinter in einigem Abstand ein Walmdach. Offenbar wollte auch Waberer zukünftig von den Segnungen der Fernwärme profitieren. Doch da, wo er die nächsten Tage verbringen würde, war gar nicht geheizt – im Gegenteil.

Je näher sie dem Haus von Matthias kamen, desto kälter wurde es. Seit Tagen lief die Schneekanone am Grünsteinlift. Beim leisesten Windhauch beschneite sie nicht nur den kleinen Übungshang, sondern die ganze Nachbarschaft.

Als sie daheim ankamen, war es längst stockdunkel. Statt des Geruchs von Schwarzpulver lag nun der Duft von Weihrauch in der Luft. Viele Einheimische pflegten noch den Brauch des Räucherns und zogen am Heiligen Abend mit einem Weihrauchpfännchen durch Haus und Stall. Christine mochte den Duft, aber Matthias war angeblich dagegen allergisch. Sie hegte allerdings den Verdacht, dass er sich diese Allergie ein kleines bisschen einbildete.

Im Hausflur schnappte Christine sich ihre Stirnlampe. Bevor sie sich um das Weihnachtsessen für die Zweibeiner kümmerte, waren zwei Vierbeiner zu füttern: Das Reh, das seit Monaten regelmäßig ihren Garten besuchte, bekam einige mürbe Äpfel und eine Handvoll Wildfutter. Christine deponierte sie neben der Kletterrose, die dieser Kostgänger bereits im Sommer abgefressen hatte. Der Dachs bekam sein Abendessen, ein paar Scheiben altes Brot, ein Stück entfernt am Waldrand serviert.

Matthias fand es überflüssig, die Wildtiere zu füttern, sie hatten mehrfach darüber diskutiert. Er könne nicht verstehen, wie sie mit ihrer rationalen, naturwissenschaftlich geprägten Art so eine «Bambi-Mentalität» an den Tag legen könne. Aber Christine hatte das Gefühl, diese Aufgabe von ihrer Nachbarin geerbt zu haben. Von der «Hexe», die so viel für Tiere übrig gehabt hatte und so wenig für Menschen. Normalerweise spähte Christine immer bei ausgeschalteter Lampe ein paar

Minuten ins Dickicht, ob sie Meister Isegrim entdecken konnte. Doch heute gingen ihr andere Dinge durch den Kopf. Auch, dass sie am Weihnachtsabend eigentlich ein paar besondere Leckerli hatte herauslegen wollen, hatte sie ganz vergessen.

Das Weihnachtsessen hatte Christine zum Glück schon gestern vorbereitet. Es gab etwas sehr Norddeutsches, nämlich Grünkohl mit Pinkel. Den Kohl musste sie nur im Topf erwärmen, die kleinen Kartoffeln waren auch schon gekocht und mussten nur noch in einer Pfanne glasiert werden.

Matthias kam in die Küche. Er hatte sein orange-schwarz kariertes Holzfällerhemd angezogen. Nicht gerade weihnachtlich, aber psychologisch nachvollziehbar. Das scheußliche Ding war sein allerliebstes Kleidungsstück, angeblich fühlte er sich darin geborgen. Matthias warf einen zweifelnden Blick in den Topf, wo Schweinebauch, Kassler und Mettwurst fettglänzend auf dem Grünkohl lagen. Fassungslos sah er zu, wie Christine Zucker zu den Kartoffeln gab. Anstatt einer Erklärung drückte sie ihm eine Tube Senf in die Hand.

Einige Minuten später war alles fertig. Christine brachte die Schüsseln zum Tisch. Dort saß Matthias mit konsternierter Miene auf der Eckbank, die Senftube immer noch in der Hand. Christine war ein bisschen besorgt. Ein Toter beim Weihnachtsschießen – das war schon schwer zu verdauen. Und Grünkohl mit Pinkel erst recht. Hoffentlich war beides zusammen nicht zu viel für ihren bayerischen Buddhisten. Doch nach den ersten vorsichtigen Bissen belebte sich seine Miene. Nach einem tiefen Zug Berchtesgadener Jubiläumsbier äußerte er trocken: «Erstaunlich, diese Norddeutschen.»

Christine war erleichtert. Nicht weil sie sich über ihre Kochkünste definierte, sondern weil sie wollte, dass es Matthias gutging. «Ja, Norddeutsche mögen diese Kombination von süß und herzhaft. Wobei das allerdings kein typisches Weihnachtsessen ist.»

Besser über Belangloses reden als über den Mord – zumindest, solange Matthias nicht von selbst damit anfing. Ganz automatisch ging Christine davon aus, dass das Gesehene für ihn schwerer zu verarbeiten war als für sie.

«Das gibt's hier auch. Das ganze Jahr nichts, aber an Weihnachten zur Christmette.»

«Ja, weil das so romantisch ist. Hab ich nie verstanden.» Für Christine war Romantik Casablanca im Fernsehen und ein gutes Glas Rotwein in der Hand.

«Aber das ist eh noch harmlos. Ich kenn welche, die beten das ganze Jahr nicht, aber an Weihnachten plötzlich Rosenkranz, im Knien, daheim auf dem Wohnzimmerfußboden.»

«Wieso denn auf dem Fußboden?», fragte Christine, jetzt ehrlich verblüfft. So etwas kannte sie nicht. Sie war wirklich in einer anderen Welt aufgewachsen.

«Weil es am Tisch nicht christlich genug wäre», erklärte Matthias.

Ursprünglich hatte er sich für den Nachtisch zuständig erklärt und Apfelküchle angekündigt. Doch jetzt machte er einen gut begründeten Rückzieher. Nach dem gehaltvollen Grünkohl sei für die in Fett ausgebackenen Küchlein einfach kein Platz mehr. Mit Zitroneneis aus der Tiefkühltruhe und etwas Wodka zog er sich elegant aus der Affäre. Für dieses auf seine Weise ebenfalls gehaltvolle Dessert wechselten sie ins Wohnzimmer.

Dort stand auf einem niedrigen Tischchen neben der Balkontür der kleine geschmückte Baum, den die Norddeutsche Tannenbaum nannte und der Berchtesgadener Christbaum. Er war zwar seit zwanzig Jahren Buddhist, sodass Weihnachten theoretisch gar keine Bedeutung mehr für ihn hatte. Praktisch jedoch mochte er das ganze Drumherum, den würzigen Geruch der Fichtennadeln, die Kerzen, die Geschenke.

Deshalb hatte er sogar freiwillig seinen buddhistischen Schrein inklusive der flankierenden Kerzenständer beiseitegerückt, um dem Bäumchen Platz zu machen. Wie alle Räume im Haus war auch das Wohnzimmer nicht besonders groß, hatten seine Eltern das Haus doch für die Zimmervermietung gebaut. Das jetzige Wohnzimmer war früher Doppelzimmer Nummer fünf gewesen. Dass bei Christines Einzug die überall herumliegenden Motorradteile von Matthias' geliebter BMW in den Keller verbannt worden waren, hatte zwar optisch einiges gebracht, nicht jedoch platzmäßig. Denn jetzt zierten ihre Bücherregale rundum die Wände.

Den Wie-auch-immer-Baum hatte Christine mit Berchtesgadener War' geschmückt, die größtenteils noch von Matthias' Eltern stammte: kleine Tische, Stühle, Küchenschränke, zum Almabtrieb geschmückte Kühe und natürlich das berühmte Arschpfeifenrössl, dessen Schweif als Pfeife ausgebildet war. Nur das himmelblaue Klohäusl hatte sie erst letzte Woche auf dem Christkindlmarkt erworben – komplett mit schließbarer Herzchentür und Klorolle. Vor Jahrhunderten waren die bunt bemalten Berchtesgadener Grobschnitzereien als Kinderspielzeug in alle Himmelsrichtungen exportiert worden. Als der Bedarf an Puppenmöbeln und sonstigem Holzspielzeug dann zurückging, reagierten die Berchtesgadener in typisch kreativer Weise. Sie fertigten die traditionellen Formen einfach eine Nummer kleiner und verkauften sie als Christbaumschmuck. Seitdem hingen in Berchtesgaden Möbel am Christbaum.

Als sie das Sorbet ausgelöffelt hatten, zündete Christine die Kerzen an, und Matthias legte «White Christmas» auf. Natürlich das Original, gesungen von Bing Crosby. Dann holten sie die Geschenke, die bis dahin im Kleiderschrank aufbewahrt worden waren. Das Geschenkpapier hatten sie sich gespart, die Überraschung hätte sich ja in jedem Fall in Grenzen gehalten.

Aber natürlich hatten beide heimlich noch eine weitere Kleinigkeit für den anderen in petto. Während Matthias auf dem Kanapee sitzend seine neuen Skistiefel anzog, stülpte ihm Christine von der Seite eine warme, grüne Bommelmütze über den Kopf.

«Na warte», sagte er, griff in die Seitentasche des Holzfällerhemds und zog eine Skibrille heraus, die er Christine überreichte. Dann stieg er mitten auf dem Parkett in seine Ski. Christine setzte die Skibrille auf.

«Gut, machen wir jetzt ein Foto für die Verwandtschaft», sagte Matthias. «Würdest du die Kamera holen, ich kann mit den Skiern nicht so gut laufen.»

Christine holte die Digitalkamera, und sie machten per Selbstauslöser einige Fotos. Beide vor dem kleinen Baum, Matthias auf Skiern, Christine mit Skibrille. Dabei schauten sie todernst in die Kamera. Erst nach dem letzten Klick fingen sie an zu prusten. In diesem Moment waren sie sich vorbehaltlos nah, und Christine hatte das Gefühl, dass sie die Welt mit den gleichen Augen sahen.

Am 25. rotiert Holzhammer schon morgens

Am ersten Weihnachtsfeiertag trieb das schlechte Gewissen Holzhammer früh aus dem Bett. Es gab reichlich zu tun, auch vor dem Eintreffen der Ergebnisse aus München. Als Erstes würde er sich vom Schützenmeister die Liste der Weihnachtsschützen geben lassen und vielleicht noch in Ruhe ein paar Worte mit ihm wechseln. Dann den Böllermacher fragen, ob seiner Meinung nach ein Handböller irgendwie in eine scharfe Waffe verwandelt werden konnte. Für Holzhammer lag die Idee nahe. Erstens hatte niemand einen Schusslaut gehört, der sich vom dumpfen Grollen der Vorderlader unterschied. Zweitens, warum bitteschön hatte der Mörder ausgerechnet dieses Umfeld gewählt, wo so viele potenzielle Zeugen herumstanden? Doch möglicherweise, weil er sich genau da unauffällig bewegen konnte. Drittens war es in Deutschland alles andere als einfach, an eine scharfe Waffe zu kommen. Alle offiziellen Waffenbesitzer waren bekannt. Wenn der ballistische Bericht vorlag, brauchte man nur nachzuschauen, wer eine passende Waffe besaß. So blöd konnte kein Täter sein. Es war auch keine Waffe als gestohlen gemeldet, allerdings konnte das noch kommen. Für Holzhammer lag es nahe, dass jemand lieber seine handwerklichen Fähigkeiten einsetzte, bevor er loszog und irgendwelche Unterweltkontakte aufnahm. Er wollte diese

Möglichkeit jedenfalls abklären. Sollte sie sich als haltlos erweisen, war wenigstens schon ein Punkt abgehakt, bevor um halb elf die große Besprechung begann.

Sogar die Frühaufsteherin Marie schlief noch, als Holzhammer das Haus verließ. In der Nacht hatte es wieder einige Zentimeter geschneit. Jungfräuliche Schneekristalle glitzerten, das Vogelhäuschen, das er gewohnheitsmäßig am ersten November aufgestellt hatte, trug eine Schneehaube. Am gleichen Tag hatte er die Geranienkästen abgenommen und sie unter das Dach der Gartenhütte gestellt, dorthin, wo im Sommer seine bequeme Liege stand, Schauplatz zahlloser weißbiergestützter Schachduelle per Internet.

Gegen Ende des Herbstes hatte er überlegt, ob er nicht von der Veranda der Hütte ins Innere wechseln könnte. Dort wäre er zumindest vor dem Windchill geschützt. Gut, alles war vollgestellt: Sein kleiner Freund, der Rasenmähroboter, hielt dort Winterschlaf neben dem Säulengrill und diversen Gartengeräten. Außerdem standen da sechs Umzugskisten unbekannten Inhalts. Die musste Marie mit ihren Helfershelfern aus der karitativen Szene in einem unbemerkten Augenblick hineingeschmuggelt haben. Er hatte erwogen, über das Chaos hinweg einfach eine Hängematte zu spannen. Aber Holzhammer in einer Hängematte? Das Ding würde in der Mitte so weit durchsacken, dass die Füße den Kopf berührten und der Hintern den Rasenmäher.

Der Schützenmeister hatte sein Haus direkt neben der Schreinerei. Man konnte davon ausgehen, dass ihm und seiner Familie das Kreischen der Sägen wie Musik in den Ohren klang, bedeutete es doch die Butter auf dem Brot. Holzhammer sah Fußspuren vom Wohnhaus zur Schreinerei führen und kombinierte, dass der Chef vor dem Weihnachtstrubel in seine Werkshalle geflüchtet war. Er folgte den Spuren. Wenn Polizeiarbeit nur immer so einfach wäre. Am offenstehenden Hallentor fiel ihm ein kunstvoll geschnitztes Schild auf. «Mondholz sorgt für Wohlbehagen» stand da.

Er trat in die weitläufige Halle, wo tatsächlich der Chef persönlich an einem Holzbalken herumhobelte. Wie üblich sah er aus wie aus der Mülltonne gezogen – fleckiger Blaumann, löchriger Strickpullover, speckiger Filzhut schief auf dem Kopf.

«Grüß dich. Ist das auch Mondholz?»

«Mei, des hat man jetzt a so. Die Stadterer stehen drauf», sagte der Meister und hobelte weiter.

Aber Holzhammer ließ nicht locker. «Sag a mal, wann schlagt ihr denn des Mondholz?»

«Wenn's Wetter passt, was glaubst denn du?»

Dann war ja alles in Ordnung.

«Lass uns noch amal kurz über deine Schützen reden.»

«Oiso guad», sagte der Schützenmeister nicht gerade begeistert. Endlich hörte er auf zu hobeln, und seine Augen wanderten vom hölzernen Balken zum leibhaftigen Holzhammer.

«Wichtig wär, ob jemand Pulver geholt hat und vielleicht auch an den vorigen Tagen mitgeschossen hat, aber dann ausgerechnet gestern ned.» Alle Schützen, die im jeweiligen Jahr mitmachen wollten, kamen kurz vor der Weihnachtswoche beim Schützenmeister vorbei, um sich ihre Portion Schwarzpulver abzuholen. Man musste dafür unterschreiben, aber trotzdem konnte durchaus ein Sohn für den Vater das Pulver mitbringen – man kannte sich schließlich. Der Schützenmeister oder ein Vertreter wiederum transportierte das Pulver persönlich im PKW aus Rosenheim in den Talkessel. Sprengstoff durfte man nicht mit der Post schicken – im Privatwagen über die Autobahn fahren aber schon.

«Es bleiben allweil welche dahoam, aus allen möglichen Gründen. Wann's erkält san oder sonst was», sagte der Schützenmeister.

«Interessant wär halt, welche heuer fortblieben san», sagte Holzhammer.

Aber der Schützenmeister wollte sich partout nicht festlegen. «Du weißt es ja selbst, die melden sich ned bei mir an, die stellen sich einfach in die Reih und warten auf mei Kommando.»

«Andere Frage: Hat sich einer dies Jahr Schwarzpulver geholt, der vorher ewig nimmer g'schossen hat?»

«Na, des sicher ned. Wer einmal aufg'hört hat, weil die Finger nimmer wolln, der kommt nimmer.»

«Oder hast vielleicht an späten Neuzugang g'habt, der sein Herz fürs Brauchtum erst dies Jahr ganz plötzlich entdeckt hat?» Das war Holzhammers größte Hoffnung auf einen brauchbaren Hinweis, denn normalerweise ging man zu den Weihnachtsschützen, sobald man alt genug war. Vater und Sohn gingen gemeinsam, standen meist nebeneinander in der Schützenreihe, vielleicht sogar neben dem Großvater. Natürlich mussten alle Schützen eine Erlaubnis nach § 27 SprengG haben, aber die wurde an Brauchtumsschützen ziemlich unbürokratisch erteilt.

«Na, des Jahr ned. Des kommt schon mal vor, meist Zuagroaste, die sich partout infiltrieren wollen. So wie der Waberer. Aber dies Jahr war da keiner.»

«Und wie lang war der Waberer schon bei die Schützen?»

«So zehn Jahr, eben seit er her'zogen ist.»

«Und hat er oft mitg'schossen?»

«Ja, der war fast immer dabei.»

Wahrscheinlich war der Waberer aus ähnlichen Gründen

Weihnachtsschütze, aus denen Polizeichef Fischer neuerdings immer in Tracht herumlief: Kontakte knüpfen und Kundenpflege. Auf jeden Fall wussten dadurch jede Menge Leute, dass er am Weihnachtstag auf dem Bodnerbi stehen würde. Vor allem natürlich die anderen Weihnachtsschützen.

«Na guad, dann gibst mir jetzt noch die Mitgliedsliste heraus, und dann lass ich dich zufrieden.»

Der Schützenmeister ließ seinen Balken los und ging voran zum Wohnhaus. Dort gab es neben der Bauernstube eine Art Büro und darin einen nagelneuen Computer. Doch die Schützenliste war nicht im Computer gespeichert, sie lag in einer Schublade und war in krakeliger Schrift mit der Hand geschrieben. Immerhin musste Holzhammer sie nicht abschreiben, sondern bekam eine lasergedruckte Kopie.

Anschließend stieg er wieder in seinen Dienst-BMW. Die Liste war vermutlich vollkommen nutzlos. Bisher hatte er noch keine Möglichkeit gefunden, den Kreis der Verdächtigen unter den Schützen irgendwie einzuschränken. Der Schützenmeister hatte ihm nur bestätigt, dass praktisch jeder von ihnen gewusst haben musste, dass Waberer zum Schießen kommen würde. Als Nächstes musste er herausfinden, wie leicht oder schwer es war, aus so einem Brauchtumsgerät eine scharfe Waffe zu machen. Vielleicht konnte er dann wenigstens die Schützen mit den zwei linken Händen aussortieren oder sich auf solche konzentrieren, die Zugang zu entsprechendem Werkzeug hatten. Also auf zum Böllermacher.

Dass heute der erste Weihnachtstag war, fiel Holzhammer erst wieder ein, als er die Straßen so ausgestorben daliegen sah.

Nur ein paar versprengte Touristen spazierten ziellos an den geschlossenen Geschäften vorbei, Einheimische waren gar nicht zu sehen. Viele würden, wie Marie, heute mit dem Begießen von Gänsen beschäftigt sein. Andere würden Ski fahren oder sich in der Kletterhalle auf den Füßen stehen. Wer in der Gastronomie arbeitete, hatte auch keine Zeit zum Flanieren. Und dann gab es noch Leute wie den Schützenmeister, die vor dem ganzen Trubel freiwillig in die Arbeit flüchteten.

Es stellte sich heraus, dass auch der Böllermacher ein solcher Festtagsflüchtling war. Der lange, dünne, bebrillte Mann stand an seiner Drehbank. Er sah aus wie ein Preiß, nur sein Nachname bewies, dass er keiner war. Er schrieb sich Grassl, wie der Enzianschnaps und die Polizeisekretärin. Und war sogar entfernt mit Holzhammer verwandt, was allerdings auf einen Großteil der Bevölkerung zutraf.

Die Böllerwerkstatt lag in einer völlig unromantischen ehemaligen Garage, durch eine Ecke des Raumes verlief ein Abflussrohr. Trotzdem hatten sich hier schon Journalisten aus aller Welt auf den Füßen gestanden. Immerhin gab es Weihnachtsschützen ausschließlich im inneren Landkreis. Nur sie durften sich so nennen; das hatten sie sogar vor Gericht erstritten, als vor Jahren ein paar unverschämte Draustige auf die Idee gekommen waren, ebenfalls das Christkind anzuschießen. Die Preißn in Reichenhall oder gar Freilassing durften zwar mit Vorderladern schießen, und der Böllermacher verkaufte sie ihnen auch gern. Aber Weihnachtsschützen waren sie deshalb noch lange nicht.

Holzhammer versuchte auch diesmal, sich langsam an die entscheidenden Fragen heranzutasten. Er fing also ganz harmlos an und fragte nach den üblichen Eigenschaften der Böller, die in dieser Werkstatt das Licht der Welt erblickten.

«Du weißt ja, dass bis vor a paar Jahr noch mit Zapfen verdämmt wurde», sagte Grassl.

«Ja, und heut macht des neamds mehr», sagte Holzhammer ironisch. Die Verwendung grob zurechtgeschnitzter Holzzapfen zur Verdämmung des Schwarzpulvers war vor ein paar Jahren verboten worden. Aber jeder wusste, dass sich nicht alle Schützen daran hielten. Man brauchte bloß nach dem Schießen zu schauen, wo überall Zapfen lagen. Holzhammer verfolgte dieses Delikt zwar nicht, aber man sollte ihn nicht für so blöd halten, dass er es nicht wusste.

«Des kunnt scho sei», wich Grassl aus. «Auf jeden Fall flogen die Zapfen maximal zwanzig Meter.»

«Stimmt scho.»

«Da siehst ja schon, die Böller haben gar nicht genug Wumms, selbst wenn man sie mit a Kugel anstatt dem Zapfen laden tät. Und außerdem haben sie keinen gedrehten Lauf. Den braucht man aber, wenn man wenigstens halbwegs a Zielgenauigkeit haben will. Es gibt Gründe, warum Böller ned als Waffe im Sinne des Waffengesetzes zählen. Geht das in deinen Schädel?»

«Trotzdem brauchen's a Beschussbescheinigung und müssen alle fünf Jahre zur Nachprüfung beim Beschussamt», trumpfte Holzhammer auf.

«Aber nur, damit's dem Brauchtumsschützen ned um die Ohren fliegen tun. Des san keine Mordwaffen. Und wenn du dich ned gleich schleichst mit deinen Verdächtigungen, dann ...», grollte der Böllermacher.

Holzhammer ignorierte die Drohung. Im Talkessel fiel so etwas fast noch unter leichten Plauderton. «Sagen mir amal, a Kunde von dir lässt sich die Waffe komplett umbauen ...»

Als er sah, dass Grassl wieder hochgehen wollte, fügte er

schnell an: «Ned von dir natürlich. Also er lässt sich an hübschen gedrehten Lauf einbauen, Kaliber schießmichtot. Und er ist Jager oder kennt an Jager vom Staatsforst, der ihm a paar passende Kugeln gibt.»

«Ja, sehr passende. Du phantasierst doch.»

«Oder er gießt sie selbst, was woaß i. Horch zu, ich bin zu dir kommen, weil du der Spezialist bist und ned weil ich dir was anhängen will. Also jetzt sag, wär das denkbar oder ned? Ich frag dich als Fachmann.»

Derart bei seiner Ehre gepackt, sagte der Böllermacher schließlich: «Wenn des Ding wirklich als Waffe taugen soll, könnt ich mir nur eins vorstellen, dass man es nämlich genau umgekehrt macht. Man nimmt a moderne Waffe, a abgeschnittene Büchse vielleicht, und baut da herum die Backen von am Böller. Des würd auf zwanzig Meter Entfernung vielleicht als Böller durchgehen»

«Aber dazu müsst man diese andere Waffe erst mal haben», sagte Holzhammer. «Des ist doch a Wort. Wenn die Basis von diesem Dings auf keinen Fall a Böller sein kann, brauch ich auch ned alle Weihnachtsschützen mit Waffengewalt zwingen, sie abzuliefern. Des mögen die nämlich ned.»

Der Böllermacher lachte. «Du wolltest denen die Böller abnehmen? Echt mutig, muss ich sagen.»

«Ich dacht, damit kann man neamds daschiaß'n», gab Holzhammer zurück.

«Aber über die Rübe ziehen. Des geht echt guad.»

«Wenn ich mir deine Preise so anschau – bissl arg teuer für den Zweck.»

Nach dem Gastspiel beim Böllermacher war es Zeit, sich zur Villa Bayer zu begeben – Deutschlands schönster Polizeiwache, wie selbst das Denkmalamt in München befunden hatte. Als Holzhammer den holzgetäfelten Konferenzraum betrat, waren alle anderen bereits versammelt. Dr. Klaus Fischer saß selbstverständlich in Chefposition mit dem Rücken zum Fenster an der Kopfseite des antiken Tisches. Hinter seinem rechten Ohr sah man den Watzmann.

Solch große Besprechungsrunden gab es nicht oft, allenfalls vor Volksfesten oder dem Buttnmandllaufen zur Verteilung der Aufgaben. Die meisten Verbrechen hingegen – Diebstähle, Sachbeschädigungen, Schwarzfischen – wurden eher im kleinen Kreis aufgeklärt, oft im sehr kleinen, einzig aus Franz Holzhammer bestehend. So ein richtig planmäßiges Verbrechen mit planmäßiger Aufklärung hatten sie eigentlich noch nie gehabt. Außer Fischer und Holzhammer waren noch vier junge Polizeiobermeister anwesend sowie die Sekretärin Else Grassl, eine ältere Dame, die schon seit zwanzig Jahren halbtags die Polizei in Sachen Schreibarbeit unterstützte. Sie war die Einzige in der ganzen PI, die von allen gesiezt wurde.

«Berg kommt nicht zu diesem Meeting», sagte Fischer missbilligend und wedelte mit dem Bericht der Spurensicherung.

Das hatte Holzhammer sich schon gedacht. Außerdem dachte er sich, dass es keinen Grund gab, eine Besprechung *Meeting* zu nennen.

«Kein Wunder, er hat kaum was rausgefunden», fuhr Fischer fort.

«Doch, er hat wahrscheinlich den Standort des Schützen», widersprach Holzhammer, der den vor ihm auf dem Tisch liegenden Bericht schnell überflogen hatte.

«Ja gut, mit Hilfe des Rechtsmediziners», entgegnete

Fischer abwertend. Immer musste er die Leistungen anderer heruntermachen, um seine eigenen bescheidenen Beiträge aufzuwerten.

Im Bericht stand, dass man aus der Fundstelle des Toten und dem Einschusswinkel den wahrscheinlichen Standort des Mörders ziemlich genau rekonstruieren konnte. In der fraglichen Richtung bestand nicht viel Auswahl. Wenn der Täter nicht völlig frei und weithin sichtbar in der Landschaft gestanden hatte, dann blieb nur ein kleines Gebüsch relativ nah an der Schützenkette. Auf dieses Gebüsch hatten sich die Spurensucher konzentriert. Sie hatten dort Fußspuren im Schnee gefunden, aber durch die Plustemperaturen waren sie vollkommen zerlaufen, sodass nicht einmal die Schuhgröße bestimmt werden konnte. Außer dass es Männerstiefel gewesen sein mussten, konnte man praktisch nichts sagen.

«Nicht einmal Pulverspuren haben sie gefunden», sagte Fischer. «Also haben sie vielleicht an der ganz falschen Stelle gesucht.»

Ging das schon wieder los. «Oder es war eben doch kein Vorderlader», sagte Holzhammer.

Er sagte das nicht nur, um seinen Freund zu verteidigen, sondern weil es eine logische Schlussfolgerung war. Im Gegensatz zu Fischer hatte Holzhammer nämlich kein Problem damit, eigene Fehler oder Fehlschlüsse zuzugeben. Gut, dann hatte er den Vormittag eben verschwendet.

«Aber Patronenhülsen hat man auch nicht gefunden», sagte Fischer.

«*Hülse.* Patronen*hülse.* Es war nur ein Schuss», erinnerte Holzhammer. «Der Schütze kann sie leicht aufgesammelt haben.»

Das war zwar folgerichtig, aber dann müsste der Kerl schon

ziemlich abgebrüht gewesen sein. Vielleicht steckte die Patrone einfach so tief im Dreck, dass selbst Berg sie nicht hatte finden können. Diese Möglichkeit würde er natürlich vor Fischer keinesfalls in Betracht ziehen, das wäre Wasser auf seine Mühlen. Lieber Berg unter vier Augen fragen, ob seiner Meinung nach eine weitere Suche erfolgversprechend war.

«Ich dachte, der Mörder musste blitzartig flüchten», konterte Fischer.

«Wie lang braucht man wohl, um so a Ding aufzuheben? Vielleicht hat er eh gekniet, um nicht gesehen zu werden.»

«Jedenfalls nicht besonders hilfreich, dein Freund Berg», musste Fischer natürlich unbedingt noch einmal zusammenfassen. «Was haben wir sonst?» Den Satz hatte er wahrscheinlich aus einem Sonntags-Tatort.

«Wissen mir schon, wer erbt?», fragte Holzhammer.

«Ja», meldete Polizeiobermeister Müllerhuber. «Beim Notar liegt ein Testament.»

Diese Auskunft dürfte problemlos zu erhalten gewesen sein. Richtig interessant wurde es natürlich erst beim Inhalt des Dokuments. Für eine offizielle vorzeitige Testamentseröffnung war jedoch eine Anordnung des Staatsanwalts notwendig. Mal sehen, ob der junge Müllerhuber diese Klippe auf echt Berchtesgadener Art umschifft hatte.

«Und?», fragte Holzhammer.

«Mei Tante arbeitet halbtags beim Notar. Ich hab ihr gesagt, wie wichtig das ist, da hat sie mich hineinschauen lassen. Da stehen a paar Nickligkeiten gegen sei Exfrau drin und gegen noch a paar Verwandte. Er wollt wohl am liebsten überhaupt neamds was vererben. Aber wohl auch ned dem Staat, deshalb gibt es doch an Haupterben. Ein Neffe, Sohn seiner verstorbenen Schwester.»

Das war doch was. «Sehr gut, gut gemacht», lobte Holzhammer – auch in Vertretung seines Chefs, der mit Lob extrem sparsam umzugehen pflegte. «Und was macht der, wo lebt der? Wiss ma des auch?»

«Der ist Schnitzschüler und wohnt in Berchtesgaden.»

Schnitzschüler, das war in Berchtesgaden nicht nur eine Berufsbezeichnung, sondern eine feste Kategorie mit klaren Assoziationen. Die bekannte Schnitzschule, die in Wirklichkeit mittlerweile «Berufsfachschule für Holzbildhauerei und Schreinerei des Landkreises Berchtesgadener Land» hieß, zog Bewerber aus ganz Deutschland an. Darunter waren viele, die sich als Aussteiger sahen, teils rastalockige Gestalten, die ins hiesige Ortsbild auf den ersten Blick überhaupt nicht passten. Auf den zweiten Blick natürlich schon, denn Anarchismus und Nonkonformität waren im Grunde ja ureigene Merkmale der Talbewohner.

Wer hätte das besser gewusst als Holzhammer, der sich noch regelmäßig mit Wilderei herumschlagen musste. Oder mit Bauern, die ihre Kinder ohne Führerschein und Unrechtsbewusstsein Traktor fahren ließen. Schließlich stammten auch zwei bayerische Vorzeige-Revoluzzer aus der nächsten Umgebung, nämlich die Reichenhaller Hans Söllner und Georg Ringsgwandl. Selbst der Gebrauch gewisser Rauchkräuter, die man mit der Rastafrisur assoziierte, hatte im Landkreis eine jahrhundertealte Tradition. Man sagte Tabak dazu und baute es im Bauerngarten an. Und mancher alte Bauer wusste bis heute nicht, dass jenes Kraut, das er in seiner Jugend bei der Feldarbeit geraucht hatte, der gleichen Art angehörte wie jene illegale Droge.

«Ich übernehme den Schnitzschüler. Wie heißt er, wo wohnt er?» Holzhammer war nicht nur durch das Bewusstsein motiviert, am Toten etwas gutmachen zu müssen. Außerdem war heute der erste Weihnachtsfeiertag, was bedeutete, dass daheim jede Menge Verwandtschaft zu befürchten war.

Müllerhuber hatte ganze Arbeit geleistet. «Er heißt Ernst Dorsch und wohnt möbliert bei der Witwe Riemental.»

Fischer zog die Gesprächsführung wieder an sich: «Wann kommt endlich der Bericht aus der Rechtsmedizin? Wann bekommen wir was über das Projektil?»

Der fleißige Müllerhuber hatte in Holzhammers Abwesenheit auch den Anruf aus der Rechtsmedizin angenommen. «Das Projektil steckt noch in der Leiche. Der Pathologe will es erst heute im Laufe des Tages herauspräparieren, nachdem er die Wundränder komplett ausgewertet hat. Er hat was g'sagt von ‹Würdigung der Faserspuren›. Also an dem, was aus der Kleidung in den Schusskanal eingedrungen ist, will er auf die Energie der verwendeten Waffe schließen. Und daraus dann auf die Entfernung und noch alles Mögliche.»

«Na gut. Was haben wir noch?» Das schien Fischers neuer Standardspruch zu werden.

«Wir sollten nach Feinden schauen», piepste Else Grassl völlig unerwartet. Alle schauten sie an, worauf sie erschrocken den Kopf einzog. Da es noch nie vorgekommen war, dass sie in so großer Runde einen Fall diskutiert hatten, war es auch noch nie vorgekommen, dass Else zum Protokollführen dabeisaß – geschweige denn etwas dazu sagte.

«Das wollte ich gerade fragen: Hatte dieser Waberer irgendwelche Feinde, von denen wir jetzt schon wissen?», fragte Fischer. «Wir müssen in dieser Richtung natürlich erschöpfend ermitteln.»

«Der hatte jede Menge Feinde», sagt Holzhammer und fühlte sich jetzt schon erschöpft. «Ich weiß allein von drei

Nachbarn, die er verklagt hat. Einen Spezi hat er mit am Auto übers Ohr gehauen. Und seine Angestellten san auch ned grad gut auf ihn zu sprechen.»

«Du machst eine Liste», sagte Fischer in einem Ton, der Holzhammer gar nicht passte.

«Ich tät vorschlagen, ich mach a Listn von allen, die wo mit dem Waberer befeindet waren», sagte er. Was Fischer konnte, konnte er schon lange. «Müllerhuber, du hilfst mir. Mir schaun uns auch noch amal die Protokolle an.» Damit meinte er die Protokolle der diversen Anzeigen, die Heimito Waberer in den letzten Wochen vorgebracht hatte – soweit sie die überhaupt aufgenommen hatten. Aber das mochte er gar nicht aussprechen.

Der Vormittag legt ein Nordlicht lahm

Bei Christine und Matthias stand am ersten Weihnachtstag Skifahren auf dem Programm. Gegen zehn waren sie an der Talstation, wo sie einige Minuten warten mussten. Währenddessen studierte Christine die neueste Pistenmode. Der Trend ging eindeutig zum Helm. Kein Wunder, die Ski wurden immer schneller, aber die Fahrer nicht unbedingt besser. Selbst Einheimische trugen auf der Piste inzwischen Helm – aus Angst vor den Urlaubern. Nur die Tourengeher waren großenteils noch barhäuptig, bewegten sie sich doch abseits der Einflugschneisen norddeutscher Carving-Rowdies. Irgendwann wollte Christine selbst Touren gehen, unabhängig von Pisten und Liften sein. Aber das war ein Fernziel. Bevor sie sich in den Tiefschnee wagte, musste sie erst einmal halbwegs sicher auf den Brettern stehen. Also hinein in die kleine Gondel und hinauf zur Piste!

Nachdem sie die Ski außen in die Halterungen gesteckt hatten, quetschten sie sich auf die schmale, teppichbezogene Bank. Matthias stieß fast mit dem Kopf an die Decke. Das Wetter war prächtig, der Nebel verschwunden. Dem Skigebiet am Jenner gegenüber, hob sich der strahlend weiß überzuckerte Watzmann mit seiner Zickzacksilhouette einem tiefblauen Himmel entgegen. Mit jedem Meter Höhe, den die Gondel gewann, wurde die Aussicht spektakulärer. Von der Piste unter ihnen waren Juchzer zu hören.

An der Mittelstation wurde die Gondel von einem Angestellten weitergeschoben. Als er Matthias sah, steckte er den Kopf zur Tür herein. «Servas, grias enk.»

Grüß euch, übersetzte Christine für sich. Schon war die Gondel wieder aus der Station geglitten.

«Mit dem hab ich Fußball gespielt», sagte Matthias.

Gab es eigentlich auch Leute im Talkessel, mit denen er nicht Fußball gespielt hatte?

Rund um die Bergstation mit ihrer Aussichtsterrasse wimmelte es von bunt gekleideten Menschen. Viele Gäste hatten bereits jetzt den Einkehrschwung geübt, ihre Ski rund um die Hütte aufgestellt und saßen nun in der Sonne bei Weißbier und Brotzeit. Auf dem Holzgeländer patrouillierten Bergdohlen, die nach unbeaufsichtigten Tellern Ausschau hielten.

Im Sommer hatte Christine schon fast alle umliegenden Berge bestiegen, aber jetzt versteckten sie sich vor ihr unter einem weißen Winterfell, das nur die steilsten Felswände freiließ. Im Kopf ging Christine die oftmals sprechenden Bergnamen durch. Hinter der ersten Kette mit Schneibstein, Windschartenkopf, Kahlersberg und Fagstein erhob sich das Steinerne Meer mit dem wuchtigen Funtenseetauern, der ästhetischen Schönfeldspitze und dem Großen Hundstod, der um seinen Namen irgendwie zu bedauern war – ähnlich wie eine Pamela-Chantal oder ein Kevin-Justin.

Ob sie jemals gut genug Ski fahren würde, um sich auf die große zweitägige Skitour durchs Steinerne Meer zu wagen, auf die berühmte Große Reibe? Jetzt wartete jedenfalls erst mal die Abfahrt vom Jenner auf sie.

Als Christines linker Schuh klackend in die Bindung einrastete, fühlte sie plötzlich Angst aufsteigen. Was hatte sie sich eigentlich gedacht? Warum stand sie nach so langer Skiabstinenz nicht unten bei der Talstation auf dem Idiotenhügel, sondern hier, am oberen Ende der anspruchsvollen Jennerpiste?

«Bist du fertig?», fragte Matthias.

Christine sah auf. Matthias wippte in den Knien, als könne er es gar nicht erwarten. Soso, auf einmal. Sie nickte und versuchte, sich ihr Unbehagen nicht anmerken zu lassen. Ob sie heute oder morgen hier oben stand, war sowieso egal. Da stieß Matthias sich auch schon ab, nahm mit zwei weit ausgreifenden Skate-Schritten Fahrt auf und verschwand nach wenigen kurzen Schwüngen in einem Affenzahn um die erste Kurve. Wow, so energiegeladen hatte sie ihren sanften Buddhisten noch nie gesehen.

Sie selbst war immer noch dabei, eine behandschuhte Hand durch die Schlaufe des Skistocks zu fummeln. Als sie damit fertig war, stellte sie die Ski in Falllinie und ließ sich vorsichtig gleiten. Ein erster, vorsichtiger Schwung. Ging doch. Aber die Piste war eisig. Sie erreichte die enge Kurve, hinter der Matthias verschwunden war. Er war nicht in Sicht, aber das war auch kein Wunder; an dieser unübersichtlichen Stelle sollte man nicht stehen bleiben. Bogen für Bogen arbeitete Christine sich weiter. Links und rechts sausten Skifahrer an ihr vorbei, oft reichlich knapp für ihren Geschmack. Sie war die Langsamste auf der ganzen Piste. Jetzt fuhr sogar jemand im Sitzen an ihr vorbei. Wie bitte?

Christine blieb stehen, um sich das anzusehen. Der junge Mann saß auf einem seltsamen Gefährt, das obenherum an ein Fahrrad erinnerte. Allerdings hatte es keine Pedale, und die Räder waren durch Kufen ersetzt. Der Fahrer trug unter den Füßen kurze Miniski. War das der neueste Funsport?

Vielleicht, aber dieser Sportler hatte ihn wohl nicht freiwillig gewählt. An seinen Bewegungen sah Christine, dass er Probleme mit den Beinen hatte. Trotzdem wirkte er ausgesprochen drahtig und fit. Vielleicht ein Unfall, der noch nicht allzu lange her war? Jedenfalls war er trotz des Handicaps deutlich schneller unterwegs als sie.

Was der kann, kann ich auch, sagte sie sich und fuhr wieder los. Aber es stellte sich heraus, dass dies nicht den Tatsachen entsprach. Auf dem folgenden Steilstück geriet sie in Rücklage, sodass die Skispitzen keinen Druck mehr hatten. Die nutzten das natürlich gleich aus und fuhren in zwei verschiedene Richtungen davon. Einen Moment lang hing Christine zwischen ihren Skiern wie ein Rodeoreiter zwischen zwei Wildpferden. Dann kippte sie seitlich weg, überschlug sich, verlor einen Ski und blieb schließlich benommen liegen. Aua.

Christine lag mit geschlossenen Augen im Schnee. Als sie hörte, wie jemand neben ihr einschwang, öffnete sie vorsichtig die Augen. Da stand ein Rentner auf Tourenski. Die glitzernde Wolke, die seine Vollbremsung verursacht hatte, lag immer noch in der Luft.

«Alles in Ordnung, Madl?»

Der Mann war mindestens siebzig, und auch seine Ski waren älteren Datums. Und da kam auch schon seine Frau.

«Man soll halt ned mit dem Kopf bremsen», belehrte sie Christine, womit sie sich als Einheimische auswies: ein lockerer Spruch in jeder Lebenslage.

«Schau mal, ob du alle Gräten bewegen kannst», sagte der Mann.

Christine versuchte, sich zu sortieren. Auf ihrem Gesicht und am Hals fühlte sie schmelzenden Schnee. Ihr rechter Ski lag unter ihrer linken Wade, die scharfgeschliffene Kante hatte die Hose aufgerissen. Aber sonst schien nichts passiert zu sein.

«Ich bin o. k.», sagte sie.

Die beiden Bergfexe halfen ihr auf die Füße. Der Mann sammelte ihren verlorenen Ski ein und hielt ihn fest, damit sie in Ruhe wieder in die Bindung steigen konnte, was am steilen Hang gar nicht so einfach war. Dann verabschiedete sich das Paar und verschwand in einer weißen Wolke aus aufgewirbeltem Schnee. Wieder einmal beneidete Christine die Menschen, die in den Bergen aufgewachsen waren. Für die waren Ski so etwas wie eine zuschaltbare Fußverlängerung – ebenso beherrschbar und praktisch wie die Füße selbst.

Jetzt entdeckte sie auch Matthias wieder. Er stand auf dem breiten Platz oberhalb vom Mitterkaser, wo die beiden oberen Pisten zusammenkamen. Er winkte. Offenbar hatte er alles mitangesehen. Leugnen war also nicht.

Noch vorsichtiger als vorher fuhr Christine weiter. Schließlich erreichte sie Matthias, fuhr umständlich um ihn herum und hielt dann talwärts an seiner Seite, wie sie es im Skikurs vor dreißig Jahren gelernt hatte.

«Das sah wild aus, alles in Ordnung?», fragte er und pflückte einen Schneeklumpen aus ihrem feuchten Haar.

«Ja, alles bestens. Ich bin nur ein bisschen aus der Übung. Und besonders gut hab ich es ja sowieso nie gekonnt.» Wie sehr sie ihre Knochen jetzt spürte, brauchte er nicht zu wissen. Immerhin stach keiner durch die Haut – also was sollte schon groß sein? Matthias sollte sich keine Vorwürfe machen, sie allein gelassen zu haben.

«Magst du denn überhaupt noch, oder sollen wir lieber aufhören? Ich bleib jetzt auch bei dir, versprochen. Du fährst vor, und ich komm hinterher, dann kann ich dich aufsammeln.»

«Muss ich sehen», sagte Christine. «Lass uns erst mal bis zur Mittelstation fahren.»

Sie wartete eine Lücke in der Schar der Vorübergleitenden ab und fuhr wieder an. Während der nächsten Meter wurde ihr klar, dass sie für heute Schluss machen musste. Sie konnte den Hals nicht richtig drehen, bei größeren Bewegungen fuhr ihr ein fieser Schmerz in den Nacken. Unangenehm, aber sicher nichts Schlimmes, nur eine Muskelverkrampfung. Auf keinen Fall wollte sie deswegen Matthias den Spaß verderben. Er sollte den schönen Skitag auskosten, ob sie nun dabei war oder nicht. Wie er da oben losgeflitzt war – niemals hatte sie ihn so in seinem Element gesehen.

Natürlich gab es eine längere Diskussion, bis Matthias sich schließlich überzeugen ließ, sie allein hinuntergondeln zu lassen. Noch aus der Seilbahn bestellte sie ein Taxi. Missmutig nahm der Fahrer des ältlichen Kombis ihr die Ski ab und verstaute sie im Kofferraum, wo ein Stück lilafarbene Auslegeware den wageneigenen Belag schützen sollte. Christine legte ihre Stöcke dazu, wobei sie damit aus Versehen leicht in den Teppich stieß.

«Machen Sie mir nichts kaputt!», schnauzte der Fahrer.

Christine entschuldigte sich und gab ihr Fahrtziel an.

«Den ganzen Tag immer diese Kurzfahrten», schimpfte der Taxler. Als Nächstes bemängelte er das Wetter – viel zu viel Sonne. Danach den Straßenzustand. Und dann den Fahrstil eines Entgegenkommenden. «Fünfzig im Ort gilt auch für dich!»

Dabei hatte er selbst deutlich mehr drauf, wie Christine mit einem Seitenblick auf den Tacho feststellte. Endlich wurde ihr die Sache klar. Der Mann war in Wirklichkeit bester Laune. Ein Grantler war ja nur dann glücklich, wenn er granteln konnte. Je mehr Anlässe er dazu fand, desto besser ging es ihm. Um diese

These zu testen, erzählte sie von ihrem unfreiwillig verkürzten Skitag. Siehe da, sofort ließ der Fahrer sich auf das Thema ein und packte Jugenderinnerungen aus. Natürlich gab es auch bei diesem Thema jede Menge zu meckern. Wie er mit einem Freund damals Zöpferl in den Tiefschnee geflochten hatte und dann der Skizug gekommen war. Den ganzen Hang hatten die Soldaten durchpflügt und alle schönen Zöpferl zerstört.

Daheim angekommen, pellte Christine sich mühsam aus den Skisachen, stieg in eine Jogginghose und unter Verrenkungen in ihr weitestes Schlabbershirt. Sie legte sich mit einem Buch aufs Sofa, aber schon die Lesehaltung war unangenehm.

Der Blick aus dem Fenster machte es allerdings auch nicht besser, sondern erinnerte sie nur daran, warum ihr das Skifahren so wichtig war. Das ganze Grundstück lag nämlich in diesen Wochen komplett im Schatten. Die Sonne stieg einfach nicht hoch genug, um über den Grünstein zu schauen. Es gab Menschen, die bei Lichtmangel depressiv wurden, und auch Christine fühlte Anflüge davon. Daher ging es ihr beim Skifahren nicht nur um die Bewegung an frischer Luft, sondern auch um die Flucht aus dem Schatten ins Licht, um die in Gipfelnähe ungehindert strahlende Sonne.

Als ihr der Schmerz wieder in den Nacken schoss, musste sie an den Sitzskifahrer denken. Ob der auch einen Unfall gehabt hatte?

Die Schnitzschule war zwar staatlich, aber sie nahm bei weitem nicht jeden. Man musste bereits geschaffene Werke vorlegen und eine Aufnahmeprüfung absolvieren, die aus einem theoretischen und einem praktischen Teil bestand. Wer aufgenommen wurde, hatte das große Los gezogen, da die Ausbildung kostenlos war. Nur Geld für Unterkunft und Verpflegung musste dann noch irgendwie aufgebracht werden, denn die Hälfte der Schüler kam nicht aus dem Talkessel. Die günstigen Zimmer bei der schwerhörigen Witwe Riemental waren besonders beliebt.

Ob die harten Aufnahmebedingungen auch für Prinz Ludwig – den späteren Ludwig II. – gegolten hatten, der hier in jungen Jahren eine Zeitlang seiner Kreativität gefrönt hatte, war nicht überliefert. Auch würde der zukünftige König und Erbauer der Schlösser Herrenchiemsee und Neuschwanstein kaum Probleme gehabt haben, eine angemessene Unterkunft zu finden. Zu welchen seiner architektonischen Ideen ihn die Berchtesgadener Bergwelt inspiriert haben mochte, war nirgends festgehalten. Aber sah nicht das Schloss Neuschwanstein ein wenig aus wie der gefrorene Schreinbachfall? Dies nachzuprüfen, erforderte allerdings einen der wenigen harten Winter, in denen der Königssee ganz zufror.

Das Schulgebäude lag gleich neben der Talstation der Obersalzbergbahn im Talgrund nahe der Ache. Die Villa der Witwe Riemental war zu Fuß nur wenige Minuten entfernt. Natürlich waren Weihnachtsferien, aber die Werkstätten hatte man für die Schüler geöffnet, die nicht nach Hause wollten – oder kein Zuhause hatten.

Auf dem Rasen vor dem Eingang stand ein zehn Meter hoher Unterarm, an dessen Ende sich überlange Finger in den Himmel reckten. Ein unglaublich dicker Baumstamm musste für dieses Werk verwendet worden sein. Holzhammers Geschmack traf die Skulptur jedoch nicht, sie erinnerte ihn vielmehr an den Unfall mit einer Kreissäge, den es vor Jahren im Talkessel gegeben hatte.

Er war einfach auf gut Glück losgefahren, die Wege im Talkessel waren ja nicht weit. Zumindest nicht mit dem Auto. Seine Schwiegermutter, die vom Obersalzberg stammte, hatte als Kind noch jeden Tag zu Fuß ins Tal zur Schule gehen müssen. Da hatte sie im Winter dann während der Stunden in ihren nassen Wollsachen gefroren, dass die Zähne aufeinanderklapperten. Viel hatte sich geändert seit damals, im Talkessel wie überall. Aber manches blieb auch gleich – besonders im Talkessel.

Holzhammer parkte direkt vor dem Eingang. Schon von außen konnte man durch die Fenster in diverse Werkstätten sehen, doch nur in einer war Betrieb. Von dort hörte man Pochen und Klopfen, Hobeln und Schleifen – untermalt von Reggae-Musik aus einem Ghettoblaster, der auf der Fensterbank stand. Der gemeine Schnitzschüler hatte kein Geld für einen iPod, und so schnitzelte man synchron zur Partymusik. Zumindest einer würde sich demnächst hundert iPods kaufen können, dachte Holzhammer. Allerdings nur, wenn er nicht der Mörder war. Denn Mörder erbten nicht.

Er ging ins Gebäude und dann immer der Musik nach. Überall standen Schnitzarbeiten, von modern bis sakral. Erstaunlich viele Marien und Jesuskinder. Wahrscheinlich waren die katholische Kirche und entsprechende Devotionalienhandlungen auch heute noch die größten Auftraggeber für Holzarbeiten – von hoher Kunst bis zu grellstem Kitsch. Aber es gab auch Tiere, Masken und diese unsäglichen Holzschilder mit eingeschnitzten Sprüchen. Von Karl Valentin über Bibelsprüche bis zu Bauernregeln war alles vertreten. In einem der Räume, an denen Holzhammer vorbeikam, standen Möbel. Richtig, es gab hier ja auch Schreiner.

An der Tür zur erleuchteten Werkstatt hing ein Zettel:

Samstag 9 Uhr Hallenfußball, Schnitzer gegen Schreiner, 4 Mädchen pro Mannschaft.

Die Tür stand halb offen, sodass Holzhammer eintreten konnte, ohne auf sich aufmerksam zu machen. Auf den Werkbänken sah er diverse Holzskulpturen und auch einige Gebilde, die er nicht unbedingt als Kunst identifiziert hätte. Fünf Schüler, im Alter ungefähr zwischen sechzehn und fünfundzwanzig, standen um ein Ding aus hellem Holz herum, das für Holzhammer am ehesten nach einem Hydranten aussah. Vielleicht war es aber auch ein Gekreuzigter. Oder ein Penis.

Die jungen Leute in ihren teilweise abgerissenen und teilweise auf kreativ getrimmten Arbeits-Outfits bemerkten ihn zwar, achteten aber nicht weiter auf ihn. Sie waren wohl alle nicht aus dem Talkessel – und bis dato auch nicht mit dem Gesetz in Konflikt gekommen. Da Holzhammer nicht in Uniform war, hielten sie ihn vermutlich für einen neugierigen Urlauber, der durch die Ausstellungsstücke in den Fenstern angelockt worden war. Hoffentlich versuchten sie nicht, ihm eine kitschige Madonna zu verkaufen.

«Frohe Weihnacht», grüßte Holzhammer laut, um die Musik zu übertönen.

Jetzt hatte er die Aufmerksamkeit der Anwesenden. Er wurstelte seinen Ausweis aus der Hosentasche. Die Blicke wurden misstrauischer, wie so oft, wenn Polizei auftauchte. Viele Menschen ließen dann unwillkürlich ihre kleinen und großen Sünden Revue passieren – ein schlechtes Gewissen hatten die meisten wegen irgendetwas. Jemand stellte den Ghettoblaster aus.

«Keine Sorge», beruhigte der Hauptwachtmeister die jungen Leute. «Es gibt keine Probleme. Ich möchte nur mit Ernst Dorsch reden, kennt ihr den?»

Unwillkürlich blickten vier der Schüler den fünften an. Das war er also. Ein langer, schlaksiger Typ, der den Kopf zwischen die Schultern zog – wie es große Menschen machten, die aus Unsicherheit lieber nicht so weit aus der Menge herausragen wollten. Auch fuhrwerkte er mit den Händen herum, als wüsste er nicht, wohin damit. Seine Zimmerer-Cordhose und der löchrige, ehemals schwarze Pullover waren typische Schnitzschülermode, doch dazu trug er einen Drei-Millimeter-Haarschnitt, der überhaupt nicht in Holzhammers Schnitzschülerbild passte. Darüber eine Bandana – gegen die Kälte oder um den Haarschnitt zu verdecken? Holzhammer hatte gelesen, dass manche Haare durch die Dreadlock-Prozedur so stark litten, dass man sie nur noch abschneiden konnte. Er würde sowieso nie verstehen, wie man sich absichtlich diesen Look verpassen konnte. Das sah doch einfach nur nach Shampoo-Verweigerung aus. Nicht, dass sein eigenes spärliches Resthaar jemals eine einzige Rastalocke hergegeben hätte.

Holzhammer musste an das Gespräch über Profiler denken, das er mit Christine geführt hatte. Welche Schlüsse hätte so einer wohl aus dem Äußeren von Ernst Dorsch gezogen? Der Hauptwachtmeister schloss jedenfalls, dass der Junge versuchte, sich hier anzupassen – dazuzugehören. Holzhammer fand sich ziemlich gut.

«Was wollen Sie denn vom Dorsch?», fragte ein hübsches Mädchen von vielleicht achtzehn Jahren, das seine blonden Haare unter einem verwaschenen Kopftuch vor der Drechselmaschine in Sicherheit gebracht hatte.

Warum sagten die Kids ihm nicht einfach, welcher der Dorsch war? Es war doch sowieso offensichtlich. Waren das bloß die üblichen Spielchen der Obrigkeit gegenüber, oder wussten sie etwas? Um das herauszubekommen, entschloss

Holzhammer sich, ein bisschen von seinem Obrigkeitswissen herauszulassen. Datenschutz im engeren Sinne gab es im Talkessel ja sowieso kaum. Als einmal jemand den Lotto-Jackpot geknackt hatte, war sogar das allgemein bekannt worden.

«Gestern beim Christkindl-Anschießen ist jemand daschossen worden. Und zwar der Onkel vom Dorsch», sagte Holzhammer.

«Mir echt egal, wenn der tot ist», outete das mutmaßliche Dreadlock-Opfer sich selbst. «Seit ich hier bin, hab ich den nicht ein einziges Mal gesehen.»

«Du weißt noch gar nichts davon?», fragte Holzhammer, als hätte Ernst Dorsch sich gerade offiziell vorgestellt. Den jungen Mann zu siezen, fiel ihm nicht ein.

«Nein, ich hab mit meinem Onkel überhaupt nichts zu tun. Von mir aus kann der gerne tot sein.» Kaum hatte Dorsch das gesagt, hielt er erschrocken inne.

Da Holzhammer den verhuschten jungen Mann nicht für einen Oscar-verdächtigen Schauspieler hielt, war er inzwischen sicher, keinen Mörder vor sich zu haben. Aber die Routinefragen stellte er trotzdem. «So, wo warst denn gestern Nachmittag?»

Dorsch und das hübsche Mädchen blickten sich an.

«Muss ich Ihnen überhaupt irgendwas sagen?», fragte er, scheinbar aufmüpfig, aber mit hörbar zittriger Stimme.

«Wenn du der Täter bist, darfst schweigen», erwiderte Holzhammer. Das war so halbwegs richtig, denn vorher hätte er den jungen Mann darüber aufklären müssen, dass er jetzt nicht mehr als Zeuge, sondern als Verdächtiger vernommen wurde. Aber vernehmen wollte er ihn hier vor aller Ohren sowieso nicht. Er hatte zunächst nur herausfinden wollen, ob Ernst Dorsch sich überhaupt im Talkessel aufhielt. Und sich idealerweise ein spontanes Bild von dem Bürschchen in seiner natürlichen Umgebung machen. Bei einheimischen Tätern brauchte er das nicht, weil er die sowieso schon kannte. Aber um seine Spürnase bei Fremden einzusetzen, hieß es, erst einmal Witterung aufzunehmen. Auch bei Ärger auf dem Campingplatz machte er das so. Hatte noch meistens gut funktioniert.

«Ich bin nicht der Täter, ich bin nicht mal verdächtig», erklärte Dorsch, jetzt wieder mit festerer Stimme. Möglicherweise hielt er die Aufmerksamkeit der Staatsgewalt für das beste Mittel, in den inneren Kreis der Schnitz-Revoluzzer aufgenommen zu werden.

Also tat Holzhammer ihm den Gefallen. «Wen ich verdächtige, entscheide ich immer noch selbst. Also sagst mir jetzt, wo du gestern warst?»

«Wir waren zusammen», mischte sich das blonde Mädchen ein. «Ich kann bezeugen, dass er ein Alibi hat.»

«Perfekt – wo du noch ned amal die Tatzeit weißt», gab Holzhammer zurück.

Dass die beiden kein gewissenloses Mörderpärchen waren, sah ein Blinder. Trotzdem musste er sich so bald wie möglich mit Ernst Dorsch unterhalten. Nur nicht hier. Holzhammer sah auf die Uhr. Zefix, kurz vor knapp. Er hatte Marie hoch und heilig versprochen, pünktlich zur Gans daheim zu sein. Und mit hoch und heiligen Versprechen sollte man es wenigstens an Weihnachten genau nehmen.

«Pass auf», wandte er sich an Dorsch. «Du kimmst morgen in der Früh um Achte auf d' Polizei, und zwar pünktlich. Und bis dahin rührst dich ned aus dem Talkessel weg. Verstanden?»

«Ich wollte sowieso nicht weg», stimmte Dorsch zu, als hätte er eine Wahl gehabt.

«Also dann noch frohes Schnitzen», verabschiedete Holzhammer sich. Auf dem Weg nach draußen hörte er bereits wieder Reggaemusik.

Am Auto angekommen, rief er in der Dienststelle an, um zu hören, ob sich etwas Neues ergeben hatte. Doch die stille Hoffnung, doch noch in dringender Angelegenheit vom verwandtschaftsträchtigen Weihnachtsessen abberufen zu werden, zerschlug sich. Die Haussuchung beim Toten sollte erst am späteren Abend stattfinden, und eigentlich war sein Typ da auch gar nicht gefragt. Chefspurensicherer Rolf Berg hatte die späte Stunde bestimmt, und zwar mit dem Hinweis, dass der Tote bereits tot sei, während der Karpfen in seiner Badewanne hingegen noch lebe. Seine Frau weigere sich, den Fisch für das Weihnachtsessen selbst um die Ecke zu bringen. Berg würde sich also erst als Fischkiller, dann als Gourmet betätigen und erst danach, gut gesättigt und mit seinem Team, das ihm teilweise bereits beim Karpfenessen assistierte, zur Spurensuche anrücken.

Holzhammer grinste in sich hinein. Sein alter Schulfreund hatte eben die Berchtesgadener Art auch im dreißig Kilometer entfernten Traunstein noch nicht abgelegt. Zuerst wurde gegessen, dann ermittelt – im Prinzip eine vernünftige Reihenfolge.

Der Abend spült Verwandtschaft rein

Drei Stunden später lag Christine immer noch auf dem Sofa. Sie hatte schon drei Schmerztabletten genommen und fühlte sich uralt. Mindestens so alt wie ihre Mutter. Überhaupt erinnerte sie sich selbst in letzter Zeit manchmal an ihre Mutter. Mal war es ein Ausspruch, mal ein bestimmter Gesichtsausdruck im Spiegel.

Vielleicht lag es an der Weihnachtszeit. Da wurde jeder wieder ein bisschen Kind, aktuelle Eindrücke mischten sich mit Erinnerungen an längst Vergangenes. «Konstruktive Erinnerung» hieß das in ihrer Branche. Auch Polizisten wussten davon natürlich ein Lied zu singen. Nur gut, dass Holzhammer die Schützen sofort nach der Tat befragt hatte. Der gute Franz, wie es ihm wohl ging? Und ob er schon eine Spur hatte?

Gegen drei kam Matthias nach Hause, länger hatte er es wohl nicht ausgehalten, sie krank und allein zu wissen. Er strahlte und hatte einen leichten Sonnenbrand. Wie schön, dass er Spaß gehabt hatte. Matthias duschte und machte sich dann ein paar Brote.

«Willst du auch was?», fragte er durch die offene Küchentür.

«Vielleicht eins mit Käse.»

Als er alles hereingetragen hatte, stellte Matthias den Fernseher an. «Der Typ vom Lift hat mir erzählt, dass ein Krimi kommt, der in Berchtesgaden spielt.»

So war es – jedenfalls fast. «Wie kann der am Hintersee rauskommen, wenn er die Rossfeldstraße hochfährt?», sagte Christine nach wenigen Minuten.

«Das Haus steht vor dem falschen Berg», erkannte Matthias gleich darauf.

So ging es die ganze Zeit. Einmal war sogar der Watzmann spiegelverkehrt zu sehen. Dann ging der Kommissar in ein Bauernhaus und ließ sich auf einem alten Ledersofa nieder.

«Auf dem Kanapee dort habe ich schon Sex gehabt», sagte Matthias.

Manchmal konnte Christine immer noch nicht unterscheiden, ob er gerade einen Witz machte oder nicht. Kannte sie ihn wirklich so gut, wie sie dachte? Vielleicht kam ihre ganze Harmonie nur dadurch zustande, dass er seine Ecken und Kanten einfach vor ihr versteckte? Wieder musste Christine daran denken, wie es damals mit ihrem Mann gelaufen war.

Als Christine nach dem Film vom Sofa aufstehen wollte, zuckte sie vor Schmerzen zusammen.

«Ich fahr dich nach Berchtesgaden in die Ambulanz», sagte Matthias.

«Blödsinn, so schlimm ist es nicht.»

Christine war wirklich davon überzeugt. Und die Ambulanz wollte sie schon gar nicht damit belästigen, die hatten bestimmt Wichtigeres zu tun.

«Dann lass dich bei dir in der Klinik anschauen. Da wird ja auch jemand sein, der sich auskennt.»

Das hatte ihr gerade noch gefehlt. «Ja klar, damit die ganze

Belegschaft Witze über die Skikünste einer gewissen Zugereisten macht.»

«Dann lässt du dich wenigstens vom Luggi anschauen. Und das ist mein letztes Wort. Ich ruf den jetzt an.»

Da war nichts zu machen. Es kam selten vor, dass Matthias auf stur schaltete, aber wenn er es tat, dann konnte nicht mal ein Erdbeben ihn auf eine andere Schiene bringen. Luggi hieß mit vollem Namen Lukas Rehbichel und war Physiotherapeut. Christine hatte schon von ihm gehört, weil viele der einheimischen Reha-Patienten sich vor oder nach der Reha bei ihm in Behandlung begaben.

Eine letzte Hoffnung blieb ihr noch. «Du glaubst doch nicht, dass du da jetzt jemand erwischst – wir haben den ersten Weihnachtstag.»

«Kein Problem, ich hab seine Handynummer. Mit dem hab ich früher Fußball gespielt.»

Schon hatte Matthias das Telefon gezückt. Tatsächlich meldete sich jemand, und Christine vernahm, wie Matthias seinem Gesprächspartner Honig ums Maul schmierte. Er sei der Einzige, der helfen könne. Gleich darauf steckte er das Handy weg und sagte: «Er wartet. Wir fahren gleich los. Außer, du willst doch lieber in die Ambulanz, Quasimodo.»

Christine versuchte ein letztes Mal, ihren Kopf über den Schultern in eine senkrechte Position zu hieven. Vergeblich. Sie gab sich geschlagen.

«Kannst du dich überhaupt allein anziehen?», fragte Matthias, als er sie so schief vom Sofa krabbeln sah.

«Klar kann ich das.»

Zum Beweis ging Christine ins Schlafzimmer und tauschte die Jogginghose gegen eine Jeans. Doch an das Shirt wagte sie sich erst, als Matthias nicht mehr hinschaute.

Eine halbe Stunde später, mit anderen Worten gegen achtzehn Uhr, betraten sie die große Physiopraxis. Alles lag wie ausgestorben, nur Lukas Rehbichel stand im makellos weißen Sportdress hinter dem Empfangstresen. Als er Christine erblickte, brach er in Gelächter aus.

«Was bringst denn du da?», sagte er prustend zu Matthias.

«Das ist die Christine, den Rest siehst du ja.»

«Allerdings.» Rehbichel kriegte sich wieder ein und musterte seine neue Patientin von oben bis unten. «Des kriegen mir schon. Wenn ich bitten darf – Kabine fünf.»

Leicht irritiert suchte Christine die Kabine. Ein Therapeut, der seine Patienten auslachte – so etwas gab es in der Reha-Klinik nicht.

«Übrigens, ich bin der Luggi», sagte Rehbichel, als er mit Knierolle und Nackenkissen bewaffnet die Kabine betrat. «Was hast du denn angestellt?»

Er ließ sich den Sturz genau beschreiben und zog daraus offenbar zutreffende Schlüsse. Schon wenige Minuten später ging es Christine deutlich besser. Luggi erklärte, dass er sie zwar fürs Erste ganz gut in Form bringen könne, dass aber für einen dauerhaften Erfolg vermutlich mehrere Sitzungen notwendig seien. Nach einigen Tests mit Ziehen und Hin- und Herdrehen kam Luggi zu exakt dem gleichen Ergebnis.

«Und halt dich die nächsten Wochen vom Jenner fern, verstanden?», sagte er.

Christine versprach es.

Während der Behandlung schwatzte Luggi die ganze Zeit, hauptsächlich darüber, wen er schon alles behandelt hatte und was für ein phantastischer Physiotherapeut er war. Er schien jeden im Talkessel zu kennen. Offensichtlich war er stolz darauf, dass viele Leistungssportler zu seinen Kunden gehörten.

Außerdem erzählte er von den vielen Weiterbildungen, die er besucht hatte, und davon, wie er manchmal Schäden entdeckte, die vom überweisenden Orthopäden übersehen worden waren. Der Waberer habe einmal sogar einen Oberarmbruch übersehen.

Ganz klar, Luggi hielt sich für den größten Physiotherapeuten aller Zeiten. Doch während er so redete und knetete, spürte Christine, wie sich ihre blockierte Halswirbelsäule mit jeder Minute mehr entspannte. Er war vielleicht nicht der Größte aller Zeiten, aber auf jeden Fall ein Guter. Und da sie nun endlich wieder an etwas anderes als ihre Schmerzen denken konnte, fiel ihr der Sitzskifahrer ein. Wenn der einen Unfall gehabt hatte, wie sie vermutete, dann war er ja vielleicht auch bei Luggi in Behandlung gewesen.

«Was ich fragen wollte», unterbrach sie Luggis Redefluss, «heute am Jenner hab ich jemand auf einem seltsamen Gefährt gesehen, so eine Art umgebautes Fahrrad.»

«Das war der Lenni.» Luggis Stimme war plötzlich ernst geworden. Und warum war die Plaudertasche mit einem Mal so einsilbig? Konnte es sein, dass Lukas die Sache naheging? Dann musste er den jungen Mann gut gekannt haben.

«Der hatte wohl einen Unfall?», fragte Christine.

«Ja.»

Christine gab es auf, offenbar wollte Lukas nicht darüber reden. Stattdessen fühlte sie in ihren Nacken hinein: Schön, wenn der Schmerz nachließ. Als sie sich nach der Behandlung aufsetzte, konnte sie den Kopf schon wieder senkrecht halten. Fast wie neu. Der Mann war ein Künstler. Ein Angeber auch, aber was machte das, wenn etwas dahintersteckte.

«Du solltest in den nächsten Tagen noch mindestens einmal herkommen», sagte Lukas zum Schluss. «Übermorgen, also am Siebenundzwanzigsten, um halbe elfe, da hat jemand abgesagt.»

«Gern.»

Als Holzhammer eine Minute vor fünf sein Haus in der Stanggass erreichte, sah er bereits draußen das ganze Ausmaß der Invasion. Neben den Wagen seiner Kinder Andi und Heidrun standen weitere Fahrzeuge. Der dicke Schlitten von Onkel Korbi war so breitbratzig geparkt, dass er nicht einmal in seine eigene Garage kam. Typisch. Absolut korrekt geparkt war hingegen ein uraltes Gefährt, das noch das Ortskennzeichen BGD trug. Es musste sich um den Wagen von Großonkel Sepp handeln. Seit mehr als dreißig Jahren hatte das Berchtesgadener Land bekanntlich das Kennzeichen BGL, aber die alten Schilder waren gültig, solange die zugehörigen Autos durch den TÜV kamen. Einige ältere Einwohner steckten ein Vermögen in ihre museumsreifen Fahrzeuge, nur um das Nummernschild zu erhalten. Sie hatten die Gebietsreform nie verwunden. Ihr geliebtes Berchtesgaden in einem Topf mit so entlegenen Gegenden wie Freilassing oder gar Laufen – das konnte und sollte nicht sein. Am schlimmsten war die Zeit von 1973 bis 1979 gewesen, da hatte für den ganzen Landkreis das Ortskennzeichen REI gegolten. Wie das Waschmittel. Und wie die komische Kurstadt auf der anderen Seite vom Pass Hallthurm, im äußeren Landkreis.

Zwei weitere Fahrzeuge konnte Holzhammer nicht auf den ersten Blick zuordnen. Wahrscheinlich Anhang seiner Frau. Und soeben hielt auch noch ein Taxi, das Großtante Steffi ausspuckte. Holzhammer stellte seinen Dienstwagen so hin, dass

Onkel Korbi beim Wegfahren ordentlich rangieren musste, und ging der gebrechlichen alten Dame entgegen. Er begrüßte sie und führte sie durch den Vorgarten zum Haus. Sie war zwar eine seiner wichtigsten Informantinnen, aber was sie jetzt an seinem Arm schnatterte, ging zum einen Ohr rein und zum anderen raus.

Andi und Heidrun waren noch ledig, hatten aber bereits eigene Wohnungen. Das war keineswegs selbstverständlich im Talkessel. Es hatte sich so ergeben, da beide frühzeitig mit ihren Jugendlieben zusammengezogen waren. Bei Andi hatte die Beziehung gehalten, bei Heidrun jedoch nicht – weil sie zu anspruchsvoll war, wie Holzhammer insgeheim dachte. Sie hatte ihren damaligen Freund in den Wind geschossen, weil er zu wenig Ehrgeiz zeigte. Sie selbst hatte Bankkauffrau gelernt, machte jetzt den Bankwirt und arbeitete zielstrebig an ihrer Karriere. Sie redete nicht viel darüber und beantwortete Fragen in dieser Richtung immer sehr kurz. Aber Holzhammer ging davon aus, dass sie wahrscheinlich bald mehr verdienen würde als er. Dabei war Heidrun erst zweiundzwanzig. Sie war auch keine graue Maus, die sich ausschließlich für ihren Beruf interessierte, sondern ausgesprochen lebenslustig und ging viel aus. Das bekam Holzhammer natürlich immer nur über Bande mit.

Sein Sohn Andi war Zimmerer und lebte mit seiner langjährigen Freundin zusammen in Bischofswiesen. Holzhammer und seine Frau hatten eine Wette laufen, was hier zuerst eintreten würde – Hochzeit oder Nachwuchs. Marie tippte auf Hochzeit, er selbst auf Nachwuchs. Beides war ihnen gleich recht.

Als Holzhammer die Haustür öffnete, schlug ihm der betörende Duft von Gänsebraten und Rotkraut entgegen. Marie hatte wahrscheinlich seit dem Morgen in der Küche gestanden. In solchen Sachen war sie konservativ. Zum Glück.

Der Duft war so verlockend, dass er jegliche unersprießliche Gedanken überdeckte. Entschlossen nahm Holzhammer Tante Steffi den Mantel ab und führte sie schnurstracks in die verwandtschaftserfüllte Bauernstube. Der Raum war vor längerer Zeit vom Wohnzimmer abgetrennt und mit einer großen Eckbank aus hellem Holz sowie einem Herrgottswinkel eingerichtet worden. Auf einem Holzregal befanden sich die Sportpokale der Kinder – beide hatten keinen Wert darauf gelegt, diese in ihre eigenen Wohnungen mitzunehmen – und in einer Ecke der Zweitfernseher. Holzhammer war bewusst, dass dieser Raum in normalen Zeiten zu den wichtigsten Faktoren für das Gedeihen seiner Ehe zählte. Hier nämlich konnte Marie ihren diversen Beschäftigungen nachgehen, ohne ihn beim Mittagsschlaf auf dem Kanapee im Wohnzimmer zu stören. Die Bauernstube war Maries Reich, wenn es darum ging, Pakete für notleidende Völker zu packen und dabei Gerichtssendungen im Fernsehen anzuschauen. Sie bügelte auch dort und legte auf dem großen Tisch Wäsche zusammen. Davon war natürlich heute nichts zu sehen. Heute war der Tisch blank poliert und mit einer handbestickten grün-roten Decke, Kerzen und Tannenzweigen weihnachtlich geschmückt.

Als Holzhammer ins Zimmer trat, richteten sich aller Augen mit einem Anflug von Vorwurf auf ihn – den Säumigen. Er pflanzte Tante Steffi neben Onkel Korbi und wünschte frohe Weihnachten. Genau in diesem Moment kam Marie mit der Gans aus der Küche, und Holzhammer wusste, dass dies kein Zufall war. Sie hatte mit dem Auftragen nur auf ihn gewartet, und das war vermutlich der Hauptgrund, warum auch die Gäste so ungeduldig seines Erscheinens geharrt hatten. Angesichts des Vogels bekamen ihre Augen nun einen feuchten Glanz, wahrscheinlich eine bislang wenig untersuchte Gleichschaltung von Tränen- und Speicheldrüsen.

Heidrun folgte ihrer Mutter mit Rotkraut und Knödeln. Kaum dass sie ihren Vater erblickte, rief sie noch in der Tür stehend: «Papa, ich glaub, dass du spinnst!»

«Ich wünsch dir auch frohe Weihnachten», antwortete Holzhammer, nur mäßig irritiert. Er war es gewohnt, dass die Frauen seiner Familie Seltsames von sich gaben. Am besten, man unterstützte das nicht auch noch durch Nachfragen. Sonst sah man sich unversehens in Diskussionen verwickelt, aus denen man nur schwer wieder herauskam.

Während Heidrun die Knödel vor Onkel Korbi und das Rotkraut vor ihren Bruder stellte, fuhr sie jedoch ungefragt fort: «Der Ernstl hat mir gesimst, dass du in der Schnitzschule warst. Und du hast dich aufgeführt, als würdest du ihn verdächtigen.»

Franz Holzhammer hatte nicht die leiseste Ahnung gehabt, dass seine Tochter den mutmaßlich ehemals rastalockigen Ernst Dorsch kannte. Da musste er sich erst mal setzen, und zwar auf seinen angestammten Platz, der geflissentlich von Verwandten freigehalten worden war. Wie konnte er Heidrun nur signalisieren, das Thema Ernst Dorsch wenigstens auf einen stilleren Moment zu vertagen? Jetzt fehlte nur noch, dass Marie ihn zum Tranchieren der Gans aufforderte. Schon umkreiste sie mit dem großen Messer in der Hand unschlüssig die Anwesenden – und landete dann bei Andi, der als Zimmerer zum Sägen sowieso prädestiniert war. Holzhammer wusste schon lange, dass Marie seine Gedanken lesen konnte wie ein offenes Rezeptbuch. Das hatte Vor- und Nachteile.

Ihre gemeinsame Tochter schien diese Fähigkeit jedenfalls

nicht geerbt zu haben. Während alle Andi beim Zerteilen der Gans zusahen und Marie sich die Schürze abband, ließ Heidrun einfach nicht locker. «Der Ernstl ist ein ganz Lieber, dass du es weißt. Er ist ein sensibler Künstler und könnt keiner Fliege was tun. Ich hoff nur, dass deine Beschuldigungen seine momentane Schaffensperiode nicht beeinflussen.»

Das konnte doch nur ein Witz sein? Schaffensperioden – so etwas hatten Schnitzschüler höchstens vor den praktischen Prüfungen. Aber nein, da war nicht das kleinste ironische Blitzen in Heidruns Augen. Dabei war sie noch nie ein Typ für Brauchtum und Kunsthandwerk gewesen, das hatte sie von ihm. Bei Holzhammer gingen ein paar väterliche Alarmglocken an.

Während Onkel Korbi sich ungefragt drei Knödel auftat und damit unter den weiblichen Anwesenden einen lebhaften Blickaustausch auslöste, suchte Holzhammer fieberhaft nach einer Möglichkeit, das Thema Dorsch schnell und unauffällig zu beenden. Unter vier bis sechs Augen würde er gern ausführlich mit Heidrun über alles sprechen, aber doch nicht hier und jetzt.

«Des war nur Taktik», sagte er schließlich. Was ihm erstaunte Blicke von Heidrun und Marie sowie ein verschmitztes Zwinkern von Großonkel Sepp eintrug. Der Alte war immer noch völlig auf der Höhe.

Holzhammer legte nach: «Das in der Schnitzschule war nur für die Öffentlichkeit. Um den wahren Mörder in Sicherheit zu wiegen. Ich werd mich mit dem Ernst in den nächsten Tagen einmal in Ruhe unterhalten. Vielleicht kann er uns sogar helfen.»

Damit war der Weihnachtsfriede wiederhergestellt, und die Kalorienschlacht konnte ihren Lauf nehmen. Später ging man ins Wohnzimmer, wo der von Andi fachgerecht aufgestellte und von Heidrun liebevoll geschmückte Christbaum stand. Auch bei den Holzhammers hingen bunt bemalte Trompeten, Tische, Stühle und Schränke neben Hühnerkäfigen, aufgeputzten Kühen und Arschpfeifenrössln. Unter dem Baum hatte Marie die Geschenke für die Verwandten drapiert. Tante Steffi bekam ein neues Opernglas, weil ihr das alte kurz nach Nikolaus aus dem Fenster gefallen war.

Der Rest entgleist komplett

Holzhammer hielt durch, bis gegen sieben der Anruf aus der PI kam. Rolf Berg sei unterwegs, einige von der Bereitschaft würden jetzt zum Haus des Toten fahren, um abzusperren und bei Bedarf Türen zu öffnen. Holzhammer selbst wurde nach wie vor ausdrücklich nicht gebraucht. Aber es war die perfekte Ausrede, um sich zu verdrücken, bevor Tante Steffi rotweinbeschwingt begann, von früher zu erzählen, und Onkel Korbi anfing, mit seinen halbseidenen Geschäften zu prahlen.

Das Haus des Orthopäden Heimito Waberer lag natürlich auf der Sonnenseite von Schönau am Königssee, in einer Gasse mit Watzmannblick, die von relativ neuen und sehr gepflegten Einfamilienhäusern gesäumt war. Das Eckgrundstück des Toten hatte die schönste Sicht und doppelte Größe, sodass es rückwärtig bereits an die Parallelstraße angrenzte. Von hier hinten waren angeblich die ersten Einbrecher gekommen.

Holzhammer fuhr um das Grundstück herum. Vorne, vor dem schmiedeeisernen Tor, parkten bereits die Wagen aus Traunstein. Direkt neben der Einfahrt war der Gehsteig aufgerissen – diese vermaledeite Fernwärme. Auf der gegenüberliegenden Straßenseite gaben ein paar neugierige Anrainer vor, Schnee zu räumen. Ihre jeweiligen Einfahrten waren jedoch bereits so sauber, dass man davon hätte essen können.

Holzhammer ging durch das offene Tor. Auf dem Rasen vor der Waberer-Villa lagen immer noch die Scherben der angeblich so wertvollen Statue, die einer der zahlreichen Einbrecher damals umgerissen hatte. Wahrscheinlich wurde der Gärtner nur im Sommer beschäftigt, und Waberer war sich zu fein gewesen, die Scherben selbst zu entsorgen.

Die Villa hatte eine große Wohnhalle über zwei Etagen und nach hinten einen riesigen Wintergarten. Beides Dinge, die Holzhammer niemals in seinem Haus geduldet hätte. Ganz abgesehen davon, dass der Wintergarten ein Schwarzbau sein musste – solcherlei wurde hier normalerweise nicht genehmigt –, war er im schneereichen Berchtesgaden ein völliger Blödsinn. Das halbe Jahr lag Schnee darauf, und wenn der Schnee schwer wurde, musste man das Dach abräumen, weil es sonst einbrach und einen beim Nachmittagskaffee erschlug. Und dieser Riesenwohnraum mit offener Galerie, wo jeder jeden bei allem störte – nein danke. Aber das Problem hatte Waberer natürlich gar nicht gehabt, er lebte ja seit Jahren allein.

Die Spurensicherer nahmen sich systematisch ein Zimmer nach dem anderen vor. Die Vorhut fotografierte alles, wie es war, anschließend wurde nach Spuren von Besuchern gesucht, egal ob erlaubten oder unerlaubten. Jeder war interessant, der in den Wochen vor dessen Tod mit Waberer Kontakt gehabt hatte. Zum Abschluss wurde nach Hinweisen aller Art gesucht, vom Brief bis zum Wandsafe.

Holzhammer fragte einen Mann im weißen Schutzanzug, wo sich der Chef befinde, und machte sich auf dessen Angaben hin auf den Weg zur Kellertreppe. Keller waren natürlich immer besonders interessant, dort stapelten die Menschen alles Mögliche und Unmögliche. Holzhammer stieg hinunter. In diesem Haus war selbst die Kellertreppe mit poliertem

Marmor belegt. Unten sah er zunächst einen Heizungsraum, eine Waschküche und einen offenbar von außen zugänglichen Raum voller Gartengeräte. Am Ende des Ganges fand sich ein größeres Gelass. In der Mitte des Raumes standen eine Art Arbeitstisch und ein moderner Drehstuhl. In einer Ecke gab es eine Küchenspüle aus Edelstahl, ansonsten waren alle Wände mit Regalen bedeckt. Mit ziemlich leeren Regalen, nur auf den obersten und untersten standen vereinzelt kleine Fläschchen. Eines lag zerbrochen auf dem Boden.

Rolf Berg stand mit dem Rücken zur Tür, ein weiteres der rätselhaften Fläschchen in der Hand.

«Ned erschrecken, ich bin's», sagte Holzhammer.

«So sieht man sich wieder, oida Spurenvernichter», sagte Berg. «Dass jemand vor uns hier war, woaßt scho?»

«Was sagst?» Holzhammer besah sich die Regale genauer. Berg hatte recht, es sah ganz so aus, als hätte jemand sehr eilig eingepackt, was er auf die Schnelle erwischen konnte. Deshalb waren in den schlechter erreichbaren Ecken einige Fläschchen stehen geblieben und auch eines heruntergefallen.

«Ja, diesmal haben sie ihr Ziel erreicht. Auch oben fehlt was, in der Wohnhalle is a heller Fleck an der Wand. Und hier unten – siehst ja selbst.»

Musste Holzhammer sich Vorwürfe machen, dass sie das Haus nicht direkt nach dem Mord hatten überwachen lassen? Steckten Mörder und Einbrecher etwa doch unter einer Decke?

«Ja, da hast noch einiges vor dir. Ich beneide euch nicht», fuhr Berg fort, als hätte er Holzhammers Gedanken gelesen.

«Was war denn des hier überhaupt für Zeugs?» Holzhammer deutete auf die Regale.

«Lies selbst», sagte Berg und hielt Holzhammer das Fläschchen so unter die Nase, dass er das Etikett lesen konnte.

Das war allerdings gar nicht so einfach. Es handelte sich um eine Art chinesische Schreibschrift, nur dass es eben kein Chinesisch war. Sollte wohl nur chinesisch aussehen. Potenzpotenz, las Holzhammer. «Potenzpotenz?»

«Ja, aber da hat's a no andere. Da unten, des ist ‹Muskelmehr›. Und auf denen dort steht ‹Prosperitätstropfen›. Und da drüben ist noch oans mit ‹Trefftinktur›.»

«Verstehe, für Jager und Biathleten. Gibt's a wos gegen Schwatzhaftigkeit am Morgen, für Marie in den Kaffee zum tun?»

Ohne darauf einzugehen, trat Berg zu dem Tisch in der Mitte: «Hier hat er die Etiketten aufklebt. Wahrscheinlich selbstgedruckt. Sicher finden wir oben den Drucker. Leere Gläser stehen da drüben. Da ist auch Lebensmittelfarbe. Und der Wasseranschluss ...» Berg zuckte vielsagend die Achseln.

«Preisschilder gibt's wohl ned?», fragte Holzhammer und sah sich um.

«Na, und wenn er koane Buchhaltung irgendwo auf dem Rechner oder als Kladde hat, dann werden mir nie erfahren, was er den Leuten für so a Flascherl Potenzpotenz abgenommen hat.»

«Freilich werden mir's erfahren», antwortete Holzhammer zuversichtlich. Wenn tatsächlich diverse Berchtesgadener sich beim Waberer mit Wundermitteln versorgt hatten, dann würde er bald alles darüber herausbekommen. Wie hatte diese Sache überhaupt bis zum heutigen Tag an ihm vorbeilaufen können? So diskret kannte er seine Talbewohner gar nicht.

In diesem Moment drang ein lauter Ruf aus dem Erdgeschoss die Kellertreppe hinunter: «Chef!»

Holzhammer und Berg verließen die Wunderapotheke und gingen nach oben.

«Wir haben etwas», sagte ein junger Beamter und führte sie zu einem großen Mahagonischreibtisch mit Löwenfüßen, der diagonal in einer Ecke der Wohnhalle stand. Das Trumm musste ein Vermögen gekostet haben, wahrscheinlich bezahlt von den Erlösen der Potenzpotenz-Tropfen.

Der Beamte reichte Berg ein bereits in Klarsichtfolie gesichertes Blatt Papier. Es handelte sich um eine Art Drohbrief. Er war mit dem Computer geschrieben und sehr kurz:

Wenn du unser Angebot weiter ausschlägst, wir können auch anders. Und wehe, du verkaufst an die Konkurrenz.

Das Werk trug weder Datum noch Unterschrift.

«Waberer muss g'wusst haben, um was für a Angebot es da in dem Brief geht und auch, wer der Briefschreiber war. Sonst würd die Botschaft ja gar keinen Sinn ned machen», überlegte Holzhammer. «Trotzdem hat er den Brief nie ned bei seinen Anzeigen erwähnt. Immer hat er getan, als hätt er keinen blauen Dunst, wer ihm ans Leder wollt. Also muss es um was Illegales gangen sein.»

«Da hast jetzt du wieder recht», stimmte Berg zu.

«Kann ich den Brief mitnehmen?», fragte Holzhammer.

«Ja, ist bereits behandelt», sagte der junge Beamte.

«Guad.» Holzhammer rollte das Papier samt Klarsichthülle zusammen und steckte es in seine Jacke. «Und wo ist jetzt dieser helle Fleck?»

Berg zeigte ihm die Stelle an der hohen Wand der Wohnhalle: «Da oben. Von der Galerie aus kommt man ohne Leiter dran.»

«Rund wie a Brotzeitbrettl», stellte Holzhammer fest.

«Da muss bis vor a paar Tag was gehangen sein», sagte Rolf Berg. «Mehr können mir leider ned sagen.»

«Macht nix, des bring ma schon aussi. Irgendeiner muss

den Waberer ja mal b'sucht haben. Und vielleicht auch d' Wand auffi g'schaut.» Vielleicht konnte man über das Diebesgut wirklich den Kreis der Verdächtigen einschränken. Noch ein Punkt, um den er sich baldmöglichst kümmern musste.

«Mir haben noch was», unterbrach Berg Holzhammers Gedanken.

«Und? Mach's halt ned allweil so spannend.»

«Es gab a Alarmanlage, aber die wurde außer Betrieb gesetzt. Jemand hat die Haussicherung zum Fliegen gebracht.»

«Interessant. Auf der andern Seite vermutlich kein Kunststück ned, wo die ganze Zuleitung freiliegt.» Trotzdem schloss dieses Vorgehen zumindest Volltrottel wie Nepomuk Maus als Täter aus.

Rolf Berg nickte. «Seh ich auch so.»

«Übrigens, ich hab gar kein Hundepipi im Haus gesehen», sagte Holzhammer. «Hat Waberers Rassehund etwa seit gestern dichtgehalten? Das wär ja wirklich a tolle Rasse. Und wo ist der überhaupt, schon ins Tierheim verfrachtet?»

«Da war kein Hund», sagte Berg. «Aber die Haustür stand ja auch offen. Vielleicht hat er sich verkrochen, als der Einbrecher kam, und ist später rausgeflitzt.»

«Na guad, der wird schon irgendwo auftauchen, wenn er Hunger kriegt», sagte Holzhammer und wollte sich schon zum Gehen wenden. Aber dann kam ihm etwas in den Sinn: Hund – Fell – richtig, da war doch was! «Ach ja, es könnt sein, dass der Einbrecher an Nikolaus als Buttnmandl verkleidet war. Also, falls ihr irgendwann mit dem Haus durch seid, schaut doch auf der Terrasse nach Fell.»

«Mir schauen grundsätzlich nach allem», sagte Berg. Aber Holzhammer sah, wie er seinem Mitarbeiter einen Blick zuwarf und der nickte.

«Fein. Pfüat euch.» Damit verließ Holzhammer die Wohnhalle Richtung Ausgang. Ihm war völlig klar, wo er ansetzen musste: bei sich zu Hause.

Er war weniger als zwei Stunden weg gewesen, doch als Holzhammer wieder daheim eintraf, hatte die Feier sich bereits relativ weit entwickelt. Im Wohnzimmer saß Tante Steffi – Opernglas um den Hals, Rotweinglas in der Hand – auf dem Schoß ihres armen Großneffen. Als Andi seines Vaters ansichtig wurde, warf er ihm verzweifelte Blicke zu. Vergeblich, denn gerade jetzt wollte Holzhammer seine wichtigste Informantin keinesfalls verärgern.

Onkel Korbi saß im Fernsehsessel und redete auf Heidrun ein, die sich gottergeben unter dem Christbaum niedergelassen hatte. Wahrscheinlich wollte er die Bankfachwirtin dazu bewegen, geheime heiße Anlagetipps herauszurücken. Marie hatte sich mit ihrer gutmütigen Schwester in die Bauernstube zurückgezogen. Die beiden Frauen saßen bei Apfelschorle und steckten die Köpfe zusammen. Die Schwester war noch tiefer in karitative Machenschaften verstrickt – und wahrscheinlich auch verhäkelt – als Marie. Sie war es gewesen, die vor zwei Jahren den armen Urlaubersohn aufgenommen hatte, bis seine Mutter wieder halbwegs fit war. Ein tragischer Fall war das damals gewesen, der Vater war ermordet worden, und ohne Holzhammers höchst inoffizielle Zusammenarbeit mit Christine hätte es möglicherweise noch mehr Tote gegeben.

In der Küche fand Holzhammer die beiden Verwandten, die er schon vorhin nicht richtig hatte zuordnen können. Sie waren zur Selbstbedienung übergegangen, zumindest, was die

Getränke betraf. Mit solchen Übergriffen hatte Holzhammer zum Glück gerechnet und bereits vor Tagen seinen besten Obstler und den zwanzigjährigen Funtensee-Enzian in Sicherheit gebracht.

Unklar blieb, wer noch so weit vernehmungsfähig war, dass sich die Befragung lohnte. Aber das ließ sich herausfinden. Holzhammer ging zurück ins Wohnzimmer, richtete sich zur vollen Größe von 1,65 m auf und donnerte aus vollem Bauchumfang heraus: «Ich hätt da mal a dienstliche Frage!»

Er wusste, dass seine Tätigkeit als Polizist in den Augen der Verwandten das Interessanteste an ihm war. Der Berchtesgadener war bekanntlich neugierig wie ein Murmeltier, da stellten kriminalistische Informationen aus erster Hand natürlich ein besonderes Schmankerl dar. Wobei Holzhammer entfernteren Verwandten gegenüber bei weitem nicht so freigebig mit dienstlichen Interna war, wie die es gern gehabt hätten. Wenn sie ganz hartnäckig wurden, fabulierte er einfach frei von der Leber weg. Kein Wunder also, dass die Besucher sich innerhalb weniger Sekunden komplett im Wohnzimmer versammelten. Jeder mit einem Glas in der Hand.

«Potenzpotenz», sagte Holzhammer ohne weitere Einleitung und beobachtete die Reaktion, insbesondere der männlichen Anwesenden. Und richtig: Onkel Korbi zuckte merklich zusammen. Alle anderen dachten offensichtlich, er hätte sich nur geräuspert. Holzhammer machte sich eine mentale Notiz und erzählte dann ausführlich, was sie im Keller des verstorbenen Orthopäden gefunden hatten.

«Eine Fälscherwerkstatt?», fragte Tante Steffi und nahm einen Schluck Rotwein. Wenn sie nicht gerade mit dem Opernglas auf der Lauer lag, las sie Kriminalromane.

«Könnt ma so sagen», stimmte Holzhammer zu, obwohl

er das eigentlich nicht fand. Ein Fläschchen mit Wasser und Lebensmittelfarbe zu füllen und es dann als Wundermittel zu verkaufen, war keine Fälschung, weil es ja kein Original gab. Es gab keine Wundermittel. Wer das behauptete, war ein simpler Betrüger. Holzhammer fiel ein, dass zu ihren zahlreichen potenziellen Mordmotiven jetzt noch ein weiteres kam. Es konnte auch ein enttäuschter Potenzkunde gewesen sein.

Seine Schwägerin meldete sich zu Wort: «Da fällt mir was ein. Als unser Jüngster sich damals beim Fußball verletzt hatte, da waren wir beim Waberer. Und der wollt mir was zum Einreiben verkaufen, was die Kasse nicht zahlt. Für unglaublich viel Geld. Ich hab gesagt, bevor ich das zahl, fahr ich lieber nach Altötting.»

Der mediokre Orthopäde war also tatsächlich auf diese Weise zu Wintergarten, griechischen Statuen und antikem Mahagonischreibtisch gekommen.

«Und jetzt du, Onkel Korbi. Wie viel hast zahlt?» Im Grunde war der genaue Betrag Holzhammer vollkommen wurst, er wollte nur noch einmal vor aller Ohren festhalten, dass Onkel Korbi Potenzmittel gekauft hatte. Gab es eigentlich ein Wort für das Gegenteil von Lieblingsonkel?

Der alkoholisierte Korbi riss die Augen auf. «Wieso ich?»

«Weil ich es dir ansehen tu. Also spuck's aussi.»

Korbi holte tief Luft und blähte die geröteten Wangen. «Na guad. Ich war mit meiner Hüfte beim Waberer. Und von der Hüfte ist es nicht weit bis zum – na ja. Ich hab ihm erzählt, dass ich wegen dem Herzen keine Viagra nehmen darf. Da sagt er, er hätt da was. Ganz ohne Nebenwirkungen, ganz wirksam, ganz geheim, nur für seine treusten Patienten. Und dann holt er aus einem Wandkastl des kleine Fläschchen.»

«Und – wie viel?», fragte Holzhammer unerbittlich. Normalerweise durfte man Zeugen ja nicht bis zur Willenlosigkeit unter Drogen setzen – verwandt oder nicht verwandt. Aber was konnte er dafür, wenn die das selbst taten.

«Achthundertfünfzig Euro», gestand Onkel Korbi kleinlaut.

Alle Anwesenden sogen hörbar die Luft ein. Nicht schlecht für Wasser mit Farbstoff.

«Und – hat's geholfen?», konnte Holzhammer sich nicht enthalten zu fragen.

«Ned zuverlässig», gab Onkel Korbi zu.

Der 26. beginnt zäh

Holzhammer hatte kaum geschlafen. Der letzte Verwandte war gegen Mitternacht endlich gegangen, doch auch danach wollte sich kein Schlaf einstellen. Trotzdem hatte es ihn wieder früh herausgetrieben. Und als er in der feuchtkalten Dämmerung zur Arbeit aufbrechen wollte, musste er auch noch sein Auto freikratzen, das wegen Onkels Korbis Parkkünsten im Freien stand.

Den bisherigen Morgen hatte er im Internet recherchiert, zum Beispiel die Homepage von Waberers Praxis angeschaut. Kein Hinweis auf irgendwelche Wundermittel, nicht mal auf die üblichen. Stattdessen prangte auf jeder Seite ein großes Foto von ihm. Sein Team hingegen kam überhaupt nicht vor. Natürlich würden sie die Leute befragen müssen, ebenso die Mutter von Ernst Dorsch. Deren Telefonnummer hatte der Hauptwachtmeister bereits. Aber wenn er sie jetzt anriefe, würde sie das sicher sofort ihrem Sohn stecken. Lieber erst mal mit ihm sprechen; er war der Erbe, und er war vor Ort gewesen.

Also saß Holzhammer jetzt hinter seinem Schreibtisch und wartete auf Ernst Dorsch, der natürlich unpünktlich war, wie es sich für einen aufmüpfigen Nonkonformisten gehörte.

Ein paar Minuten später kam Dorsch zur Tür herein. Er trug ein ziemlich miesepetriges Gesicht unter der Wollmütze zur

Schau, legte grußlos seinen Parka über den Besucherstuhl und ließ sich auf den Sitz fallen.

«Und?», sagte er, während sich um seine Füße eine Pfütze aus Tauwasser bildete. Draußen lag Schnee, und Holzhammer hatte es gern kuschelig im Büro. Dorsch nahm die Wollmütze ab und legte sie auf Holzhammers Schreibtisch – direkt auf den neuesten Erlass des Innenministers. Das ließ sich verschmerzen, der Hauptwachtmeister hatte sowieso nicht vorgehabt, das Dokument zu lesen. Überhaupt hatte der revoluzzerische Auftritt auf ihn keinerlei provozierende Wirkung. Im Gegenteil, die Aufführung amüsierte ihn. Während der ministerielle Erlass sich zusehends wellte, begann Holzhammers Gesicht, sich zunehmend zu entspannen. Dreißig Jahre Polizeidienst und acht Generationen Holzhammer auf dem Berchtesgadener Friedhof – da musste schon mehr passieren, um ihn aus dem Gleichgewicht zu bringen. Zum Beispiel ein Mord, der sich vielleicht hätte verhindern lassen. Zefix, da war es wieder.

«Also. Können mir uns a bisserl über deinen Onkel unterhalten?»

«Von mir aus, aber ich weiß nichts von dem, meine Mutter und er haben sich gehasst.»

«Schon allweil?»

«Ja, ich glaub schon als Kinder. Und später dann wegen dem Erbe. Er hat sie nämlich betrogen. So, wie er immer alle betrogen hat. Meine Mutter hat immer gesagt, dem Heimito wär nichts heilig außer Geld. Und den anderen Sachen, die er so zusammengerafft hat. Sie hat mal erwähnt, dass sein wertvollstes Stück so eine Nazi-Devotionalie war. Und dafür hat er nicht mal was bezahlt, die lag auf dem Dachboden von einem Haus, das er per Zwangsversteigerung bekommen hat. Hier in der Nähe irgendwo.»

Holzhammer war plötzlich hellwach. «Ach ja? Wem gehörte denn das Haus?»

«Keine Ahnung, irgend so einem armen Schlucker halt. Der gerade Geld brauchte. Und das war auch nicht irgendeine Zwangsversteigerung, sondern Heimito hat sie quasi provoziert.» Ernst Dorsch hielt inne und richtete den Blick in die Ferne. Holzhammer ließ ihn in Ruhe nachdenken und nutzte die Zeit, um sich am Computer eine Notiz zu machen: *Grundstücksgeschäfte.*

«Ja genau, so war es: Der Typ brauchte Geld, und Heimito hat es ihm geliehen und sich dafür eine Grundschuld eintragen lassen. Weil er genau wusste, der würde das nie zurückzahlen können. War wohl krank, oder seine Frau war krank, irgend so was. Und als dann Zahltag war, hat Heimito natürlich überpünktlich die Zwangsversteigerung beantragt und das Haus gleich gekauft. Das war zwar eine alte Bruchbude, aber mit großem Grundstück. Also hat er das Haus wegreißen lassen und sich auf das Grundstück seine Protzvilla gebaut.»

«Und das auf dem Dachboden?», erinnerte Holzhammer.

«Das war wohl so Nazischrott. Genau, eine Medaille für Sportler, von Reichswinterspielen war die Rede. Oder mehr eine Tafel. Jedenfalls aus Holz.»

An Gegenstände aus Holz konnte der Schnitzschüler sich offenbar besser erinnern als an andere Dinge. «Interessant. Und das hat der Waberer in seinem Haus gehabt?»

«Ja, jetzt fällt es mir wieder ein, es wollten wohl auch mal Leute das Ding kaufen. Aber er gab es nicht her. Meine Mutter hat das wahrscheinlich bei einer der seltenen Familienfeiern mitbekommen. Oder wohl eher bei einer Beerdigung.»

«Weißt du zufällig, welche Form das Ding hatte?»

«Rund, glaub ich.»

Das war doch mal was. Dieses Ding also hatte an Waberers Wand den hellen Fleck hinterlassen. Also nächste Notiz: *Militaria*. Wer hätte gedacht, dass dies eine richtig erfolgreiche Befragung werden würde. Wenn sich jetzt noch herausstellte, dass dieser Dorsch nie mit Holzhammers Tochter in der Kiste war ... Aber die Frage musste er sich wohl verkneifen. Stattdessen machte er ausnahmsweise weiter nach Handbuch.

«Hast du a Ahnung, warum dein Onkel ausgerechnet dir alles hinterlassen hat?»

«Hat er das wirklich? Ich kann's echt nicht glauben. Also nein, keine Ahnung. Außer dass es dann nicht die anderen kriegen, die er noch weniger mochte. Und auch nicht der Staat, den hat er auch gehasst. Also diesen jetzt.»

«Hm. Was war denn mit den anderen Verwandten?»

«Wie gesagt, mit meiner Mutter war er schon immer über Kreuz. Und seine Frau ist abgehauen, das hat er ihr auch nicht verziehen. Aber die sind offiziell geschieden, die hätte also eh nichts gekriegt. Stimmt doch, oder?»

Holzhammer nickte. «Gab es Kinder?»

«Nein.»

«Und Eltern?»

«Meine Großeltern sind alle tot.»

«Also noch mal anders. Wie kommt's überhaupt, dass du in Berchtesgaden bist, genau dort, wo auch dein Onkel war?»

«Ganz einfach, ich wollte zur Schnitzschule. Und die gibt's nur hier. Wie gesagt, wir hatten gar keinen Kontakt. Obwohl er vermutlich wusste, dass ich hier bin.»

«Und wo warst du am 24. Dezember um fünfzehn Uhr?»

«Mit dem Mädel von gestern zusammen. Wie sie gesagt hat.»

Über den Schreibtisch hinweg sah Holzhammer Ernst Dorsch in die Augen. Der hielt den Blick.

«Na guad, a letzte Frage. Wer hatte deiner Meinung nach am meisten Grund, den Waberer umzubringen? Ein ganz spezieller Feind?»

«O Mann, da gab's so viele.»

Als Ernst Dorsch gegangen war, entsorgte Holzhammer den feuchten Erlass des Innenministers in den Papierkorb. Und siehe da, darunter fand sich der Bericht der Spurensicherung von gestern Abend. Wahrscheinlich hatte Frau Grassl ihm die Sachen in dieser Reihenfolge hingelegt: Obrigkeit vor Dringlichkeit.

Das meiste hatte er eh schon vor Ort mitbekommen: Tür aufgebrochen, Alarmanlage lahmgelegt, die Fläschchen, der helle Fleck. Die entsprechenden Fotos waren beigeheftet. Einzig neu war, dass sie auf der Terrasse tatsächlich ein paar Flocken Schaffell gefunden hatten. Verdammt, wenn er nur damals schon die Spurensicherung zu Waberer geschickt hätte. Hätte er dann den Mord verhindern können?

Holzhammer blickte von dem Bericht auf und zu seinem Bildschirm: *Grundstücksgeschäfte. Militaria.* Was den zweiten Punkt betraf, würde er mal eine Anfrage nach München senden. Sicher gab es einschlägig bekannte Antiquitätenhändler. Solche, wie sie auch in Berchtesgadener Anzeigenblättern inserierten. Da wurden dann Orden und Abzeichen gesucht, angeblich alles bis 1945. Aber in Wirklichkeit nur Sachen aus den kurzen tausend Jahren direkt davor. Was den Punkt mit den Grundstücken betraf, brauchte er wohl die Hilfe seines Chefs. Außerdem musste er sowieso über den Einbruch mit ihm sprechen. Er wusste, dass Fischer noch am Abend mündlich von Rolf Berg informiert worden war.

Holzhammer stieg in den Fahrstuhl. Der war damals für die Vorgängerin von Frau Grassl eingebaut worden, die im Rollstuhl saß, und nun für Holzhammer eine ständige Verführung. Eigentlich sollte er lieber die Treppe nehmen, wegen der Fitness. Manchmal tat er es sogar.

Als er das Chefbüro betrat, stand Dr. Klaus Fischer am Fenster und sah auf das neueröffnete Haus der Berge hinunter. Die denkmalgeschützte Villa Bayer und der rostige Würfel lagen sich direkt gegenüber.

Auf Fischers Schreibtisch thronte sein zweifelhafter Hut, neuerdings bestückt mit dem größten Gamsbart, den Holzhammer je gesehen hatte. Die Haare fielen malerisch auseinander und waren so lang, dass sie dem Träger wahrscheinlich bis vor die Augen hingen. Einheimische Gämsen als Rohstoffquelle schloss Holzhammer spontan aus. Wahrscheinlich stammte das Monstrum von einer innerkaukasischen Gletscherziege. Oder einem Yeti, der nun Irokesenlook trug.

Fischer drehte sich zögernd um, als müsste er sich von einem hochkomplizierten Gedankengang losreißen. «Was gibt's?»

Immer musste er diese Sätze aus amerikanischen Serien sagen, wo ein simples «grias di» es auch getan hätte.

«Der Schnitzschüler hat a Alibi», sagte Holzhammer. Das stimmte nur halb, aber er wollte den Dorsch lieber erst einmal aus Fischers Schusslinie nehmen. «Ich wollt über den Einbruch reden.»

«Ja, Berg hat mir einen Haufen seltsames Zeug erzählt», sagte Fischer. «Auf jeden Fall muss das doch ein Profi gewesen sein. Immerhin wurde die Alarmanlage außer Betrieb gesetzt. Dieses Fachwissen lässt eindeutig auf einen kriminellen Hintergrund schließen», sagte Fischer.

«Ned wirklich. Des kann jeder Hausmeister, meint Berg auch. Vor allem, wenn die Zuleitung zum Haus offen daliegt wie momentan in der halben Schönau. Und wenn du unbedingt beruflichen Hintergrund willst, nimm Elektriker, Werkzeugmacher, Kfz-Mechaniker, Fernsehtechniker – sogar die Bootsführer vom Königssee, schließlich fahren die Boote elektrisch.» Nur weil Fischer wahrscheinlich nicht einmal wusste, wo in der Dienststelle der Sicherungskasten war, mussten ja nicht alle so blöd sein.

«Aber was ist mit den üblichen Verdächtigen – polizeibekannte Straftäter mit ähnlichem Profil?»

«Mir hatten noch keinen Placebodiebstahl. Im ganzen Landkreis ned», sagte Holzhammer ungerührt. «Jedenfalls hatte der Waberer irgendetwas Wertvolles aus der Nazizeit im Besitz. Mir wissen noch ned genau, was, aber auf jeden Fall ist es abgängig.»

«Der Täter war also ein mörderischer Wunderwasserfan mit Hang zu Militaria? So einen Unsinn hab ich ja noch nie gehört», sagte Fischer.

Natürlich klang es absurd, aber das waren nun einmal die Fakten. Holzhammer ignorierte den vorwurfsvollen Unterton und kam lieber gleich zu seinem Anliegen: «Mir müssten auch wegen Grundstücksgeschäften vom Waberer schauen, übers Zentralregister. Da bräucht ich an Beschluss vom Staatsanwalt.»

«Was denn noch alles.» Fischer kniff die Augen zusammen wie ein Kurzsichtiger, der versucht, irgendwo durchzublicken.

«Ja, Ernst Dorsch sagt aus, dass Waberer jemand um sein Häusl betrogen hat. Könnt sein, dass da a Mordmotiv drinsteckt», erklärte Holzhammer.

«Ach was, der will nur von sich selbst ablenken. Ich möchte, dass dieser Drosch von Grund auf durchleuchtet wird, verstanden? Ansonsten machen wir genau das, was wir machen sollten. Die restlichen Verwandten überprüfen, egal, wo sie leben. Und die Angestellten. Und irgendjemand soll rausfinden, in welchen Vereinen Waberer noch war, außer bei den Weihnachtsschützen. Der Mann muss doch ein Privatleben gehabt haben. First things first.»

Holzhammer konnte sich eigentlich nicht vorstellen, dass Ernst Dorsch so ein abgefeimter Lügner war, aber andererseits war genau dies das Kennzeichen der Abgefeimtheit. Mit dem Rest hatte Fischer vielleicht sogar recht, sie sollten sich erst mal um die Routinefragen kümmern, bevor sie mit exotischen Ideen beim Staatsanwalt vorstellig wurden. Es gab genug zu tun. Und wer wusste, was der ballistische Bericht noch alles bringen würde, wenn er denn endlich kam.

Wieder im Fahrstuhl – bergab Treppen steigen brachte sowieso nichts –, überlegte Holzhammer, dass der Großteil von Waberers Verwandtschaft ja wahrscheinlich in Traunstein saß. Den konnte man also getrost der dortigen Kriminalinspektion überlassen, inklusive Ernst Dorschs Mutter. Dort war man sowieso personell besser ausgestattet.

Sein Magen erinnerte ihn daran, dass er noch nichts gegessen hatte. Ein Brotzeitpackerl hatte er auch nicht, und das lag allein an Weihnachten. Marie war kein Vorwurf zu machen, er war einfach zu früh aus dem Haus gegangen. Aber auch die Bäckerei auf dem Weg zur Dienststelle hatte heute natürlich geschlossen gehabt. Weihnachten stellte einfach in jeder Hinsicht eine bedauernswerte Störung des normalen Ablaufs dar. Man sollte Weihnachten abschaffen und einfach nur Nikolaus und Namenstag feiern, so wie früher, als Berchtesgaden noch eine autonome Fürstprobstei gewesen war.

Holzhammer fiel ein, dass der Berchtesgadener Advent neuerdings bis Silvester geöffnet hatte. Ein bis zwei Bosna am Stand der Caritas würden den ersten Hunger stillen. Einen Moment überlegte er, mit Blaulicht durch die Fußgängerzone zu preschen, aber dann parkte er doch ganz gesittet im Halteverbot vor dem Edelweiß und ging zu Fuß weiter. Die gewürzte Wurst mit Zwiebelsenf im Schlafrock, die auf verschlungenen Wegen von Osten her in den Talkessel gefunden hatte und seither als einheimische Spezialität galt, richtete ihn wieder auf. Sie richtete ihn sogar so weit auf, dass ihm etwas einfiel.

Lag es nicht nahe, dass der Einbrecher, der die Fläschchen geklaut hatte, zum Käuferkreis gehörte? Wer würde sonst auf die Idee kommen, ausgerechnet diese Regale leer zu räumen? Und da Waberer das Zeug ausschließlich in seiner Praxis vertickte, konnte der Einbrecher, oder sein Auftraggeber, eigentlich nur ein Patient sein. Impotent und insolvent. Wenn er das Zeug weiterverkaufen wollte, war es auch egal, ob er die Wirkungslosigkeit schon bemerkt hatte.

Die meisten mussten es früher oder später bemerkt haben. Und war das nicht überhaupt auch ein Mordmotiv? Diese Leute mussten eine Stinkwut haben. Zefix, wenn er diese Spur verfolgen wollte, brauchte er die Patientenakten. Die er nicht kriegen würde. Was auch egal war, weil er sowieso mindestens zwanzig Mann gebraucht hätte, um alle zu überprüfen. Die er auch nicht kriegen würde. Fischer würde ihn für verrückt erklären und wieder mit seinem «first things first» kommen. Und selbst wenn er sich in bewährter Weise Zugang zur versiegelten Praxis verschaffte, würde er vor den Aktenschränken stehen wie der Ochs vorm Berg. Wo sollte man da anfangen? Genau.

Eigentlich hatte Christine sich vorgenommen, liegengebliebenen Schreibkram zu erledigen, solange kein Patient mit einer akuten Weihnachtsdepression bei ihr vorstellig wurde. Aber anstatt den Papierstapel auf ihrem Designerschreibtisch abzubauen, versuchte sie nun schon zum fünften Mal, Franz Holzhammer auf dem Handy zu erreichen. Den ganzen Vormittag hatte sie nur immer nur die Mailbox drangehabt.

Über die schneematschbedeckte Wiese schweifte ihr Blick in Richtung des Bodnerbiei, auf dem die Weihnachtsschützen gestanden hatten. Ein «Bi» war ein Hügel, ein «Biei» ein Hügelchen. Berchtesgadenerisch hatte was von Kurzschrift. Eine Hecke verwehrte den direkten Blick auf den Tatort. Waberer. Heimito. Wer nannte sein Kind eigentlich Heimito?

Ganz in den Gedanken drückte sie auf Wahlwiederholung, und diesmal meldete sich der geplagte Polizist. «Ja grüß dich, Franz, wie sieht's denn aus?»

«Mei, chaotisch halt. Und es wird immer chaotischer. Und das Beste: Ich glaub, mei Tochter hatte was mit dem Erben», sagte Holzhammer.

«Ist der denn verdächtig?»

«Also mei Tochter sagt nein.»

«Verstehe. Und sonst?»

Holzhammer berichtete von der abendlichen Haussuchung. «Und jetzt haben mir so viel Hinweise, dass man des Kriminalmuseum damit tapezieren könnt. Sogar a klassischer Drohbrief ist dabei.»

«Und glaubst du, dass der Drohbriefschreiber der Mörder ist?»

«Ned unbedingt, aber vielleicht war er es, der den Waberer an Nikolaus niederschlagen hat. Macht bei Drohungen ja mehr Sinn, dass man den Bedrohten leben lässt.»

«Auch wieder wahr. Und was wurde aus dem Haus gestohlen?»

Holzhammer erzählte von der Wundermittelproduktion in Waberers Keller und den leergeräumten Regalen. «Und was ich ned versteh, dass scheinbar niemand von seinem florierenden Bauchladen gewusst hat. Dabei bleibt doch sonst nix geheim im Talkessel.»

«Na ja, wer gibt schon gern zu, dass er Potenzmittel nimmt? Und die Mittel für Sportler – das war auch schlau. Hätten sie wirksame Substanzen enthalten, wäre es ja verbotenes Doping. Außerdem sind Sportler dankbare Abnehmer für Wundermittel. Denk nur an diese Magnetarmbänder, die eine Zeitlang in Mode waren. Jeder Sportprofi hatte eins und daraufhin bald auch jeder Hobbysportler. Sogar noch, als der Hersteller längst wegen Betruges verklagt war.»

«Recht hast. Die geben für so was auch richtig Geld aus, geht ja um den Job. Und beim Korbi hat der Waberer auch richtiggelegen. Der hat Geld wie Heu, oder besser g'sagt anstatt Heu, weil seine Wiesen ja damals Baugrund wurden. Und im Hirn nur Stroh.»

«Diese Hochpreispolitik war auch wegen der Geheimhaltung ziemlich schlau», überlegte Christine. «Indem er konsequent auf dicke Brieftaschen und hohles Hirn setzte, brauchte er nur wenige Kunden, um einen Haufen Geld zu machen.»

«Ja, und weil er nur Sachen verkauft hat, über die man ned red't», ergänzte Holzhammer. «Deshalb wusst ned a mal mei staatlich geprüfte Ratschkathl davon.»

Wie Holzhammer über seine Angetraute zu reden pflegte, hatte Christine anfangs irritiert. Aber dann hatte sie gemerkt, dass er dahinter nur seine tiefe Liebe zu ihr verbarg. Die beiden waren ähnlich verschieden wie sie und Matthias, vermutlich funktionierte auch ihre Beziehung ähnlich. Es war ermutigend, dass sie dies bereits seit dreißig Jahren tat.

Ihr Lieblingspolizist erzählte von seinem Gedanken, dass der Mörder möglicherweise ein Käufer der wirkungslosen Wässerchen war. Dadurch würde der potenzielle Täterkreis nicht größer, sondern kleiner, weil der Täter ja noch mindestens eine weitere Bedingung erfüllen musste. Er musste gewusst haben, dass Waberer zum Schießen gehen würde – zumindest, dass er dies normalerweise tat. Damit musste es ein Weihnachtsschütze sein oder aber jemand, der Waberers Gewohnheiten aus anderen Gründen gut kannte.

«Und was ist mit dem Einbruch? Ist das nicht eine weitere Einschränkung?», fragte sie. «Gibt's überhaupt mehr als drei Leute im Talkessel, denen du so etwas zutraust?»

In dem Moment zuckte ein Schmerzblitz durch ihren Nacken und erinnerte sie daran, den zweiten Besuch bei Lukas auf keinen Fall zu versäumen. Sie setzte sich anders hin und wechselte den Telefonhörer ans andere Ohr.

«... üblichen Verdächtigen sind halt alles keine Mörder. Keiner davon würd einen erschießen, bloß um die Möglichkeit zu am Einbruch zu haben.»

«Egal, wie wertvoll die Beute ist? Aber gut, kann man den Täterkreis nicht trotzdem über den Einbruch eingrenzen? Du sagst, er hat die Alarmanlage ausgeschaltet, da muss er sich doch mit Elektrik auskennen.»

«Na, so schwer war des ned.»

Holzhammer war offenbar der Meinung, dass für die Tat fast jeder in Frage kam, außer den üblichen Kriminellen. Vielleicht hatte er recht, Medikamentendiebstahl war schließlich etwas Spezielles, auch wenn diese gar nicht ... Moment, da war doch was. Damals, auf dem Weihnachtsmarkt.

«Du, mir ist gerade was eingefallen. Mitte Dezember haben wir auf dem Christkindlmarkt so ein paar komische Typen gesehen. Matthias hat gemeint, dass die eventuell über einen Medikamentendiebstahl gesprochen haben.»

«Na super», sagte Holzhammer sarkastisch.

«Du hättest eh nichts machen können. Oder verhaftet ihr die Leute jetzt schon vor dem Verbrechen, so wie in diesen Science-Fiction-Filmen?»

«Wurscht. Kann ich den Matthias erreichen?»

«Er ist in der Bank, Jahresabschluss.» Zwischen Weihnachten und Neujahr hatte Matthias immer mehrere Großkampftage. Gestern hatte er noch freigemacht, aber schon am zweiten Weihnachtstag hatte es ihn an seinen Arbeitsplatz getrieben. Ob das wirklich notwendig war, konnte Christine nicht beurteilen, sie wusste nur, dass er die Dinge gern möglichst rechtzeitig erledigte. Das galt allerdings nur beruflich. Privat war er ein Schlamper.

«Heute?», fragte Holzhammer erstaunt.

«Ja, frag mich nicht. Weißt du, was, ich ruf ihn einfach dazu, Dreierkonferenz. Dann kann ich ihm erklären, um welchen Tag es geht, und er sagt dir, was das für Leute waren.»

Christine klickte an ihrem Handy herum und brachte tatsächlich eine Konferenzschaltung zustande.

«Erinnerst du dich an den Tag, an dem wir die Ski gekauft haben?», fragte sie Matthias. «Wir waren hinterher noch am Glühweinstand. Da haben sich ein paar Gestalten unterhalten. Ich konnte kein Wort verstehen, aber du hast gesagt, dass sie über irgendwelche zu klauenden Medikamente gesprochen haben.»

«Und ich find's wirklich super, dass ich das jetzt schon erfahre», sagte Holzhammer dazwischen.

«Es war doch alles total vage», verteidigte sich Matthias. «Hätte genauso gut sein können, dass es um ganz was anderes geht. Oder dass die nur rumspinnen.»

«Kanntest du die denn?», fragte Holzhammer.

«Ich bin nicht ganz sicher. Aber der eine kam mir bekannt vor.»

«Und darf ich den Namen auch wissen?»

Zögernd rückte Matthias den Namen heraus: «Obergruber Walter. Aber der war nicht der Wortführer, sondern einer der beiden anderen. Und wie gesagt, unter Vorbehalt.»

«Schon gut, dank dir», sagte Holzhammer.

«O.k., dann klink ich mich wieder aus.» Matthias verschwand aus der Leitung.

«Zefix», sagte Holzhammer. «Dann haben die das wahrscheinlich schon früher probiert. Und die Geschichten vom Waberer über die Einbrüche hätten tatsächlich gestimmt.»

Damit Holzhammer sich deswegen nicht gleich wieder Vorwürfe machte, sagte Christine: «Ist doch super. Wenn du die Diebe dingfest machen kannst, bist du einen Riesenschritt weiter.»

«Je nachdem», sagte Holzhammer.

«Kann ich dir denn sonst noch irgendwie weiterhelfen?», fragte Christine.

«Da wüsst ich jetzt nix. Außer du hast an professionellen Tipp, wer der Mörder ist.»

«Du meinst, wie diese amerikanischen Profiler in den Krimis?»

«Ja genau, die wo bloß einmal auf den Tatort schaun und dann sagen, des war a vierundvierzigjähriger Werkzeugmacher mit Halbglatze und Nickelbrilln.»

Christine lachte befreit. Schön, dass er seinen Humor noch nicht verloren hatte. «Tja, den Zahn muss ich dir leider ziehen. In Wirklichkeit sind das bloß Zahlenspielereien. Ein Profiler wertet frühere, ähnliche Fälle statistisch aus. Wenn das Opfer so und so aussieht und die Auffindesituation dieses und jenes Merkmal hat, ist der Täter in x Prozent der Fälle ein Weißer ohne Schulabschluss zwischen dreißig und vierzig. So ungefähr.»

«Ein Weißer – des würd die Suche im Talkessel natürlich ungemein einengen.»

«Eben. Profiler sind keine Mentalisten mit übersinnlichen Fähigkeiten. Tatsächlich sind sie oft Psychologen, die als Therapeuten nicht besonders erfolgreich waren. Die gehen dann in den Staatsdienst und werten Statistiken aus.»

«Eh. Aber wenn dir doch was einfällt – mei Nummer hast ja.» Damit legte er auf.

Offenbar wollte Holzhammer lieber weiterarbeiten, als mit ihr zu plaudern. Das war einerseits nur gut für ihn, andererseits aber auch sehr ungewöhnlich für den üblicherweise tiefenentspannten Hauptwachtmeister. Die Sache machte ihm eben doch zu schaffen.

Konnte sie denn gar nichts für ihn tun? Christine erinnerte sich an das Gespräch über Dr. Waberer, das sie am 16. Dezember bei Manu geführt hatten. Matthias und Holzhammer waren sich einig gewesen, dass der Tote in seinem Beruf eine Niete war. Einheimische gingen daher nur mit Kleinkram zu ihm, und Kurgäste hatten meistens sowieso nur Kleinkram. Aber es war auch davon die Rede gewesen, dass er eine Zeitlang aus PR-Gründen sein Unwesen in der Notaufnahme getrieben hatte. Gerade bei Notoperationen konnte einiges schiefgehen, umso mehr, wenn der Operateur nicht der beste war. Vielleicht fehlten auf Holzhammers Feindesliste ja ein paar unzufriedene Patienten?

Andererseits, Patienten waren gerne mal unzufrieden. Auch hier auf ihrem Designersofa hatten schon welche gesessen, die sich total verpfuscht fühlten, bei denen aber in Wirklichkeit alles in Ordnung war.

Christine überlegte. Die meisten Einheimischen wurden nach Unfällen in der Kreisklinik operiert und kamen anschließend hierher zur Reha. Alle wichtigen Informationen über die Art der OP wurden bei der Aufnahme erfasst und wanderten in die elektronische Patientenakte. Bei planmäßigen OPs stand da meistens auch der Operateur drin, bei Notoperationen jedoch oftmals nicht. Nein, wenn sie auf eigene Faust unzufriedene Unfallopfer finden wollte, brauchte sie Hilfe aus der klinikeigenen Gerüchteküche. Auch Teeküche genannt.

Tatsächlich fand sie dort mit einem Haferl Kaffee in der Hand den langjährigen Pflegedienstleiter Ulrich Zickert. Er war einer der wenigen Einheimischen, die in der Klinik arbeiteten.

Christine wollte nicht zu viel über den Hintergrund ihres Interesses verraten. Deshalb lavierte sie ein bisschen herum, sprach über die Weihnachtsfeiertage. «Sie müssen also auch zwischen den Jahren arbeiten.»

«Hab mich freiwillig gemeldet», sagte Zickert. «Dafür bekomm ich um Ostern frei, zur Skitourenzeit.»

Richtig, wenn Flachländer längst an Gartenarbeit und Radtouren dachten, begaben eingefleischte Gebirgsbayern sich auf sagenumwobene Skitouren wie die «Große Reibe» quer durch die Berchtesgadener Alpen. «Verstehe. Und wie ist es? Alle Weihnachtspatienten froh und munter?»

«Wie immer. Die einen so, die andern so.»

Die Anspielung auf das Nikolauslied hatte Zickert wohl nicht verstanden. Egal. «Ja, Unzufriedene gibt es immer. Die sitzen ja auch gern bei mir drin. Aber ich kann mich eigentlich an keinen erinnern, der wirklich Grund dazu gehabt hätte. Zum Beispiel wegen einer verpfuschten Not-OP. Sie?»

«Ach, das ist doch meistens Einstellungssache. Der Großteil ist glücklich, dass man ihn zusammengeflickt hat, andere hätten lieber eine Naht im Kreuzstich gehabt.»

«Wohl wahr. Na, dann geh ich jetzt mal wieder zu meinem Papierkram.»

Christine nahm ihren Kaffee und verließ vorsichtig die Teeküche. Vorsichtig deshalb, weil sie nicht wollte, dass ein plötzlicher Schmerz sie vor Zickerts fachkundigen Augen zusammenzucken ließ. Sonst käme ihr Skiunfall doch noch ans Licht. Natürlich war es gut, dass der obskure Orthopäde während seiner Notdienste offenbar keinen größeren Schaden angerichtet hatte. Und vielleicht waren ja auch tatsächlich die Wundermitteldiebe für den Mord verantwortlich.

Zu Mittag gibt's lila Tunke im Schnee

Holzhammer überlegte, wie er am besten vorgehen sollte. Wenn die drei Wunderflaschendiebe das Zeug nur für den Eigenbedarf geklaut hatten, dann würde es sicher bei ihnen zu Hause gebunkert sein. Und wenn nicht – auch. Sie würden kaum alle Fläschchen auf einmal verkaufen, sondern lieber einzeln, zum Apothekenpreis.

Der Hauptwachtmeister entlockte dem Computer die jetzige Adresse des ehemaligen Automechanikers Walter Obergruber. Das war der Name, den Matthias ihm so widerwillig genannt hatte. Der Mann war in Holzhammers Alter, daher wusste er, dass Obergruber beim Tankstellenbesitzer Zangei gelernt hatte. Nach der Lehre hatte Obergruber dort noch einige Jahre gearbeitet, soweit Holzhammer sich erinnerte, später war er dann aus seinem Sichtkreis verschwunden. Polizeilich war er jedenfalls bisher kaum aufgefallen. Und die beiden anderen? Wahrscheinlich handelte es sich bei dem Trio doch um langjährige Spezis. Klauen ging man schließlich nicht mit jedem, da brauchte es Vertrauen.

Hatte Müllerhuber heute eigentlich Dienst? Im Bereitschaftsraum war er jedenfalls nicht. Auch egal. Holzhammer hatte sich sowieso noch nicht an den Gedanken gewöhnt, immer jemanden mitzuschleppen.

Er entschloss sich, zunächst zum Zangei hinauszufahren. Wenn die drei schon früher oft zusammengesteckt hatten, dann würde Zangei die anderen beiden vielleicht kennen. Also fuhr er nach Königssee, zur alteingesessenen Tankstelle gegenüber vom viel jüngeren McDonald's. Er fand auch einen Zangei vor, allerdings nur den Junior. Doch es stellte sich heraus, dass dieser auch Bescheid wusste.

«Ich war zwar noch ein Bub, als der Obergruber hier gearbeitet hat, aber der Vater hat so oft über ihn geschimpft, dass ich mich gut erinnern kann», sagte der Automechaniker, während er sich die Hände abwischte.

«Der soll noch zwei Spezln gehabt haben», sagte Holzhammer.

«Richtig, die steckten allweil zusammen, a sauberes Trio war des. Und wenn die Spezln zum Tanken kamen, hat der Obergruber sie manchmal einfach so wegfahren lassen – ohne zu bezahlen.»

«Und warum hat dein Vater ihn ned aussi gschmissen?» Das war jetzt rein private Neugier.

«Ach, damals ist es hier ja noch richtig zugegangen. Viele Urlauber haben Bedienung gewollt an der Tankstelle, besonders die Alten. Und manch einer hat damals im Urlaub sein Auto nachschauen lassen, die Leut san ja viel länger blieben. Und ein guter Mechaniker war er ja, der Obergruber. Da hat ihm keiner was vorgemacht.»

Bestimmt gut genug, um eine Haussicherung zum Fliegen zu bringen, dachte Holzhammer. «Und dann?»

«Dann hat mein Vater ihn erwischt, wie er in die Kasse gegriffen hat. Da war klar, der Obergruber ist ein Minusgeschäft. Der Vater hat ihn fristlos aussi gschmissen, aber ohne es an die große Glocke zu hängen.»

Also ohne ihn anzuzeigen. Wahrscheinlich hatte er seinen Unmut auf andere, handfestere Weise kundgetan, vermutete Holzhammer. Nichts dagegen zu sagen. «Weißt du auch was über die Spezln vom Obergruber? Würd mir sehr helfen.»

Zangei junior überlegte. «Ja, der eine war ein Gas-Wasser-Scheiße aus der Schwöb. Der hat mal draußen das Kundenhäusl repariert. Wollte schwarz kassieren, aber mein Vater hat auf a Rechnung bestanden. Dann haben sie sich gestritten.»

Holzhammer kannte nur einen Installateur aus dem Ortsteil Schwöb. Marie hatte ihn früher ein paarmal geholt, wenn die Kinder ihre Plüschtiere im Klo runtergespült hatten. «Schrieb der sich zufällig Ilsinger?»

«Ganz genau. Und der andere, das war der Bären-Franzei.»

Der Bären-Franzei war ein Underdog, der ungefähr in der gleichen Liga spielte wie Nepomuk Maus. Holzhammer notierte die Namen auf seinem kleinen Block. Er war noch nicht dazu gekommen, sich diese Diktier-App auf das Smartphone zu laden. «Super. Hast mir sehr geholfen. Und wenn's geht, behalt a paar Stund für dich, was ich g'fragt hab.»

«Ist recht», sagte Zangei.

Der Abstecher hatte sich gelohnt. Freundschaften hielten lange im Talkessel. Die Chancen, dass es sich immer noch um das gleiche Trio handelte, standen gut. Matthias hatte gesagt, dass nicht Obergruber der Wortführer gewesen war, sondern einer der beiden anderen. Dann konnte es nur der Ilsinger sein.

Holzhammer sah auf die Uhr: High Noon oder auch Essenszeit. Verheiratete selbständige Handwerker saßen um diese Zeit daheim am Mittagstisch, selbst Notfälle würden sie nicht davon abhalten. Wenn sie nicht sowieso Weihnachtsurlaub machten. Er wusste nicht, ob Ilsinger verheiratet war oder allein lebte. Andererseits, so ein Klempner wollte sich ja vermutlich vor dem Essen ordentlich waschen. Schon das war ein Grund heimzugehen.

Bei welchem der drei lagerte wohl das Diebesgut? Entweder hatte es der Chef, weil er der Chef war und misstrauisch dazu, oder die beiden Schlaueren hatten es dem Trottel zur Aufbewahrung gegeben, um nicht mit der heißen Ware in Verbindung gebracht werden zu können.

Holzhammer überlegte. Die Diebe mussten sich unbedingt sicher fühlen, bis die Beute gefunden war, denn weitere Beweise würde es wahrscheinlich gar nicht geben. Aber bis zum Durchsuchungsbeschluss konnte es dauern, und mehrere Durchsuchungen gleichzeitig schafften sie rein personaltechnisch nicht. Wenn sie am falschen Ende anfingen, warnte womöglich einer den anderen, und das Diebesgut verschwand auf Nimmerwiedersehen.

Also sollte er die Sache möglichst tief hängen. Den Kerlen unauffällig auf den Zahn fühlen. Nur ein kleiner Hauptwachtmeister mit ein paar harmlosen Fragen zu einer ganz anderen Sache. Vielleicht zu den Angriffen auf den Waberer an Nikolaus? Nein, das war schon zu nah dran. Aber ihm würde schon etwas einfallen.

Ein paar Minuten später war Holzhammer in der Schwöb und bog auf den Hof des etwas baufälligen Anwesens ein. Aus einem Holzschuppen kam ein großer alter Hund gelangweilt knurrend auf ihn zugetrottet. Der Mischling zeigte bei weitem nicht genug wachhündisches Engagement, um Holzhammer zu beeindrucken. Interessant waren jedoch die lila Pfotenabdrücke, die er im nachlässig geräumten Schneematsch hinterließ. Volltreffer.

Der Rest war Routine. Als Erstes ging Holzhammer in den Schuppen und machte Fotos vom dort herrschenden Chaos aus Holzscheiten und farbig tropfenden Rucksäcken. Offenbar hatte Ilsinger beim Verstecken der Beute das Lieblingsplätzchen des Hofhunds verbaut. Der fand es vermutlich unbequem, auf den Flaschen zu liegen, vielleicht hatte ihn auch das Klirren gestört. Wie die Abdrücke auf den Rucksäcken bewiesen, hatte er jedenfalls mit Pfoten und Zähnen umdekoriert, was nicht alle Flaschen unbeschadet überstanden hatten.

Okay, die Beweise waren gesichert. Holzhammer rief auf der PI an und bestellte einen Streifenwagen zu seinem Standort sowie zwei weitere zu den anderen Verdächtigen. Als die Verstärkung in Gestalt von zwei Polizeiobermeistern eingetroffen war, klopfte er autoritär an die schiefe Haustür. Der Installateur Ilsinger öffnete im langärmligen Unterhemd. Holzhammer hielt ihm eins der Fläschchen unter die Nase. Das war das Ende des großen Geschäfts mit gefärbtem Wasser im Talkessel.

Für die Vernehmungen rief Holzhammer auf dem Revier dann doch noch Müllerhuber zu Hilfe. Bevor sie sich die Verdächtigen zur Brust nahmen, instruierte er ihn: «Horch zu, mir werden die mit Samthandschuhen anfassen.»

«Was, warum das denn?»

«Ganz einfach. Ich glaub ned, dass die was mit dem Mord zu tun haben. Auf der anderen Seite waren die garantiert mehrmals beim Waberer am Grundstück. Schon zum Ausspähen. Vielleicht auch für mindestens einen missglückten Einbruchsversuch, zum Beispiel an Nikolaus. Und wenn die dabei auch nur das kleinste Fitzelchen beobachtet haben, das uns mit dem Mord weiterhilft, dann ist das allemal wichtiger als dieser lächerliche Wasserdiebstahl.»

Die Vernehmungen erbrachten Folgendes: Tatsächlich war es bereits ihr zweiter Einbruchsversuch gewesen. Damals, am

6. 12., hatte Ilsinger sich im geklauten Buttnmandlkostüm auf das Grundstück geschlichen, während die anderen beiden außerhalb Schmiere standen. Doch es sei bereits jemand da gewesen, ein anderes Buttnmandl, und zu allem Überfluss sei dann auch noch Waberer heimgekommen. Also Pleite auf der ganzen Linie.

Als sie dann am 24. bei der Christmette hörten, dass Waberer tot war, hatten sie die Gelegenheit für einen zweiten Versuch genutzt. Obergruber hatte die Alarmanlage ausgeschaltet, und dann waren sie einfach per Brecheisen zur Haustür hinein. Im Keller hatten sie die Wundermittel hastig in die mitgebrachten Rucksäcke verladen. Das Potenzmittel wollten sie selbst behalten, die anderen Tinkturen an Sportler verkaufen.

Sie schworen, dass sie mit dem Mord nichts zu tun hatten. Für Holzhammer klang das plausibel. Nur zwei Dinge waren seltsam: Sie schworen ebenfalls, dass sie nichts von der Wand im Wohnzimmer genommen hatten. Und was sollte das mit dem angeblichen zweiten Buttnmandl?

Dr. Klaus Fischer stand vor dem Spiegel und begutachtete sein Outfit. Die maßgeschneiderte lange Lederhose besaß echte Hirschhornknöpfe und war rundum bestickt. Bei der Auswahl des sämisch gegerbten Leders hatte er auf dem besten und teuersten bestanden. Der Säckler hatte daraufhin aus einer Kammer spezielle Lederstücke hervorgeholt und ihm erklärt, dass diese von einem einheimischen Berchtesgadener Junghirsch stammten.

Da das Ausmaß der Bestickung ein wesentlicher Preisfaktor war, hatte Fischer für jeden Teil der Hose das jeweils aufwendigste Muster gewählt. Hirsche und Edelweißmuster zierten die Seitennähte und die Rundnaht über dem Hintern. Unter dem Tascheneingriff prangten seine Initialen, und da auch für die Messertasche Initialen angeboten wurden, hatte er die ebenfalls bestellt. In der Tasche steckte ein Hirschfänger mit einem Geißfuß als Griff. Das schien Fischer noch originaler zu sein als der Griff aus Hirschhorn.

Das Taferl, die vordere Querverbindung der Hosenträger, war mit aufwendiger Federkielstickerei geschmückt. Vor diesem Einkauf hatte Fischer nicht die geringste Ahnung gehabt, dass man dafür fein gespaltene Pfauenfedern verwendete. Silberdraht hätte es auch gegeben, aber der Verkäufer hatte ihm versichert, dass Pfauenfedern hier die edlere Wahl wären. In Ermangelung eines Familienwappens hatte er sich auch auf die Träger seine Initialen sticken lassen. Hinten verliefen diese über Kreuz, und die Verbindung bildete eine Spange aus echtem Silber. Er hatte den Verkäufer noch gefragt, ob man nicht Gold nehmen könne, aber der hatte dringend abgeraten.

Dazu trug er ein elfenbeinfarbenes, leinenes Steghemd, das Pfoad hieß und echte Perlmuttknöpfe besaß. Am Steg waren natürlich wieder seine Initialen eingestickt. Etwas gewöhnungsbedürftig fand er das sogenannte Bindl, einen kleinen rautenförmigen Stofffetzen, der anstatt einer Krawatte zu festlichen Anlässen getragen wurde. Über dem Hemd prangte eine Weste mit Silberknöpfen und Knopfketten zum Schließen.

Hut und Jacke waren schon Version 2.0, den ersten Hut hatte er in einem Geschäft für Designertrachten in Salzburg erstanden. Aber als sein Hauswirt, der im Erdgeschoss wohnte, ihn damit gesehen hatte, war er fast zusammengebrochen vor Lachen. Als er wieder reden konnte, hatte er Fischer aufgeklärt. Er könne nicht irgendeinen Seppelhut nehmen, zur

Festtagstracht müsse es ein sogenannter Rundscheibling sein. Und die Jacke hatte die falsche Farbe gehabt, irgendwas mit lichtgrau und blaugrau. Diese Gebirgszausel machten da wichtige Unterschiede. Hatten ja sonst nichts zu tun.

Jetzt war alles so, wie es sein sollte, zur Sicherheit hatte er sogar noch einmal den Hauswirt gefragt. Es konnte losgehen zum Weihnachtsessen des Berchtesgadener GtEv, des Gebirgstrachtenerhaltungsvereins, der ihn gnädig in seine Reihen aufgenommen hatte.

Fischer war froh, dass es diesmal nur ums Essen ging und nicht ums Schuhplatteln oder irgendwelche Fahnenweihen oder Prozessionen. Essen und trinken war ihm lieber als beten und tanzen. Aber Hauptsache, er war dabei, denn das war seine neue Strategie: die Berchtesgadener bei der Wurzel packen. Er hatte eingesehen, dass er hier nie Fuß fassen würde, wenn er es nicht schaffte, private Kontakte zu ein paar wichtigen Leuten zu knüpfen.

Seine Strafversetzung war inzwischen drei Jahre her, und die Hoffnung, möglichst bald ins Münchner Polizeipräsidium zurückzukehren, schwand zusehends. Wenn er im Leben noch etwas erreichen wollte, dann musste er hier in Berchtesgaden damit anfangen. Und schließlich – man konnte ja auch in die Politik gehen. Er könnte Landtagsabgeordneter werden oder vielleicht zunächst mal Landrat. In der richtigen Partei war er schon, jetzt kam es nur noch darauf an, Unterstützer zu finden. Und man musste es schlau anfangen – nicht so offensichtlich. Sonst würde er von den örtlichen Platzhirschen gleich weggebissen werden. Ja, der Weg über den GtEv schien genau der richtige zu sein.

Warum dieses Weihnachtsessen nicht vor Weihnachten stattfand, war nicht ganz klar. Wenn er die Andeutungen bei der letzten Sitzung richtig verstanden hatte, dann war schlicht versäumt worden, rechtzeitig vor Weihnachten einen Raum zu reservieren. Fischer hoffte nur, dass er zwischen Tischgenossen zu sitzen kam, die ihm irgendwie dienlich sein konnten. Und die – zumindest vor den ersten Promille – halbwegs verständlich redeten.

Er machte sich zu Fuß auf den Weg. Das Essen fand im Bräustüberl statt, das entgegen seinem verkleinernden Namen ausgedehnte Räumlichkeiten bot. Die hauseigene Metzgerei gewährleistete beste bayerische Kost nach dem Motto «Fleisch ist mein Gemüse».

Eine halbe Stunde später fand Fischer sich im Festsaal zwischen einem Nebenerwerbslandwirt mit Ferienzimmern und dem Nachtwächter eingeklemmt. Ihm gegenüber saß ein Krippenschnitzer, flankiert von einem Hüttenwirt und dem Säckler, der seine Hose genäht hatte. Das waren also die Leute, mit denen er sich bis zum Dessert begnügen musste. Hatte er wirklich dafür einen fünfstelligen Betrag in Berchtesgadener Tracht investiert? Am Kopfende des Nebentisches sah er den Sparkassendirektor, den Notar, den Vorsitzenden der Alpenvereinssektion Berchtesgaden, den Chefredakteur des Berchtesgadener Anzeigers, den Bürgermeister und den Chef des Tourismusverbands. Warum saß er nicht dort? Da gehörte er hin, da musste er hin! Deprimiert bestellte er sich ein Bier im Steinkrug.

Während der Suppe ignorierten seine Tischgenossen ihn komplett. Aber er hätte auch dann nichts beitragen können, wenn ihn jemand nach seiner Meinung gefragt hätte. Zuerst ging es um die Frage, wie man am einfachsten die Subvention für die Bewirtschaftung einer Alm erlangte. Dazu musste man offenbar eine bestimmte Anzahl Kühe eine bestimmte Anzahl

Tage auf dieser Alm stehen haben. Die Sennerin als Kostenfaktor. Der Schüttelkäse als Deckungskostenbeitrag. Anschließend wurde diskutiert, wie man Sturmschäden bestmöglich für Subventionen ausschlachtete. Danach war das Ausschlachten von Touristen an der Reihe. Letzteres schien das kleinste Problem zu sein.

Erstaunt bekam Fischer mit, dass ausgerechnet der Hosenschneider der Angesehenste in der Runde zu sein schien. Offenbar hatte er sich konsequent hochgesäckelt – aus einer kleinen Schneiderstube im Hinterhof bis in das noble mehrstöckige Trachtengeschäft, in dem auch Fischer seine Lederhose gekauft hatte. Er hatte keine Ahnung gehabt, dass dem unscheinbaren Mann der ganze Laden gehörte. Könige und Präsidenten hatten schon bei ihm gekauft, von Franz Beckenbauer oder Udo Lindenberg ganz zu schweigen. Das war also quasi der Rudolf Mooshammer von Berchtesgaden – Fischer fühlte sich gleich besser in dieser Gesellschaft. Vielleicht entpuppten seine anderen Tischnachbarn sich ja auch noch als wichtig.

Beim Hauptgang, einer Schweinshaxe vom Berchtesgadener Bioschwein, und dem zweiten bis vierten Bier wandte das Gespräch sich anderen Themen zu. Seine Tischnachbarn nuschelten jetzt noch mehr als vorher, und das Bioschwein zwischen ihren Zähnen machte die Aussprache auch nicht verständlicher. Das Berchtesgadnerische hatte nicht nur viele eigene Ausdrücke, die Sprecher verschluckten davon auch noch gern die Hälfte. Über einen abwesenden Vereinskameraden hieß es zum Beispiel: «Dahotehallweiäbbasanachetzn.»

Fischer war im fast dialektbefreiten München aufgewachsen, aber möglicherweise lag es auch ein bisschen an seinem eigenen Weißbierkonsum, dass er zunehmend weniger verstand. So machte er einfach ein wissendes Gesicht, und wenn die anderen ihre Krüge hoben, prostete er mit.

Jetzt drehte sich das Gespräch um irgendeine Sache, die jemand verloren hatte. Alle bedauerten deren Verlust, nur der Krippenhändler nicht: «Ois bloß zwegnan seim verhonaggltn Weibi. Selba schuld, der is oafach vui z'woach.»

Es schien ziemlich schlimm zu sein, dass diese Sache weg war, aber es wurde nie gesagt, worum es sich handelte. Dabei war das Ding wohl gar nicht mal so groß, denn manchmal war auch vom «Sacherl» die Rede. Außerdem schien es sich um ein Erbstück zu handeln: «Vo seim Voda is' des Sachei auf eam kemma. Scho oag, dass er's valoun hod.»

Ging es vielleicht um ein Schmuckstück, möglicherweise einen prestigeträchtigen Bestandteil der Berchtesgadener Tracht, den Fischer noch nicht besaß? Irgendwann fiel der Name Waldleitner, und da wusste Fischer zumindest, warum das Bedauern des Krippenhändlers sich in Grenzen hielt. Waldleitner war sein Lokalkonkurrent. Hatten die beiden Krippenhändler sich nicht sogar am Nikolaustag auf dem Weihnachtsmarkt eine Schlacht geliefert? Fischer stach in die krosse Kruste seiner Haxe und schaltete für einen Moment ab. Es war anstrengend, jedes Wort einzeln zu dechiffrieren, zumal man oft nicht wusste, wo das eine aufhörte und das andere anfing.

Dann fiel ein Wort, das ihn aufmerken ließ. Was sagte der Hüttenwirt da? «Ma soll ja ned schlecht von Douden reden, aber der Waberer, des Mistviech ...»

Kein anderer als der erschossene Orthopäde hatte dem Waldleitner diese geheimnisvolle Sache abspenstig gemacht. Um was mochte es sich dabei nur handeln? Fischer kam bis zum Dessert nicht dahinter. Morgen würde er mal Holzhammer darauf ansetzen. Jetzt waren andere Dinge wichtiger. Er musste irgendwie an den Tisch der Honoratioren vorrücken.

Der 27. beginnt mit einer Blamage

«Guten Morgen, gut geschlafen?», schmetterte Dr. Fischer aufgeräumt durch die offene Tür in Holzhammers Büro. Er hatte die Türklinke in der Hand und lehnte sich aus dem Flur heraus schräg in den Raum.

Holzhammer befürchtete sofort das Schlimmste. Sein Chef im Machermodus, das konnte nur sinnlose Aufträge bedeuten – wenn nicht sogar größere Katastrophen. So wie letztes Jahr, als er partout nicht davon ablassen wollte, den Bürgermeister zu verhaften. «Bestens», sagte er und überlegte, ob er noch was anhängen sollte – über seinen Stuhlgang oder über die Wundermitteldiebe.

«Ich habe den Chef des Tourismusverbands kennengelernt, ausgezeichneter Mann. Und mit dem Vorsitzenden des Alpenvereins Enzian getrunken», berichtete Fischer, als sei das irgendwas Besonderes.

Erzähl das doch der Parkuhr, dachte Holzhammer. Ob sein Chef überhaupt wusste, dass der Deutsche Alpenverein in Sektionen gegliedert war, er mithin allenfalls den Vorsitzenden der Sektion Berchtesgaden kennengelernt hatte? In jedem Fall war es erstaunlich, dass er nach einem Abend mit dem GtEv schon wieder so fit war. Normalerweise endeten diese Festivitäten so feucht wie der Königssee. Die extreme Motivation, unter allen Umständen einen guten Eindruck zu machen, musste ihn vor dem Totalabsturz bewahrt haben. Aber das war noch lange kein Grund, seinen Hauptwachtmeister damit zu belästigen.

«Übrigens, diesen Erlass vom Innenministerium hast du sicher gesehen?»

Gesehen schon, aber nicht gelesen, sondern schneenass von Ernst Dorschs Wollmütze in den Papierkorb entsorgt. «Nicht direkt. Was steht denn drin?»

«Die Fremdenverkehrsgemeinden sollen für eine StVO-gemäße Abwicklung des Weihnachtsrückreiseverkehrs in diesem Jahr bereits quartiersnah entsprechende Maßnahmen treffen.»

Jetzt war Holzhammer genauso schlau wie vorher, und er machte sich auch keine Mühe, das zu verbergen.

Selbst Fischer konnte es offenbar seinem Gesicht ansehen, denn er erklärte: «Mit anderen Worten, wir führen Geschwindigkeitskontrollen durch. Ich hab mir gedacht, direkt beim neuen Zebrastreifen am Haus der Berge. Dann sehen die Besucher gleich, dass wir etwas für ihre Sicherheit tun. Hinter der Kurve wird dann kassiert.»

Das hatte Holzhammer gerade noch gefehlt. Die langen Gesichter von Müllerhuber und den anderen jungen Kollegen, die es treffen würde, sah er jetzt schon vor sich.

«Das gibt's doch ned. Und wann soll dieser quartiersnahe Quatsch sein?»

«Morgen. Es sei denn, wir haben bis dahin den Mord aufgeklärt, und es steht eine Verhaftung an, für die wir jeden Mann brauchen.»

Mord oder Wegelagerei, das war hier also die Frage. Und anstatt die Tür endlich von außen zu schließen, hing sein Vorgesetzter immer noch da herum. Was konnte denn jetzt noch kommen?

«Sag mal, mir ist da gestern eine Geschichte über den Waberer zu Ohren gekommen. Er soll jemand etwas weggenommen haben.»

«Der hat vielen Leuten etwas weggenommen. Meistens ihr Geld.»

«Also Geld war es wohl nicht, es war immer von einer Sache die Rede.»

Holzhammer kombinierte blitzschnell und fragte nach: «Die ham wohl ned wirklich ‹Sache› gesagt, sondern mehr so ‹sei Sach› oder ‹sei Sacherl›?»

«Ja genau», antwortete Fischer erstaunt, «es muss sich also um etwas sehr Kleines, aber Wertvolles handeln. Vielleicht ein Schmuckstück oder ein Familienerbstück.»

Holzhammer konnte nur noch mühsam an sich halten, aber er fragte todernst weiter: «So, ja, und wem soll er das fortgenommen haben?»

«Einem gewissen Waldleitner. Den müssen wir mal unter die Lupe nehmen. Und dann sollten wir rausfinden, um was für eine Preziose es sich da handeln könnte. Wir müssen jeder Spur nachgehen.»

«Ja, müssen wir», blubberte Holzhammer erstickt und kniff sich dezent unter dem Tisch ins Bein.

«Gut, also du kümmerst dich drum.»

Damit schloss Fischer endlich die Tür von außen, und so bekam er nicht mit, wie Holzhammer in seiner Dienststube japsend mit der flachen Hand mehrmals auf den Tisch schlug. Er lachte, dass ihm die Tränen über die Wangen kullerten. Bisher hatte er immer gedacht, dass München wenigstens halbwegs zu Bayern zählte. Aber sein aus der Landeshauptstadt ausgewiesener Chef hatte offenbar so wenig bayerisches Blut in den Adern, dass er mit dem Ausdruck «Sach» oder «Sacherl» überhaupt nichts anzufangen wusste.

Holzhammer rief sofort Marie an: «Servus, woaßt du von a G'schicht, bei der der Krippenhändler Waldleitner sei Haus verlor'n hat?»

Natürlich kannte Marie die tragische Geschichte, tragische Geschichten waren ihre Spezialität. Ein paar Minuten später wusste Holzhammer deutlich mehr über die Sache als notwendig.

Die Eltern vom Waldleitner hatten es zu ihren Lebzeiten nie zu einem Haus gebracht. Die Familie war praktisch seit Jahrzehnten vom Pech verfolgt. Waldleitners Vater hatte spät geheiratet und war bei seiner Geburt schon im Rentenalter gewesen. Er hatte im Krieg ein Bein verloren und war kurz nach der Geburt seines Sohnes gestorben. Die Mutter hatte den Sohn dann mit Putzen und Servieren durchgebracht, bis er das Stipendium von der Schnitzschule bekam. Mit dem Sohn, also Waldleitner, war es dann eine Zeitlang bergauf gegangen, und er hatte das Geschäft in Königssee gemietet. Kurze Zeit später war seine Mutter gestorben, laut Marie an Erschöpfung. Kaum stand ihr Sohn auf eigenen Beinen, hatte sie sich hingelegt. Dann war der Großvater gestorben, der Vater von Waldleitners Mutter, und hatte ihm ein kleines Haus vererbt. Waldleitner heiratete eine Auswärtige und zog mit ihr in das geerbte Haus. Wenige Jahre später wurde seine Frau leidend, aber was sie genau hatte, darüber gingen die Meinungen auseinander. Jedenfalls hatte der Doktor ihr nicht helfen können. Dann hatte irgendjemand sie zum Waberer geschickt, und dann war es richtig teuer geworden. Am Ende hatte Waldleitner dem Waberer als Pfand eine Grundschuld eintragen lassen. Als die fällig wurde, hatte Waberer nicht lange gefackelt, und bei der folgenden Zwangsversteigerung hatte er das Haus selbst gekauft.

Die gleiche Geschichte hatte er erst gestern von Ernst Dorsch gehört, aber deshalb musste es sich nicht unbedingt um das gleiche Haus handeln. Möglicherweise hatte Waberer die Nummer mehrmals gebracht, aber sicher nicht so oft, wie er gefärbtes Wasser verkauft hatte. Ein-, höchstens zweimal konnte Waberer das erfolgreich durchgezogen haben. Selbst wenn die Betrogenen aus Scham schwiegen, sahen andere Talbewohner die Grundbücher und die Bankauszüge.

Lebte eigentlich Waldleitners Frau noch? Holzhammer wollte nicht schon wieder Marie anrufen, das dauerte immer so lange. Aber da konnte er auch Frau Grassl fragen, die war aus Königssee.

Er ging hinüber ins Sekretariat. Dort saß sie in Berchtesgadener Tracht vor dem Computer und haute in die Tasten, als handele es sich um eine mechanische Schreibmaschine.

«Servus, Franz, was brauchst denn?», fragte sie mit ihrer piepsigen Stimme.

Er stellte seine Frage.

«Die Hermine Waldleitner? Ja, die lebt. Aber man sieht sie selten. Sie ist wohl recht leidend. Der arme Xaver.»

«Und wissen S' was von am Haus, das der Xaver Waldleitner besessen haben soll?»

«Na, da woaß i nix.»

Da hatte er's wieder. Die Verbindungen von Marie waren eben doch die besten.

Holzhammer holte seine Jacke, um sich auf den Weg zum Waldleitner zu machen. Als er aus der Tür der schönsten Polizeiinspektion Deutschlands trat, traf ihn ein nasser Schneebatzen mitten auf die Nase. In der Nacht hatte es wieder geschneit, und inzwischen war die Sonne herausgekommen. Daher gaben die Bäume ihre Schneelast portionsweise – in ausgesprochen großzügigen Portionen – nach unten weiter.

Holzhammer kannte Leute, die dem Baum jetzt Absicht unterstellt hätten. In den letzten Jahren waren es sogar immer mehr geworden. Vielleicht würde er am Ende als Einziger übrig bleiben, wie in diesem Theaterstück, in das Marie ihn einmal geschleppt hatte, wo einer nach dem anderen zum Nashorn wurde. Besonders die Zugereisten drehten zusehends ab. Und während es in dem Stück nur afrikanische und indische Nashörner gegeben hatte, schienen die Esoteriker deutlich vielseitiger zu sein. Mehrere Sorten waren schon polizeilich in Erscheinung getreten. Die Alpenschamanen zum Beispiel stiegen gern nachts am Berg herum, wo das Blinken ihrer Taschenlampen schon mehrmals als Notsignal fehlgedeutet worden war. Auch die weibliche Trommelgruppe war nachtaktiv, was schon zu Anzeigen wegen Ruhestörung geführt hatte.

Eine weitere Variante war Holzhammer sogar auf dem Christkindlmarkt untergekommen. Eigentlich hatte er nach einem schönen Parfüm für Marie schauen wollen, da hielt er plötzlich diese Zerstäuberflasche mit «Schutzengel-Aura-Spray» in der Hand. Nach der Erklärung der Verkäuferin handelte es sich um eine Art Cockpitspray für die Seele. Kein Wunder, dass auch Waberer Käufer für seine Zauberwässerchen gefunden hatte.

Holzhammer stieg ins Auto und machte sich auf den Weg

nach Königssee, zu Waldleitners Geschäft. Krippenhändler waren natürlich etwas ganz anders, das hätte ihm zumindest Marie jederzeit bestätigt.

Als er vor dem Krippenladen ankam, hing ein Schild an der Tür: *Sie finden uns auf dem Christkindlmarkt in Berchtesgaden.* Daran hätte er denken sollen. Waldleitner war ja einer der beiden Streithähne gewesen, die ihn auf dem Christkindlmarkt mit Holzschafen unter Feuer genommen hatten. Selbst wenn das Stammgeschäft geöffnet gewesen wäre, hätte er hier wahrscheinlich nur eine Aushilfe vorgefunden. Gedankenversunken blickte er ins Schaufenster. Maria und Josef, ein Haufen Schafe, Hirten und einige Ochsen und Esel blickten zurück. Hinter den Figuren standen Krippenställe in verschiedenen Stilrichtungen. Die meisten waren Berchtesgadener Bauernhäuser, Holzhammer erkannte sogar einige Höfe. Alles war originalgetreu, nur die Stalltüren hatten Übergröße, damit man besser hineinschauen konnte. Ein Krippenstall war würfelförmig wie das Haus der Berge, ein anderer hatte afrikanisch gerundete Formen und Palmen davor.

Holzhammer überlegte. Die Wohnung des Krippenbauers lag einige Häuser weiter. Da er nun schon hier war – sollte er der kranken Frau Waldleitner einen Besuch abstatten? Er könnte ja irgendeine harmlose behördliche Sache vortäuschen. Wenn sie zu krank war, um zu öffnen, dann würde sie eben nicht öffnen.

Holzhammer ging zu Fuß und überschritt dabei die unsichtbare, doch trotz Gebietsreform immer noch vorhandene Grenze zwischen Königssee und Schönau. Norddeutsche in Skistiefeln und mit Ski auf den Schultern kamen ihm entgegen. Beim Ratschen drehten sie sich einander zu, sodass die Ski sich über dem Gehweg kreuzten. Wenn Holzhammer größer gewesen wäre, hätte er aufpassen müssen, dass er von den frisch geschliffenen Stahlkanten nicht enthauptet wurde. Die Leute dampften von der ungewohnten Anstrengung, mit den schweren und klobigen Stiefeln zu laufen. Dabei hatten sie noch keinen einzigen Schwung getan.

Holzhammer kam zur Wohnung der Waldleitners. Sie lag im ersten Stock eines Hauses aus den Achtzigern in der Nähe des Schornbads. Das Freibad war natürlich geschlossen, und auf dem Parkplatz, der im Sommer von Autos zugestopft war, lagerte die Gemeinde jetzt den Schnee, den man von der Hauptstraße geräumt hatte. Zumindest den Teil, den man nicht unauffällig in die Ache entsorgen konnte.

Im Erdgeschoss wohnten wahrscheinlich die Besitzer. Man sah, dass es ursprünglich ein Einfamilienhaus gewesen war. Vermutlich hatte man den ersten Stock abgetrennt, als die Kinder ihre eigenen Wege gingen. Der Weg von der Straße zum Haus war mustergültig geräumt, selbst die Schneehaufen links und rechts sahen aus, als hätten sie gerade den Morgenappell hinter sich. Holzhammer tippte auf Rentner mit zu viel Freizeit. Er läutete bei Waldleitner und wartete. Es gab keine Sprechanlage, stattdessen öffnete sich nach einer längeren Pause, die entweder auf eine Gehbehinderung oder auf eine Entscheidungsphase hindeutete, ein Fenster im ersten Stock. Eine Frau mit einem Wolltuch um die Schultern schaute heraus und rief in abweisendem Tonfall: «Was ist?»

Holzhammer legte den Kopf in den Nacken, was ihm nicht leichtfiel, und fragte zurück: «Frau Waldleitner? Derf i kurz aufi kommen?» Dazu hielt er seine Polizeimarke hoch; er wollte nicht die Nachbarn rebellisch machen, indem er das Wort «Polizei» durch den Garten plärrte.

Der Kopf verschwand, und der Türsummer ertönte. Holzhammer nahm an, dass der Summer extra eingebaut worden war, damit die gebrechliche Frau nicht für jeden Briefträger oder Lieferanten die Treppen hinuntersteigen musste. Im Treppenhaus hingen naive Malereien von Gämsen und Bergblumen sowie zahlreiche Zinnteller, die vermutlich den verrenteten Besitzern von unten gehörten. In seinem eigenen Haus hatte Holzhammer bereits vor Jahren ein Zinntellerverbot ausgesprochen. Berchtesgadener War ja, Zinnteller nein. Mit dem zweifelhaften Ergebnis, dass ihm nun aus allen Ecken bemalte Spanschachteln entgegenquollen. Denn bei jedem Wohltätigkeitsbasar im Umkreis musste Marie natürlich irgendwas kaufen.

Im ersten Stock hielt die Waldleitnerin ihm die Tür auf – oder vielmehr schien es, als würde sie sich an der Tür festhalten.

«Vielen Dank», sagte er und trat ein. Man merkte sofort, dass man sich im Heim eines Holzhandwerkers befand. Jeder Winkel der kleinen Wohnung war perfekt genutzt – Schränke, Schübe und Regale millimetergenau in die Dachschrägen eingepasst, alle senkrechten Flächen liebevoll mit Schnitzereien verziert. Auf der Fensterbank lag Moos zum Trocknen. Die Krippenställe wurden traditionell mit echtem Pflanzenmaterial dekoriert, das die Krippenbauer oder ihre Kinder im Herbst sammelten.

Einen Moment lang standen Holzhammer und die Frau sich schweigend gegenüber. Da sie ihm keinen Platz anbot, sagte er schließlich: «Es geht um den Waberer.»

Sie schloss kurz die Augen. Es wirkte, als würde vor ihrem inneren Auge ein Film ablaufen. Aber sie sagte nichts.

«Sie waren doch bei ihm in Behandlung?», hakte Holzhammer nach. Die Frau war nicht in Berchtesgaden geboren, also siezte er sie.

«Ja, und er hat mir das Leben gerettet», sagte sie.

Damit hatte Holzhammer nicht gerechnet. Mit allem, aber nicht damit. Und irgendetwas stimmte auch nicht. Warum sagte sie das so trotzig?

«Sieht Ihr Mann das auch so?», fragte er.

Die Waldleitnerin schaute weg und sagte leise: «Nein, der glaubt, dass der Waberer ein Scharlatan ist. Aber warum lebe ich dann noch?, frage ich Sie. Meinem Mann tut es nur leid um das Geld. Er hätte wahrscheinlich lieber gehabt, ich sterb, und er behält das Haus.»

Der arme Mann, dachte Holzhammer. Haus weg und Frau nicht nur krank, sondern auch noch völlig verblendet. Aber jetzt konnte er sich die Geschichte ebenso gut zu Ende anhören.

«Womit hat der Waberer Sie eigentlich behandelt?», fragte er.

«Eigenblut- und Urintherapie», kam die Auskunft.

Holzhammer entschied spontan, dass er es so genau dann doch nicht wissen wollte. Nicht vor dem Mittagessen. Und er würde die Frau auch nicht fragen, welche interessanten Krankheiten der Orthopäde auf diese Weise hatte heilen wollen. Er würde sich damit einfach vertrauensvoll an die Sprechstundenhilfe von Doc Lieder wenden.

Nur eins war noch wichtig. «Sagen S' und wie war es an Weihnachten? Gab's da auch Streit?»

«Mein Mann war ja vormittags noch am Stand im Markt. Danach wollte er heimkommen, aber er hat mich sitzenlassen. Er kam erst kurz vor der Christmette.»

Holzhammer verabschiedete sich und stand zwei Minuten später wieder im Schneematsch. Von seiner Frau hatte Waldleitner jedenfalls kein Alibi.

Später kriegt Christine eine Massage

Obwohl es ihr schon viel besser ging, freute Christine sich auf den zweiten Besuch bei Lukas Rehbichel. Heute konnte sie schon wieder selbst fahren, nur beim Radfahrerblick über die Schulter zog es noch etwas. Matthias war schon ganz früh in die Bank abgedampft, wo die Arbeiten für den Jahresabschluss warteten.

Diesmal war mehr los in der Physiopraxis. Mindestens drei weitere Therapeuten wuselten herum. Hinter dem Empfangstresen thronte jetzt eine junge Frau mit hochgesteckten Haaren und verteilte telefonisch Termine – so widerstrebend und langfristig, als ginge es um eine Audienz beim Papst. Auch der Chef war ganz in seinem Element. Jeder bekam einen frechen Spruch verpasst. Mit einem jungen Profisportler schimpfte er lauthals, weil der seine Anweisungen zur baldigen Genesung missachtet hatte.

Im Wartebereich saßen einige Einheimische, die sich vermutlich wie Christine beim weihnachtlichen Wintersport verletzt hatten. Auch ein junger Mann im Rollstuhl war darunter. War das nicht der Sitzskifahrer, den sie so bewundert hatte und bei dem Lukas so wenig auskunftsfreudig gewesen war? Christine war sich nicht sicher.

Im Nebenraum konnte man Rekonvaleszenten beim Training sehen. Sie waren mit viel größerem Ernst bei der Sache als die Patienten in der Reha-Klinik. Hier wurde nicht geratscht, sondern geschwitzt. Kein Wunder, das waren Profisportler, hier ging es um Karrieren. Mit diesen Körpern wurde Geld verdient – oder eben nicht.

Christine wurde aufgerufen und von der strengen Dame zur hintersten Kabine beordert. Von dem Gang gingen links und rechts Türen ab, eine davon stand halb offen. Im Vorbeigehen sah sie den nackten Bauch einer allseits bekannten Rodellegende im Ruhestand.

In der Kabine zog Christine Schuhe und Pulli aus, streifte die Träger ihres BHs herunter und legte sich auf die Liege. Diesmal musste sie einige Minuten warten. Dann kam Lukas herein und schloss die Tür.

«Mal schauen, wie es schaut», sagte er und begann, vorsichtig ihren Hals zu bewegen. «Entspann dich. Und sag Bescheid, wenn es weh tut.»

Christine versuchte, sich zu entspannen, und Rehbichel redete wie üblich drauflos. Er hatte neuen Stoff, die frischen Skiunfälle hatten den aktuellsten Klatsch mitgebracht. War das eigentlich eine Berufskrankheit, so viel zu reden? Wer diesen Beruf wählte, durfte zumindest keine Berührungsängste haben.

«Huch!» Lukas hatte ganz unerwartet irgendetwas mit ihrem Rücken gemacht.

«Entschuldigung, aber das musste sein», sagte er.

Tatsächlich – ihre Wirbelsäule fühlte sich plötzlich an wie von einer schweren Last befreit.

«Bitte auf den Bauch drehen.»

Christine drehte sich. Ihre Stirn lag jetzt auf dem Rand einer runden Aussparung in der Massageliege. Durch das Loch konnte sie auf den Boden schauen, aber weil das nicht besonders interessant war, schloss sie lieber die Augen.

«Ich hab im Wartezimmer den jungen Mann im Rollstuhl gesehen», sagte sie zum Fußboden. «Ist das nicht der mit dem Sitzski?»

«Ja, der Tölzer Lenni.» Wieder so einsilbig und wieder mit so düsterer Stimme. Das machte Christine nur neugieriger. Und jetzt würde sie der Sache auf den Grund gehen. Zu irgendwas mussten die Psychologiemodule ja gut sein, die sie absolviert hatte. Deshalb antwortete sie erst mal gar nichts. Sie wartete. Das war oft die beste Methode, um Menschen zum Reden zu bringen. Gerade eine Plaudertasche wie Lukas würde die Stille nicht lange ertragen.

Natürlich wusste er etwas, und das wollte auch raus. Doch anstatt zu reden, baute Luggi den Druck auf andere Weise ab. Er knetete jetzt mit einem Kraftaufwand an Christine herum, die sich fast nach Aggressionsabbau anfühlte. Deshalb musste sie schließlich doch etwas sagen: «Hey, mal vorsichtig, lass es nicht an mir aus.»

«Oh, Entschuldigung.» Sofort wurden die Griffe wieder präziser.

«Und jetzt raus mit der Sprache», sagte Christine so energisch, wie es ihr in Bauchlage mit dem Gesicht im Liegenloch möglich war.

Lukas knickte ein. «Also gut, ich sag's dir. Aber nur, weil du aus der Branche bist.»

Das sollte wohl eine Anspielung auf ihre ärztliche Schweigepflicht sein – die allerdings hier gar nicht galt. Christine hatte Lukas also richtig eingeschätzt, im Grunde wollte er darüber sprechen. Er brauchte nur vor sich selbst eine Rechtfertigung dafür.

«Klar. Schieß los.»

«Den Lenni hat dieser Verbrecher auf dem Gewissen, den sie jetzt zum Glück daschossn ham.»

«Der Waberer? Was hat er gemacht?»

«Verpfuscht hat er's. Sonst würd der Lenni noch laufen. Und wie!»

«Was ist passiert?»

«Also, Lenni war eine große Hoffnung im Langlauf. Der hatte Chancen, bei der nächsten oder übernächsten Olympiade Gold zu holen. Er ist einer von hier und natürlich neben dem Langlauftraining auch immer Skitouren gegangen. Wenn das Training anfing, kam er schon aus dem Watzmannkar und ist den andern trotzdem noch davongefahren. Und dann letztes Jahr ist es passiert, nach dem Tourengeher-Stammtisch im Stahlhaus. Weil kein Mond war, sind alle anderen über die Piste abgefahren. Nur er ist allein mit halbleerer Stirnlampe zum Schneibstein, um durch die Bockskehl abzufahren.»

Christine nickte in ihr Liegenloch, um zu zeigen, dass sie wusste, wovon die Rede war. Die Bockskehl war eine besonders steile Tourenabfahrt für Könner, aus der zu allem Überfluss oft Felsen herausragten.

Lukas fuhr fort: «Ein Stein verreißt ihm den Ski, er überschlägt sich, fliegt durch die Luft, knallt auf Felsen. Und das war's. Im Prinzip ein ähnlicher Sturz wie beim Schumi, nur dass es beim Lenni statt dem Kopf die Beine erwischt hat.»

Skifahren war eben kreuzgefährlich. Vielleicht sollte sie es doch lieber lassen. «Dann war er schwer verletzt?»

«Ja. Aber ein Topspezialist hätt's wohl richten können. Er hat halt nur das Pech gehabt, dass der Waberer an dem Tag als Notarzt eingesprungen ist. Und der hat sofort diagnostiziert, dass der Lenni privat versichert ist. Also hat er ihn nicht nach

Salzburg in die Unfallklinik bringen lassen, wo schwere Fälle normal hinkommen, sondern in die Notaufnahme der Kreisklinik Berchtesgaden. Weil er selbst operieren wollt. Dem Vater vom Lenni hat er gesagt, es wär alles kein Problem, wenn man nur sofort operiert. Und weil Waberer mit diesem Zeitdruck kam, hat der Vater zugestimmt. Waberer hat ihm keine Chance gelassen, eine zweite Meinung einzuholen. Und bevor irgendjemand anders in der Kreisklinik schalten konnte, lag Lenni schon auf dem OP-Tisch.»

«Dann hat es doch sicher einen Prozess gegeben?»

«Nein. Die Tölzers hatten zwar eine gute Krankenversicherung, aber keine Rechtsschutzversicherung. Und wie der Prozess ausgehen würde, war überhaupt nicht sicher. Der Gutachter hätte schon sagen müssen, dass in Salzburg garantiert alles besser gelaufen wäre. Sonst hätte das Gericht gar keinen Schaden erkannt. Und ohne Schaden kein Schadensersatz.»

Das stimmte natürlich. Medizinprozesse waren immer eine Gutachterschlacht, oft durch mehrere Instanzen. Und jedes Gutachten kostete ein paar tausend Euro, von den Anwaltskosten ganz abgesehen. «Dann wundert mich aber immer noch, dass anscheinend kaum jemand von der Geschichte weiß. Vater Tölzer muss es doch in seiner Wut dem ganzen Ort erzählt haben.»

«Nein, davon wissen nur ganz wenige, und das aus gutem Grund. Natürlich ist Tölzer senior fast verrückt geworden vor Wut. Aber er hat wenig Geld gehabt, arbeitet ja nur halbtags als Lehrer oben am Sportgymnasium. Und jetzt musste er auch noch das ganze Haus behindertengerecht umbauen. Und der Waberer hat natürlich Angst vor einem Prozess gehabt …»

«Waberer hat ihm Geld gegeben, damit er den Mund hält», folgerte Christine.

Lukas antwortete nicht. Vielleicht nickte er zustimmend, aber das konnte sie nicht sehen, sie sah nur den Fußboden. Mit welchen Gefühlen der Vater des jungen Sportlers kämpfen musste. Nicht nur der Hass auf den Waberer, auch die Selbstvorwürfe, weil er die falsche Entscheidung getroffen hatte. Und die Folgen jeden Tag vor Augen.

«Gibt es denn eigentlich keine Mutter?», fragte Christine.

«Das war auch eine Sportlerin, eine ganz tolle. Sie ist bei einem Lawinenunfall in der Schweiz umgekommen, wo sie mit dem Kader Skibergsteigen trainieren war.»

Noch ein Unfall. Wie schnell in den Bergen etwas passieren konnte, hatte Christine ja selbst schon erlebt. Trotzdem freute sie sich auf jeden Bergtag. An dem pathetischen Satz, den man in fast jeder Bergsteigerbiographie lesen konnte, war etwas dran: Dort oben lebte man wenigstens, bevor man starb.

«Besteht denn Hoffnung, dass Lenni je wieder laufen kann?», fragte sie.

«In ein paar Jahren vielleicht. Wenn er bis dahin täglich trainiert und sich von mir quälen lässt», sagte Lukas. «Umdrehen.»

Christine drehte sich wieder auf den Rücken. So konnte sie sehen, dass Lukas seinen letzten Satz genau so meinte, wie er ihn gesagt hatte.

Als Holzhammer wieder in der Dienststelle eintraf, klebte an seinem PC ein gelber Zettel. Das war Hilde Grassls Vorstellung von der Nutzung moderner Kommunikationsmedien. Auf dem Zettel stand: *Rechtsmedizin hat angerufen, Befund ist online.*

Dann waren also auch in München die Weihnachtsfeiertage endlich zu Ende. Weihnachten war keine gute Zeit für Pathologen, das wusste Holzhammer. Viele Selbstmörder, viele Familienstreitigkeiten. Wer konnte entscheiden, ob das Messer beim Tranchieren der Weihnachtsgans abgerutscht oder doch eher absichtlich im Ehemann gelandet war? Also Hochbetrieb in der Rechtsmedizin. Klar, dass man einen so offensichtlich Erschossenen aus dem fernen Berchtesgaden da erst mal auf Eis legte. Aber jetzt hatte man sich ja erbarmt.

Holzhammer klickte sich in Lichtgeschwindigkeit durchs Intranet und hatte Sekunden später zahlreiche hübsche Fotos vom Einschussloch auf dem Schirm. Im Hintergrund einer seitlichen Aufnahme vermeinte er einen Tannenzweig mit Lametta zu erkennen. Hatten die etwa Weihnachtsdekoration in der Pathologie? Er blätterte weiter zum schriftlichen Bericht. Blablabla – Konstitution, Alter, Gewicht – blablabla Todeszeitpunkt – blablabla – Todesursache: Steckschuss ins Herz. Dann kamen die Schussspuren. Einschusswinkel, Durchmesser des Schusskanals, Merkmale der Einschussstelle.

Holzhammer klickte weiter. Was er wirklich brauchte, war der ballistische Bericht. Tusch und Trommelwirbel, da war er. Wenigstens der Ballistiker schien von der schnellen Truppe zu sein, denn der konnte ja erst anfangen, nachdem der Pathologe die Kugel herausgezutzelt hatte.

Das Projektil stammt aus einer .22 lfB Randfeuerpatrone, Kaliber 5,62 mm, wie sie fast ausschließlich in Sportwaffen Verwendung finden. Aufgrund der Formspuren kann mit an Sicherheit grenzender Wahrscheinlichkeit davon ausgegangen werden, dass es aus einer Wettkampfwaffe abgefeuert wurde, wie sie im Biathlon Verwendung findet.

Biathlon. Wieso Biathlon? Anderseits, warum nicht Biathlon? Berchtesgaden war zwar keine Hochburg dieses Sports, die lag im nahen Ruhpolding. Aber natürlich gab es unter den hiesigen Wintersportlern auch ein paar Biathleten.

Holzhammer war nicht gerade ein Spezialist für diese Sportart. Alles, was mit Langlauf zu tun hatte, war für ihn aufgrund seiner überschaubaren Schrittlänge nur von mäßigem Interesse. Er wusste, dass man mit einer Biathlonwaffe durchaus jemanden töten konnte. Es hatte schon Unfälle gegeben. Aber wie schwierig war es, jemanden mit einer Biathlonwaffe gezielt ins Jenseits zu befördern? Das musste er genau wissen.

Holzhammer tippte die im Bericht angegebene Durchwahl eines gewissen Peter Treffmann beim LKA München ein. Abteilung KT – Kriminaltechnik.

«Servus, da ist die KI Berchtesgaden, mir haben gerade Ihren Bericht über des Biathlon-Projektil bekommen.» So meldete er sich sonst nie, weil er diese von Fischer erzwungene Erhebung von der PI zur KI höchst nervtötend fand.

«Richtig, das war ja mal eine originelle Geschichte», sagte der Ballistiker Treffmann aufgekratzt.

«Schön, dass es Ihnen gefallen hat», sagte Holzhammer. Das meinte er sogar fast ernst, er mochte Menschen, die sich für ihren Beruf begeistern konnten. «Ich hätt da noch a paar allgemeine Fragen zur Waffe.»

«Gerne.»

«Ich tät gern wissen, wie schwierig der Schuss war. Wär a andere Waffe ned viel praktischer und sicherer für den Schützen gewesen?»

«Das kommt darauf an. Auf die Entfernung zum Beispiel.»

«Mir gehen von rund fünfzehn Metern aus», sagte Holzhammer.

«Das ist schon an der Grenze. Gar nicht wegen des kleinen Projektils, sondern wegen der vergleichsweise geringen Mündungsenergie. Nicht umsonst ist das Geschoss im Herz stecken geblieben, anstatt an der Brust wieder auszutreten.»

Dass der Wumms bei Sportwaffen begrenzt war, wusste auch Holzhammer. Trotzdem gehörten Kenntnisse von Dingen wie Mündungsenergie nicht unbedingt zu seinen Kernkompetenzen.

«Wie kann man sich des ungefähr vorstellen?»

«Also mal zum Vergleich: Ein erlaubnisfreies Luftgewehr darf bekanntlich eine maximale Mündungsenergie von 7,5 Joule haben.»

So wirklich bekannt war Holzhammer diese Zahl jetzt nicht. Im Stillen fühlte er sich geschmeichelt, dass Treffmann ihm dieses Wissen unterstellte – oder zumindest so tat. Was ein Luftgewehr anrichten konnte, wusste Holzhammer natürlich auch ohne diese Zahl recht genau. Einigen Kids hatte er diese Dinger schon wegnehmen müssen.

«Eine Sportwaffe, wie sie hier benutzt wurde, darf aber schon zweihundert Joule haben», fuhr der Experte fort. «Das ist durchaus ein Riesensprung und reicht absolut für einen Mord aus kleiner Entfernung. Sogar professionelle Attentäter greifen gern zum Kleinkaliber, wegen des geringeren Geräuschs. Aber im Vergleich zu einer Jagdbüchse, mit der Sie auf dreihundert Meter einen Hirsch erlegen können, ist das natürlich nichts, die haben über 3000 Joule.»

«Man muss also nah ran», sagte Holzhammer. «Aber muss man auch genauer treffen?»

«Das würde ich schon sagen. Wenn Sie mit einer großkalibrigen Büchse auf die Entfernung schießen, ist es fast wurst, welches Organ Sie treffen. Da brauchen Sie praktisch nur allgemein auf den Oberbauch zu halten. Aber mit dem KK muss es schon fast das Herz sein. Profis schießen allerdings auch gern auf die Killzone im Gesicht, weil ein Herzschuss nicht mannstoppend ist. Da lebt man noch ein paar Sekunden.»

«Igitt», machte Holzhammer unwillkürlich. Schnell besann er sich. «Schönen Dank, des hilft mir weiter.»

Holzhammer schrieb Treffmanns Durchwahl in sein privates Telefonverzeichnis. Den Mann musste er sich unbedingt für den nächsten Jagdunfall merken.

Da er seinen sozialen Tag hatte – schließlich war Weihnachten endlich vorbei –, beschloss er, seinen Chef in die neuesten Entwicklungen einzubeziehen. Guten Gewissens nahm er den Fahrstuhl. Immerhin war er schon zwei Kilometer durch den Königsseer Schnee gelaufen. Im getäfelten Chefzimmer schwebte eine aufgespannte Zeitung hinter dem schweren Schreibtisch. Rechts auf der Tischplatte saß der Hut mit dem monströsen Gamsbart, links stand die komische original englische Teetasse, auf die Fischer neuerdings so viel gab. Beides passte zusammen wie Watzmann und Flipflops.

Eine zünftige Brotzeit hätte Holzhammer vielleicht respektiert, aber Fischers angeblich kreative Early-middle-of-the-Vormittag-Pausen störte er gern.

«Bericht aus der Patho ist da», sagte er zu der *Frankfurter Allgemeinen*.

Es raschelte, und Fischers Kopf kam zum Vorschein: «Wieso erfahre ich das erst jetzt?»

«Weil du die Mail noch nicht gelesen hast», antwortete Holzhammer ebenso logisch wie obstruktiv.

«Ich erwarte, dass mir wichtige Ergebnisse proaktiv mitgeteilt werden. Ich bin schließlich für die übergeordnete Strategie verantwortlich», zog sich Fischer aus der Affäre.

«Dann teile ich hiermit proaktiv mit: Der Schuss wurde aus

einem Biathlongewehr abgefeuert. Außerdem weiß ich, was in Sachen Sach beim Waldleitner Sach ist», meldete Holzhammer zackig und bemühte sich, dabei möglichst brav zu schauen. So machte die Sache doch schon wieder Spaß.

«Wie, ja was denn, jetzt sag schon!», bestürmte ihn Fischer und fuchtelte aufgeregt mit der Zeitung. Wahrscheinlich war ihm kurzfristig entfallen, dass er eine besonnene Führungskraft und für das große Ganze verantwortlich war.

Zunächst erklärte Holzhammer, was er über Waldleitners Hausverlust erfahren hatte. Natürlich ging er dabei noch einmal ausführlich auf die Feinheiten der bayerischen Sprache ein, insbesondere auf die Bedeutung des Wortes «Sach», «Sachei» oder «Sacherl».

Wenig verwunderlich, dass Fischer diesen Punkt möglichst schnell abhaken wollte: «Soso, aha, ich würde sagen, du prüfst das noch beim Grundbuchamt. Und dann soll der Waldleitner mal beweisen, wo er zur Tatzeit war.»

Darauf wäre ich allein nie gekommen, dachte Holzhammer – nicht zum ersten Mal in diesem Zimmer.

Fischer redete weiter. «Und jetzt zu diesem Gewehr. Wie bringt uns das weiter?»

«Biathlongewehr», präzisierte Holzhammer und setzte in Gedanken hinzu: Sag du es mir, großer übergeordneter Stratege.

«Biathlongewehr, von mir aus.»

Offensichtlich hatte Fischer kaum eine Ahnung von diesem Sport. Gnädig teilte Holzhammer sein frisch erworbenes Wissen.

«Eins ist jedenfalls sicher», schloss er, «egal, woher der Mörder das Gewehr hatte – schießen hat er schon können müssen.»

«Wie auch immer. Auf jeden Fall nichts über das Gewehr an die Presse, klar? Das ist Täterwissen.» Fischer hob die Teetasse. Offenbar hatte er trotz Richtlinienkompetenz nichts weiter hinzuzufügen.

Holzhammer verließ den großen Strategen und setzte sich wieder an seinen Schreibtisch. Er überlegte. Jedenfalls erklärte die Biathlonwaffe endgültig, warum niemand diesen Schuss aus dem allgemeinen Lärm herausgehört hatte. Die Sache mit der Waldleitner-Hypothek konnte Müllerhuber checken, seine Tante beim Notar würde ihm bestimmt Zugang zum Kaufvertrag verschaffen. Er selbst würde jetzt erst einmal das tun, was er eigentlich schon vorhin hatte tun wollen, als ihn der ballistische Bericht aus der Spur geworfen hatte.

Er rief bei Doc Lieder an und ließ sich mit Carolin verbinden. Die Sprechstundenhilfe war schon ewig dort und erinnerte sich vielleicht an die Zeit, als die Waldleitnerin noch zu einem richtigen Arzt gegangen war. «Servus, grias di, der Holzhammer.»

«Servus, wie geht's? Brauchst an Termin? I kunnt di heit no eini schiam.»

«Dank dir, aber ich bräucht was anders. Und zwar a informelle Auskunft über a Patientin.»

«Um wen geht's?», fragte Caro zurück.

Sehr schön, auch bei Caro ging Neugier vor Datenschutz. «Die Waldleitnerin. Die Frau vom Krippenbauer. Was hat die eigentlich g'habt?»

Das Geräusch, das Caro von sich gab, lag irgendwo zwischen einem bremsenden Zug und dem Warnschrei eines Wolpertingers.

«Hoaßt auf Deutsch?», fragte Holzhammer.

«Des hoaßt, die hat uns damals alle zum Wahnsinn trieben.

Es gibt a Faustregel: Wer mehr als fünf Symptome hat, ist ein Hypochonder. Und sie hatte siebenundzwanzig. Von Ziehen im Zeh und Zuckungen im Darm über Zwicken im Bauch und Bummern in der Brust bis zu Wimmerln auf der Wange. Und nie hat unsere Medizin geholfen. Alles psychosomatisch. Hat auch der Doc gemeint.»

«Also eher ein Fall für den Seelenklempner?»

«Ja, auf jeden Fall. Die war wirklich extrem. Eine Zeitlang bestand sie drauf, dass sie Treppen nur rückwärts gehen konnte, weil sie sonst Schmerzen bekam. Und schlafen konnte sie angeblich nur bei Musik von Mozart. Aber zum Psychologen hat sie ja nicht wollen. Und was der Doc ihr verschrieben hat, hat sie ned amal von der Apotheke geholt. Irgendwann ist sie dann nimmer kommen. Zum Glück.»

Holzhammer verriet ihr nicht, dass die Waldleitnerin zum Waberer abgewandert war. Jedenfalls wusste er nun, dass der für ihre Leiden garantiert der Falsche gewesen war.

Plötzlich füllte ein dumpfes Grollen das Dienstzimmer. Nach einigen Sekunden realisierte Holzhammer, dass es aus seinem Magen kam. Kein Wunder, schon nach zwei. Es ging nicht anders, er brauchte auf der Stelle ein paar Leberkassemmeln.

Holzhammer fuhr mit seinem Dienstwagen die Maximilianstraße hinunter, parkte auf dem Busparkplatz im Halteverbot und marschierte durch die Fußgängerzone. Immer noch war Christkindlmarkt, aber der zentrale Glühweinstand, wo man sich in der Vorweihnachtszeit um die Stehtische gebalgt hatte, lag nun verlassen. Die Weihnachtsfeiertage waren eben seit heute vorbei. Auch auf Holzhammer wirkte die Weihnachtsstimmung plötzlich seltsam, allein schon der Weihrauchduft aus diversen Verkaufsständen. Er beschleunigte seinen Schritt und stellte selbst im Vorübereilen fest, dass auch die Standbetreiber keinen glücklichen Eindruck machten. Sogar die wippenden Holzhühner in ihren gelben Käfigen und die blauen Reiter der roten Arschpfeifenrössl schienen den Spaß an der Sache verloren zu haben und stierten stumpf vor sich hin.

Holzhammer wollte keinen Glühwein mehr, keine Kaspressknödel im Stehen, keine Crêpe – was war das überhaupt für eine Christkindlmarktspeise –, nicht einmal mehr eine Bosna von der Caritas. Er wollte Leberkassemmeln, und zwar die richtig fetten aus dem Stehimbiss zwischen Schlossplatz und Marktbrunnen.

Dann der Schock: Der Imbiss war weg. Drinnen stand keine Grilltheke mehr, sondern eine Saftbar. Einfach unmenschlich. War so etwas überhaupt erlaubt? Und wieso wusste er nichts davon? Na gut, der Wirt des kleinen Stehgrills hatte schon öfter vom Aufhören gesprochen, und seit der Öffnung des Christkindlmarkts war Holzhammer nicht mehr drin gewesen. Und bei dem dichten Gedränge der letzten Wochen hätte er schon extra durch die Scheiben spähen müssen, um festzustellen, dass umgebaut wurde. Aber hätte man ihm nicht eine persönliche Warnung zukommen lassen können? Holzhammer studierte die ausgehängte Karte. Irgendwas mit Kichererbsen-Püree. Ihm war überhaupt nicht zum Lachen.

Na gut, nahm er es eben als Wink des Schicksals. Anstatt schnell ein paar Leberkassemmeln in sich hineinzustopfen, sollte er offenbar etwas Gescheites zu sich nehmen. Wenn Holzhammer unbedingt wollte, konnte er richtig abergläubisch sein.

Zehn Minuten später saß er im Ochsen vor einem Schweinsbraten und einem Weißbier. Hätte er gleich machen sollen. Diese Kombination bot einfach die besten Voraussetzungen, um alles in Ruhe zu durchdenken.

Also: Die Flaschendiebe erklärten übereinstimmend, in der Wohnhalle nichts von der Wand genommen zu haben. Auch den Drohbrief hätten sie nicht geschrieben. Sie seien allein auf die Wundermittel scharf gewesen, und als sie bei der Christmette von Waberers Tod erfuhren, beschlossen sie, die Chance zu nutzen. Es musste nicht stimmen, aber woher hätten sie vom Wert des runden Holzbretts wissen sollen? Keiner der drei hatte Waberer privat gekannt, in seinem Haus waren sie nie zuvor gewesen. Und warum hätten sie ausgerechnet in diesem Punkt lügen sollen? Ein Teil mehr oder weniger stibitzt, das machte beim Strafmaß nichts aus.

Dazu passte, was die drei über ihren ersten Einbruchversuch an Nikolaus berichteten. Sie hätten definitiv nur ein einziges Buttnmandlkostüm gestohlen, damit ausstaffiert sei Oberhuber über den hinteren Zaum geklettert, die beiden anderen hätten in Zivil draußen Schmiere gestanden. Auf Waberers Grundstück habe Oberhuber ein zweites Buttnmandl angetroffen, das schreiend vor ihm davongerannt sei.

Trotzdem würde er auch die Schießkünste der Wasserdiebe überprüfen, genauso wie die von Waldleitner und Ernst Dorsch. Ob einer davon zum Beispiel Mitglied im Schützenverein war oder die Jagdprüfung abgelegt hatte, würde sich herausfinden lassen. Bei Ernst Dorsch konnten die Traunsteiner das klären.

Denn wenigstens das wusste Holzhammer jetzt: Der Täter war ein so geübter Schütze, dass er sicher sein konnte, Waberer nicht nur zu treffen, sondern ins Herz zu treffen. Nach dem

Schuss hatte er ja nicht abwarten können, sondern blitzartig verschwinden müssen – bevor die Weihnachtsschützen überhaupt merkten, was passiert war, und sich womöglich nach hinten umblickten.

Außerdem musste der Täter natürlich Zugang zu einem Biathlongewehr haben – und überhaupt erst einmal auf die Idee kommen, eins zu verwenden. Würde nicht jeder normale Mensch eine Jagdflinte bevorzugen? Viele Einheimische würden wohl sogar über irgendeinen Verwandten an eine drankommen. Aber vielleicht wollte man seine Verwandten ja nicht unbedingt mit der Frage nach einer Waffe belästigen, wenn man einen Mord plante. Und vielleicht kam man ja an ein Biathlongewehr, ohne viel zu fragen.

Holzhammers Smartphone rappelte. Was wollte denn Christine schon wieder?

«Endlich, ich versuch seit Stunden, dich zu erreichen», sagte sie.

«Tut mir leid, ich war in Besprechung. Möglicherweise erinnerst du dich, ich hab an Mord zu klären», antwortete Holzhammer. Er redete ja immer gern mit ihr, aber momentan hatte der Stress ihn wirklich im Griff.

«Deshalb ruf ich ja an, ich hätte da einen Verdächtigen für dich.»

«Das auch noch», sagte Holzhammer. Aber natürlich war er jetzt ganz Ohr.

Christine berichtete, was sie von Lukas über Lenni Tölzer erfahren hatte. Natürlich kannte Holzhammer den Tölzer Lenni und seinen Vater. Er wusste von Lennis Unfall, nicht nur durch die Buschtrommeln, er hatte den armen Jungen auch schon mehrmals im Rollstuhl herumkurven sehen. Den Vater bedauerte er fast noch mehr als den Jungen. Erst die Frau verloren und jetzt das. Aber davon, dass Tölzer senior dem Waberer die Schuld gab, hatte er keine Ahnung gehabt.

«Und, was meinst du dazu? Das macht ihn doch ziemlich verdächtig», schloss Christine.

Ein Motiv war das schon, aber ausgerechnet der ruhige, besonnene Lehrer ein Mörder? Und mit Biathlon hatte der auch nichts am Hut.

«Im Prinzip schon, aber es gibt da a neue Entwicklung. Bitte, das ist jetzt vertraulich: Die Tatwaffe war a Biathlongewehr. Ned die ideale Mordwaffe für Anfänger.»

«Ich dachte immer, da käme nur ein Laserstrahl raus», sagte Christine.

«Na, Lichtpunktgewehre werden nur zum Training benutzt oder von Kindern unter zwölf. Die Wettkampfwaffen san Kleinkaliber.»

«Verstehe. Da muss der Schuss sicher ziemlich genau sitzen?»

«Richtig. Und der Tölzer war Lehrer, kein Jager. Trotzdem werden mir ihm auf den Zahn fühlen, eh klar. Also dank dir.»

Sie verabschiedeten sich.

Na schön, also noch ein Verdächtiger mehr. Sie alle mussten auf etwaige Schießkünste und Biathlon-Connections abgeklopft werden. Oder vielleicht war es am besten, andersherum anzufangen. Herausfinden, wie schwer es war, an ein solches Gewehr zu kommen. Je schwieriger es war, desto mehr konnte er sich auf aktive Biathleten konzentrieren. Wenn es aber einfach war, würden sie jeden überprüfen müssen, der das Wort Biathlon nur halbwegs buchstabieren konnte. Zefix, der Waberer hatte einfach zu viele Feinde gehabt – und er selbst war auch nicht gerade ein Fan gewesen … Schon meldeten sich wieder die Selbstvorwürfe.

Eine Liste aller Biathleten im Umkreis würde leicht zu bekommen sein, diesen Sport konnte man schließlich nicht ohne Infrastruktur betreiben. Das konnte Müllerhuber übernehmen. Und wen konnte er wegen der Zugänglichkeit solcher Waffen befragen, ohne gleich einen Riesenwirbel zu machen? In Gedanken ging Holzhammer die Reihen seiner zahlreichen Verwandten und Bekannten ab. Stopp! Da war doch der Hausmeister des Standorts, ein Cousin zweiten Grades väterlicherseits, wenn er sich nicht täuschte. Wahrscheinlich war der heute sogar im Dienst.

Am Abend werden Märchen erzählt

Als Holzhammer den Weg zum Silberg hinauffuhr, war es schon fast dunkel. Weiter oben tauchte die schmale Straße in dichten Wald ein, und es wurde noch dunkler. Die Buchen hatten ihr Laub zwar abgeworfen, dafür trugen die Tannen ein blickdichtes Schneekleid. Sehr vorsichtig überquerte Holzhammer die Skiabfahrt. Hier war die Straße schneebedeckt, damit die Skifahrer nicht abschnallen mussten. Diese Piste führte nicht zur Talstation des Götschenlifts, sondern ganz hinunter in den Ort, direkt zum Bischofswieser Bahnhof. Tagsüber wurde die Strecke hauptsächlich von Tourengehern benutzt, aber am Ende des Skitages fuhren auch viele Pistler hier ab, per Ski direkt zum Hotel. Das fanden sie cool.

Schließlich erreichte Holzhammer das Übungsgelände und parkte bei dem kleinen Gebäude in der Nähe des Schießstands. Von hier aus überblickte man das gesamte, fast ebene baumlose Areal, über das sich die Loipe erstreckte. Nicht nur Biathleten trainierten auf der ursprünglich für die Sportfördergruppe der Bundeswehr errichteten Anlage, sondern auch Nordische Kombinierer und Langläufer. Alle Leistungssportler im Talkessel, die irgendwas mit Langlauf am Hut hatten, ob vom Skigymnasium oder vom DAV, nutzten die gut gepflegte

Anlage. Diese Pflege war die Aufgabe von Holzhammers Cousin Wasti Wimmer.

Holzhammer sah die Spurmaschine am anderen Ende des Geländes und überlegte kurz, ob er ihr entgegengehen sollte. Aber wenn er auf der mühsam glattgewalzten Loipe marschierte, hätte er seinem Cousin genauso gut einen Schneeball ins Gesicht schmeißen können, um ihn auskunftsfreudig zu stimmen. Und neben der Spur war der Schnee zu tief und batzig. Also wartete er bei der Hütte und stampfte mit den Füßen, um sich warm zu halten.

Dies war ein recht einsamer Fleck, außer den Leistungssportlern hatte im Winter niemand einen Grund hierherzukommen. Im Sommer war das anders, denn der oberhalb gelegene Waldweg führte zum Söldenköpfl mit Wirtshaus und hübscher Terrasse. Der Weg wurde aber im Winter nicht geräumt, allenfalls Rehe, Hasen und Dachse waren dort unterwegs. Während Holzhammer frierend vor der Hütte stand, erschien vor seinem geistigen Auge eine Landkarte, auf der die geöffneten Gasthäuser mit Leuchtstift eingezeichnet waren. Ja, der nächste Hort von Zivilisation und Zwiebelrostbraten war die Wirtschaft bei der Talstation des Götschen. Da waren neue Wirtsleute drauf, von denen man Gutes hörte, und da die Skipiste in Betrieb war, würde auch sicher geöffnet sein. Als Holzhammer in seiner Betrachtung so weit gekommen war, hatte die Spurmaschine das Häuschen fast erreicht. Er trat unter dem Vordach hervor.

«Grüß dich, Wasti.»

«Ja servus, Franz, willst mich ablösen?», fragte Wasti gut gelaunt. Die Kapuze seiner knallroten Daunenjacke hatte er weit in die Stirn gezogen, sodass man ihn kaum erkennen konnte. Allenfalls die kompakte Gesamterscheinung wies auf eine gewisse Familienähnlichkeit hin. Eine leichte Rumfahne umwehte ihn.

«Nein, ich hätt nur kurz a dienstliche Frage.»

«Magst an Tee?», fragte Wasti und schwenkte seine Thermoskanne.

«Wie viel Prozent?», fragte Holzhammer zurück.

«Bist wahnsinnig, den guten Strohrum hab ich natürlich extra. Sonst verdampft der ja.» Mit diesen Worten stieg Wasti von der Spurmaschine und zog aus der Innentasche seiner Daunenjacke einen veritablen Flachmann hervor.

Den Tee konnte der Hauptwachtmeister also gefahrlos annehmen.

«Kimm, mir gehen eini», sagte Wasti und schloss auch schon die Tür zur Hütte auf. Offenbar kam ihm die amtliche Unterbrechung sehr gelegen. Er führte Holzhammer in einen kahlen Raum, der lediglich ein paar ungepolsterte Stühle und einen Resopaltisch enthielt. Der einzige Schmuck war ein kleines Kreuz, oben in einer Zimmerecke.

Holzhammer hatte sich natürlich schon überlegt, wie er die Sache anpacken wollte, und einen zweiten Fall erfunden: «Also, mir ham a doude Katz, und in der steckt a Biathlon-Projektil.»

«Und da habt's natürlich gleich a Kommission Katz gebildet», sagte Wasti grinsend.

Jetzt hieß es ernst bleiben. «Freilich, der Chef ist tierlieb wie sonst was. Ich soll den Schützen finden und die Waffe.»

Nur alles auf den Chef schieben, das kam immer gut. Zehn Minuten später wusste Holzhammer alles, was ihm zu fragen eingefallen war: Die erwachsenen Biathleten nahmen ihr Gewehr normalerweise mit heim, da die ja nicht ganz billig waren und auch gepflegt werden mussten. Sie verfügten alle über die Waffenbesitzkarte, die dafür notwendig war. Allerdings gab es auch Spinde, in denen man die Waffen zurücklassen konnte. Sie waren mit Vorhängeschlössern versehen, die normalerweise von den Athleten selbst mitgebracht wurden. Wer einen freien Spind fand, konnte ihn einfach in Besitz nehmen. Das hieß natürlich auch, dass die Schlösser für Diebe verschieden schwierig zu knacken waren. Wenn man ein Schloss fand, das sich ohne Gewalteinwirkung knacken ließ, war es theoretisch möglich, die Waffe aus dem Spind zu nehmen, damit eine Katze zu erschießen und sie am nächsten Tag zurückzubringen, ohne dass jemand etwas merkte.

In die Hütte kam man allerdings nicht so ohne weiteres hinein, die hatte ein nagelneues Zylinderschloss. Wasti zeigte ihm den Schlüssel.

«Und wer hat einen Schlüssel?», fragte Holzhammer.

«Das ist schwer zu sagen. Aber sicher ned jeder», antwortete Wasti.

Das war ja mal eine präzise Auskunft. «Hast des ned a bisserl genauer?»

«Mei. Also ich natürlich, dann a paar Leut vom Standort, außerdem die Trainer und auch a paar Sportler. Ned jeder, aber einige. Normal wird ja gemeinsam trainiert, aber manche kommen auch zwischendrin. Die müssen sich ja irgendwo aufwärmen und umziehen.»

«Und wenn einer ned mehr trainiert, muss der dann wenigstens den Schlüssel zurückgeben?»

«Freilich. Im Prinzip schon.»

Im Prinzip, soso. Hieß auf Deutsch, jeder, der irgendwann in seinem Leben einmal mit Biathlon zu tun gehabt hatte, konnte einen Schlüssel zur Hütte besitzen. Sie kursierten im

Talkessel wie Gerüchte. Holzhammer ging an den Spinden entlang. Alle Vorhängeschlösser sahen intakt aus, keine der blechernen Türen wies größere Beulen oder Dellen auf, wie sie bei einem Aufbruch entstanden wären. Damit rückte der blöde Hüttenschlüssel auch schon wieder in den Hintergrund. Und aktive Biathleten in den Vordergrund. «Es muss also ein Sportler gewesen sein», folgerte Holzhammer laut.

«Katzenkillen ist aber ned gerade a Leistungssport», gab Wasti zu bedenken.

Holzhammer sah ihn erstaunt an. Für einen Moment hatte er seine Tarngeschichte ganz vergessen. Um seinen Cousin abzulenken, fragte er schnell etwas anderes: «Sind die Gewehre eigentlich alle genau gleich?»

«Ja, ziemlich. Steht ja alles genau in den Wettkampfregeln. Maximale Mündungsgeschwindigkeit 360 Meter pro Sekunde, dürfen nur manuell zu repetieren sein ...»

Repetieren – auch deshalb hatte der erste Schuss unbedingt sitzen müssen, dachte Holzhammer. Und wenn er sich nicht täuschte, hatte die Mündungsgeschwindigkeit etwas mit dem Schussgeräusch zu tun. Bei höheren Mündungsgeschwindigkeiten gab es einen Überschallknall. Bei Biathlongewehren eben nicht.

«Die Munition würd mich noch interessieren. Wo lagert denn die?»

«Normal hat jeder Schütze sei eigene.»

«Verstehe. Also dank dir schön, hast mir sehr geholfen. Dann geh ich jetzt den Katzenmörder fangen», verabschiedete Holzhammer sich von Wasti, der sicher gern noch länger von der Arbeit abgehalten worden wäre.

In Gedanken versunken fuhr er unter den militanten Bäumen hindurch zur Polizeistation zurück. Immerhin wusste er jetzt, welche Möglichkeiten es für Außenstehende gab, sich im Talkessel ein Biathlongewehr «auszuleihen». Zum einen hier, aber das war allem Anschein nach nicht geschehen. Fielen damit nicht im Grunde alle Außenstehenden als Verdächtige weg? Zum anderen konnte es zwar immer noch ein Einschleichdiebstahl bei einem aktiven Sportler gewesen sein, der seine Waffe nicht vorschriftsmäßig im verschlossenen Schrank verwahrte. Oder ein Einbruch während des Weihnachtsurlaubs. Aber wenn einer schon zwecks Mordes ein Gewehr klaute, würde der nicht etwas Geeigneteres nehmen? Der würde doch eine Büchse nehmen, wie sie der Ballistiker beschrieben hatte – mit viel mehr Wumms über viel größere Distanzen.

Holzhammer fuhr noch nicht heim, sondern zur Wache zurück. So spät es auch war, er musste unbedingt noch ein paar Notizen für seinen Bericht machen. Morgen würde er dann ausführlich beschreiben müssen, warum sie sich ab sofort auf aktive Biathleten konzentrierten. Schon beim Gedanken an das Thema Bericht überkam ihn bleierne Schwere.

Als er sein karges Büro betrat, fiel sein Blick auf einen mit säuberlich formatiertem Text bedruckten DIN-A4-Bogen. Bei näherem Hinschauen handelte es sich um Müllerhubers Bericht über seine *Recherchen beim Notar hinsichtlich der Überschreibung von Waldleitners Haus auf den Waberer.*

Holzhammer las die Überschrift zweimal. Müllerhuber sprach fließend beamtisch! Das war doch die Lösung zumindest eines seiner Probleme. Jetzt noch ein paar gute Freunde und ein Weißbier, dann würde die Welt schon viel freundlicher aussehen. Schnell tippte er ein paar Stichworte in den Computer, dann rief er die Nummer in der Schönau an. Er wusste, dass Matthias zwischen den Jahren immer viel zu tun hatte, aber vielleicht mochte er ja direkt nach der Arbeit zu Manu kommen. Christine hatte sowieso frei.

Tatsächlich nahm sie das Telefon gleich ab, und es war nicht schwer, sie zu einem abendlichen Abstecher in den Markt zu überreden. Sie versprach auch, Matthias per Handy direkt dorthin umzuleiten.

Als Christine ankam, saß Holzhammer bereits am Tresen, ein nicht mehr ganz gefülltes Weißbierglas vor der Nase. Schon am Telefon hatte sie herausgehört, dass der tapfere Polizist ein bisschen angeschlagen war. Matthias war noch nicht da.

«Und Franz, wie steht's?», fragte sie. Sollte Holzhammer sich aussuchen, auf welches Thema er die Frage bezog.

«Frag nicht», stöhnte er und nahm einen tiefen Schluck aus seinem Weißbierglas.

Bis jetzt verlief das Gespräch wenig vielversprechend. «Bist du denn eigentlich mit diesen Typen weitergekommen, die Matthias dir genannt hat?»

«Ja, die waren's tatsächlich. Sie haben auch eins von den beiden Buttnmandlkostümen geklaut. Hilft bloß beim Mord ned weiter.»

«Aber das ist doch ein Riesenerfolg.»

«Na ja, die Diebe haben halt nichts mit dem Mord zu tun», sagte Holzhammer.

«Aber du hast zumindest einen der frevelhaften Felldiebstähle aufgeklärt.» Christine wusste, dass diese Straftat für Holzhammer deutlich schwerer wog als der Diebstahl wirkungslosen Farbwassers. «Und du weißt, dass die Wundermittel nicht das Mordmotiv waren.»

«Na und, damit bleiben ja nur noch alle, die den Waberer gehasst haben. Oder die von Waberers Tod profitieren, wie dieser Erbe.»

Holzhammer war Christine immer noch deutlich zu pessimistisch.

Sie wurden unterbrochen, weil Matthias erschien. Er ließ Manus Begrüßungsritual über sich ergehen, pflanzte sich neben Christine und bestellte einen Prosecco.

«Na Holzhammer, alter Krattler, wie stehen die Aktien?», fragte er.

Auf diese Anmache antwortete Holzhammer erstaunlicherweise munterer als auf Christines sachliche Fragen. Leider würde sie diese Methode kaum in ihr fachliches Repertoire aufnehmen können.

«Mir haben was herausgefunden, das fällt fast in dein Fachgebiet. Genauer gesagt, hat es sogar Fischer herausgefunden. Bloß dass er nicht mitbekommen hat, was er herausgefunden hat.» Holzhammer erzählte von der Sache mit der Sach.

«Also, da würde ich auch Mordgelüste hegen», sagte Christine. «Das muss man sich mal vorstellen: Erst die psychisch angeschlagene Ehefrau, und dann gerät sie auch noch an einen Quacksalber, der die Familie finanziell ruiniert. Unglaublich, dass der Rechnungen im Wert eines Einfamilienhauses gestellt hat.»

«Ganz so viel muss es nicht gewesen sein», sagte Matthias. «Es reicht ja, dass der Waldleitner die Rechnung nicht aus anderen Mitteln zahlen konnte. Wenn das Haus schon bis zum Stehkragen belastet war, konnte er auch keine Hypothek mehr aufnehmen. Also kam es direkt zur Zwangsversteigerung.»

«Auf jeden Fall muss der Waldleitner seine Frau sehr lieben», sagte Christine.

«Oder sie hat ihm die Hölle heißgemacht», sagte Holzhammer.

«Aber ihn umzubringen wäre doch nur Rache gewesen, ansonsten hätte Waldleitner überhaupt nichts davon gehabt. Das hätte ja den Deal mit dem Haus nicht rückgängig gemacht. Und überhaupt, warum erst jetzt?», gab Matthias zu bedenken.

«Rache ist seit der Antike beliebt, und mancher serviert sie eben kalt», sagte Christine.

«Und wenn der Mörder einer war, den der Waberer finanziell geschädigt hat, dann könnt es halt gut sein, dass der sich ned nur rächen, sondern auch a bisserl schadlos halten wollt», sagte Holzhammer. «Also ist er nach dem Mord hin und hat dieses Nazidings mitgenommen.»

«Solche Sachen interessieren doch eigentlich nur ganz spezielle Kreise», gab Christine zu bedenken.

«Richtig, deshalb haben mir sicherheitshalber a Anfrage nach München geschickt, zwecks krimineller Militariahändler», sagte Holzhammer. «Aber wahrscheinlich kommt nix aussi. Aus München ist noch nie was Vernünftiges kommen.»

Klar, dass er dabei an seinen Chef dachte.

Holzhammer fuhr fort: «Dem Waldleitner sein Alibi wollt ich natürlich gleich überprüfen. Aber er war ned im Geschäft, und dann kam erst mal der Knaller mit der Tatwaffe.»

Matthias schaute fragend. Um ihm zu bedeuten, dass sie das jetzt nicht erklären konnte, wies Christine mit dem Kopf zu Barfrau Manu hinüber, die während des Gläserpolierens immer näher gerückt war. Holzhammer hatte ausdrücklich gesagt, dass diese Information unter Verschluss bleiben musste.

«Dann ist die Sache, wegen der ich dich vorhin angerufen habe, wohl auch nicht mehr so spannend», sagte sie.

Matthias schaute noch fragender.

Holzhammer nickte düster. «Ja, mir haben jetzt einfach mehrere gleichwertige Verdächtige. Und wer weiß, wie viele da noch herumlaufen.»

Er wirkte schon wieder frustriert. Christine hätte ihm einfach mehr Unterstützung gewünscht. Gab es denn niemand in dieser komischen Polizeistation, der ihrem Lieblingspolizisten unter die Arme greifen konnte? Sie hatte zwar keine Ahnung von den Wegen und Zuständigkeiten in Polizeirevieren – weder im Allgemeinen noch in der schönsten Polizeistation Deutschland im Besonderen –, aber es konnte doch nicht sein, dass Holzhammer grundsätzlich alles Wichtige allein machen musste.

In diesem Moment ging die Tür auf, und ein drahtiger junger Mann kam zum Vorschein. Aufgrund seiner geschmeidigen Bewegungen hielt Christine ihn sofort für einen der zahlreichen Berchtesgadener Leistungssportler. Erst als er seine Daunenjacke aufhängte, bemerkte sie seine polizeilich grüne Hose. Die Art, wie sein aufmerksamer Blick blitzschnell durchs ganze Lokal wischte, schrieb das Wort «Intelligenz» quer über seine Stirn. Natürlich durfte man solche vorschnellen Schlüsse als Therapeutin eigentlich gar nicht ziehen.

Holzhammer stellte vor: «Des ist der Martin Müllerhuber, mein bester Mann. Schreibt Berichte wie sonst keiner. Und des san die Christine und der Matthias, bei denen ist a Dienstgeheimnis sicherer als in der PI.»

Sie rückten zum Knick des L-förmigen Tresens auf, und Müllerhuber wurde neben Holzhammer platziert. Aus Gründen, die für die drei Männer völlig unerfindlich sein mussten, grinste Christine plötzlich von einem Ohr zum anderen.

Sie wandten sich gerade wieder dem Fall zu, als ihr etwas

einfiel. «Hatte Waberer eigentlich keine Haushälterin? Mindestens eine Putzfrau muss er doch gehabt haben.»

Müllerhuber antwortete: «Das ist schon gecheckt, die ist über Weihnachten auf Mallorca und kommt erst im Januar wieder. Ihr Hotel konnt ich ums Verrecken nicht ausfindig machen.»

«Was ist eigentlich mit den Buttnmandlkostümen, sind die wieder aufgetaucht?», fragte Matthias. «Da könnte man ja vielleicht DNA-Proben nehmen.»

«Wahrscheinlich verbrannt», mutmaßte Holzhammer. «Oder im Internet verkauft. Ausgerechnet von am Fell DNA-Proben oder Fingerabdrücke zu nehmen ist auch eher schwierig.»

«Wobei die guten alten Fingerabdrücke einem Ermittler ja immer noch lieber sind als DNA-Proben», sagte Müllerhuber.

«Warum das denn?», fragte Matthias.

«Ganz einfach: Beim Fingerabdruck weißt du genau, der Mann war am Tatort. Außer vielleicht, du hast es mit dem KGB zu tun oder einem anderen James-Bond-Gegner, der Fingerabdrücke fälschen kann. Aber bei DNA musst du immer noch nachweisen, wie die DNA dahin gekommen ist, wo du sie gefunden hast. Vielleicht hat der Kerl sich vor drei Jahren einmal das Kostüm geliehen. Oder er arbeitet manchmal bei seiner Tante in der Fellschneiderei. Oder er hat mit seiner Haarbürste ...»

«Ja, verstanden», kürzte Matthias ab.

«Da scheinen sie euch ja heutzutage ganz brauchbares Zeug beizubringen», sagte Holzhammer. Und zu den anderen beiden: «Müllerhuber ist nämlich ganz frisch von der Schule.»

«Wahnsinn, und dann gleich ein Mordfall», sagte Christine bewundernd, um den frischgebackenen Polizisten noch mehr zu motivieren.

«Mein erster Fall war ja a Kuhglockendiebstahl», erzählte Holzhammer.

«Jaja, und mein erster Patient war der bayerische Ministerpräsident – Scheinschwangerschaft», sagte Christine. Sie war immer ganz stolz, wenn sie einen Berchtesgadener bei seinem Volkssport, dem «Antreiben», also Veräppeln, erwischte und es sogar schaffte, entsprechend zurückzugeben.

«Nein, im Ernst», sagte Holzhammer aufgekratzt.

Christine wurde unsicher. Hatte sie sich wieder mal vertan? Sie hatte gedacht, in den letzten zwei Jahren einiges dazugelernt zu haben. Am Anfang hatte sie nicht einmal die Witze verstanden, die auf ihre eigenen Kosten gingen, aber inzwischen war sie offenbar übers Ziel hinausgeschossen und vermutete selbst dort Witze, wo gar keine waren.

Holzhammer erzählte: «Es war mein erster Tag im regulären Dienst. Ich war mit meinem damaligen Chef unterwegs. Das war noch ein anderes Kaliber als dieser aufgebrezelte Stadtindianer, den mir jetzt haben. Mir sind die Rossfeld-Ringstraße auffi und haben gerade am Ahornkaser geparkt. Da kam ganz aufgeregt ein Touristenpärchen zu uns. Sie hätten ein Verbrechen beobachtet. Mein Chef sagt nix und guckt mich nur an. Also zück ich mein Dienstnotizbuch und nehm alles auf.

Folgender Tatbestand ergibt sich: Die beiden hatten beobachtet, wie zwei andere Touristen einem Kalb die Glocke abgenommen und sie im Kofferraum haben verschwinden lassen. Die Autonummer des Fluchtfahrzeugs hatten sie sich gemerkt. Jetzt ist also solide Polizeiarbeit gefragt. Ich mache eine Halterüberprüfung und gebe den Halternamen anschließend ans Verkehrsbüro. Aus den Meldezetteln lässt sich tatsächlich die Unterkunft des schurkischen Paares ermitteln, ein Privatzimmer in der Schwöb. Bonny und Clyde sind grad bei der Jause, als mir kommen. Den Kofferraum des mutmaßlichen Tatfahrzeugs öffnen sie freiwillig, da ist nämlich keine Glock'n drin. Da erklärt mein Chef Gefahr im Verzug, und wir durchsuchen das Zimmer der beiden. Unter dem Bett findet sich die Glock'n, die mir umgehend an das geschädigte Kalb retournieren.

Als mir später den Bericht verfassen, diktiert mein Chef: ‹Diese Tat ist von besonderer Verwerflichkeit, da es sich um ein Jungtier handelte, das ohne die Glocke leicht hätte von der Herde getrennt werden und in ernste Gefahr geraten können.›»

«Damit war der Grundstock für deine Karriere ja gelegt», sagte Müllerhuber.

«Sehr richtig, und du kannst jetzt den Grundstock für deine legen. Brauchst mir nur in Zukunft die Berichte schreiben.»

«Dazu wär es aber ned schlecht, wenn ich wüsst, was abgeht», sagte Müllerhuber.

«Da hast jetzt du wieder recht. Und deshalb wirst mich gleich morgen in der Früh zum Waldleitner begleiten.»

«Morgen in der Früh geht nicht, Fischer hat persönlich diese Verkehrskontrolle angeordnet.»

«Das werden mir ja noch sehn.»

Am 28. gibt's tierisch Stress

Am Freitag ging Holzhammer gleich morgens mit der Liste der Biathleten zu Fischer. Siebzehn Sportler waren bei der Bundeswehr, davon lebten drei Einheimische daheim, alle anderen waren Auswärtige und schliefen in der Kaserne. Fünf Jugendliche besuchten das Sportgymnasium oben am Dürreck und lebten dort im Internat. Acht weitere, zwei Frauen und sechs Männer, lebten verstreut in den fünf Gemeinden des inneren Landkreises.

«Die Jugendlichen und die auswärtigen Bundeswehrler wollt ich nach hinten stellen», sagte Holzhammer. «Aus Traunstein kommt keiner von denen.»

«Wieso Traunstein?», fragte Fischer.

«Weil des Waberers Heimat ist.» Wozu bestand Fischer eigentlich auf ausführlichen Berichten, wenn er sie sowieso kaum las?

«Wir können auch die Frauen weglassen, die können ja keine Weihnachtsschützen sein», sagte Fischer.

«Aber vielleicht haben sie Männer. Oder san mit Waberers Putzfrau zur Schul gangen», entgegnete Holzhammer.

Damit blieben elf zu überprüfende Sportler. Das war überschaubar. Im ersten Schritt würden sie einfach deren Alibis überprüfen, und wer nichts Wasserdichtes vorzuweisen hatte, musste seine Wettkampfwaffe zur ballistischen Untersuchung abliefern. Sollte einer der Sportler behaupten, seine Waffe sei gestohlen worden, würden sie ihn umso gründlicher unter die Lupe nehmen.

«Bevor mir mit den Sportlern anfangen, muss ich noch zum Waldleitner», sagte Holzhammer. «Dem sein Alibi müssen mir überprüfen, bevor des mit den Biathlon-Gewehren durchsickert.»

Genau, er würde sich gleich den Müllerhuber greifen und ... sein Blick fiel aus dem Fenster des Chefzimmers, auf die mit zwei Jungpolizisten bemannte mobile Blitzanlage am Zebrastreifen vor dem Haus der Berge. Einer der beiden hatte die Arme vor der Brust verschränkt und hopste frierend auf und ab. Unter den Blicken ihres obersten Chefs hatten sie keine Chance, zwischendurch einen Kaffee oder einen Glühwein trinken zu gehen.

«Muss das wirklich sein?», fragte Holzhammer hinunterdeutend. «Den Müllerhuber könnt ich jetzt gut gebrauchen.»

«Der Innenminister hat's persönlich angeordnet», sagte Fischer.

«Ob der des wirklich so gemeint hat, dass mir mit unserm Mordfall pausieren, um a paar Urlauber abzuzocken?» Dabei waren die Holzhammers Meinung nach schon genug gestraft, weil sie den schönsten Ort der Welt bei diesem herrlichen Wetter verlassen mussten.

«Auch Verkehrssicherheit muss sein, auch damit schützt man Leben. Außerdem ist es nur noch eine Stunde», verteidigte sich Fischer.

Aber Holzhammer merkte, dass sein Chef selbst nicht ganz überzeugt war. Er wollte nur mal wieder nichts falsch machen.

Holzhammer ging in den Bereitschaftsraum, wo die polizeieigene Kaffeemaschine stand, und füllte eine Thermoskanne. Der Kaffee hatte die Konsistenz von Steinöl, und einen Moment überlegte er, den Geschmack mit etwas Cognac aus dem Geheimschrank im Konferenzraum zu verfeinern. Aber er ließ es dann lieber. Stattdessen nahm er die Leberkassemmeln mit, die Marie ihm eingepackt hatte.

Seine Ankunft am Zebrastreifen wurde geradezu begeistert aufgenommen.

«Was wir uns schon alles anhören mussten, hauptsächlich von Einheimischen», sagte Müllerhuber. «Die haben alle noch ned realisiert, dass die Dreißigerzone jetzt bis zum Zebrastreifen geht. Im Gegenteil, sie sagen, dass sie extra beschleunigen, um das Haus der Berge ned länger sehen zu müssen als unbedingt notwendig.»

Die Ausrede lag nahe. Das Gebäude war würfelförmig wie ein Kinderbauklotz, daher auch «Die Kaaba von Berchtesgaden» genannt, und mit rostigen Eisenplatten verkleidet. Nach Auskunft des Architekten sollte der Rost verdeutlichen, wie sehr man in den Bergen den Elementen ausgesetzt war. Nach Meinung vieler Berchtesgadener verdeutlichte es hauptsächlich, dass der Architekt keine Ahnung vom hiesigen Ortsbild hatte.

Zu dritt tranken sie Kaffee aus Pappbechern. Während Müllerhuber und der andere Kollege in die Semmeln bissen, übernahm Holzhammer die Stoppkelle. Er warf einen Blick zum Cheffenster hoch. Sollte Fischer ruhig zugucken, wie er die Blitzanlage gleich nach der Brotzeit der beiden abbauen ließ.

Da entdeckte er ein Auto, das er kannte. Es fuhr gar nicht zu schnell, im Gegenteil. Gerade das war verdächtig, denn das Fahrzeug gehörte der Schwester von Nepomuk Maus. Holzhammer trat auf die Straße. Etwas unsicher kam der ältere

Golf zum Stehen. Holzhammer klopfte gegen die Beifahrerscheibe.

«Servus, Nepomuk», sagte er, als die Scheibe ruckelnd heruntergekurbelt wurde. «Haben wir etwa über Nacht den Führerschein gemacht? Stell amal den Motor ab.»

Nepomuk sagte nichts. Er kauerte hinter dem Lenkrad, als wollte er sich unsichtbar machen. Während Holzhammer erwog, ob er schon wieder Gnade vor Recht ergehen lassen oder eine gepfefferte Anzeige aufsetzen sollte, ging er um das Fahrzeug herum. Wenigstens waren Winterreifen drauf, und das Licht funktionierte. Nur die Kofferraumabdeckung schien im Laufe der Jahre abhandengekommen zu sein – und da lag doch was. Sorgfältig in ein Tuch eingeschlagen, flach, rund, in der Größe einer Brotzeitplatte für sechs Personen. Wie ein Nachbild tauchte vor Holzhammers innerem Auge ein heller Fleck auf. Ein runder Fleck an einer hohen Zimmerwand.

Von vorne rief Nepomuk: «Ich war's nicht!»

«So, was denn?», fragte Holzhammer zurück und öffnete den Kofferraum. Er schlug das Tuch zurück. Ein verwitterter Reichsadler blickte ihn an, in den Krallen dezent ein Edelweiß. «Reichsmeister 1940» stand in Frakturschrift rund um den Rand geschrieben. Das Edelweiß war an einer einzelnen Schraube aufgeschraubt und somit drehbar. Holzhammer drehte es vorsichtig mit einem Kugelschreiber. Dahinter kam genau das Symbol zum Vorschein, das man auch an vielen öffentlichen Gebäuden nach dem Krieg mit einem Edelweiß übermalt hatte.

Mit einer Daumengeste bedeutete er Nepomuk, aus dem Auto zu steigen. «Nepomuk kommt mit mir», sagte Holzhammer zu seinen Mannen. «Müllerhuber, sei so gut und fahr mir den Wagen auf den Parkplatz. Das Ding da bleibt drin, das soll der Rolf anschauen. Und der Klaushausner baut derweil die Radarfalle ab. Mir haben Wichtigeres zu tun.»

Eine halbe Stunde später hatte er die Geschichte aus Nepomuk Maus herausgefragt. Es war nicht schwer gewesen, die Aktion hatte den grenzdebilen Mann völlig überfordert: Ein Buttnmandlkostüm zu klauen war schon kompliziert genug gewesen. Dann zum Haus schleichen und schließlich der Riesenschreck, als das zweite Buttnmandl auftauchte. Nach seinen Angaben war Nepomuk nicht derjenige gewesen, der sich kurzfristig einer Bass angeschlossen hatte. Holzhammer glaubte das, so eine Idee lag außerhalb seiner intellektuellen Kapazität.

Sein Auftraggeber hatte Nepomuk immer mehr unter Druck gesetzt, die Sache endlich durchzuziehen. In der Schönau war er am Weihnachtsabend ursprünglich gar nicht gewesen. Er hatte Waberer somit nicht umfallen sehen. Aber der Tod des Orthopäden hatte sich über mehrere Stationen im Laufe des Abends zu ihm herumgesprochen, während er sich, wie andere Einsame, am Weihnachtsabend durch verschiedene Wirtschaften im Markt getrunken hatte. Seine Schwester hatte den Fehler begangen, ihm zu Weihnachten zweihundert Euro zu schenken.

Natürlich interessierte Holzhammer sich besonders für Nepomuks Auftraggeber. Es sei tatsächlich ein Militariahändler aus München. Den Namen aber wisse er nicht. Man habe sich immer irgendwo auf dem Christkindlmarkt getroffen, beim ersten Mal als Erkennungszeichen einen Liebesapfel in der Hand. Wie der Auftraggeber überhaupt auf Nepomuk gekommen sei? Er habe sich wohl in Berchtesgaden durchgefragt, nach einem, der schon mal «was gemacht» habe. Und woher wusste er von dieser komischen Schießscheibe mit dem Adler?

Keine Ahnung. Er wusste es halt. Dann kam die Preisfrage: Wohin sollte Nepomuk den Adler eigentlich bringen? Er hatte tatsächlich vorgehabt, damit ganz bis nach München zu fahren.

Nicht zu fassen, da hatte diese Verkehrskontrolle ja doch eine Gefährdung der öffentlichen Sicherheit abgewendet. Nepomuk auf der Autobahn, das war wirklich ein gruseliger Gedanke. Und dieses Holzding musste ganz schön heiß sein, sonst hätte der Auftraggeber es ja einfach selbst abgeholt. Dass er es seinem Handlanger überlassen hatte, damit über die reichlich kontrollierte Autobahn Salzburg–München zu fahren, war ein deutliches Zeichen. In einem Parkhaus am Flughafen hatten sie sich treffen wollen.

Nepomuk zog einen zerknitterten Zettel aus der Hosentasche, auf dem die Bezeichnung des Parkhauses und die Ebene standen. Selbst der braune Militariahändler musste gemerkt haben, dass er Nepomuk nicht zumuten konnte, in die Münchner Innenstadt zu fahren. Vielleicht hatte er ja auch vor, mit dem Schild direkt zu verreisen, möglicherweise zu einem Käufer im Ausland.

«Du rührst dich ned», sagte Holzhammer zu Nepomuk und griff sich den Zettel. Er rief die Polizeidienststelle am Flughafen an und schilderte die Situation.

«Wann wolltet ihr euch treffen?», fragte er Nepomuk, den Hörer am Ohr.

«Um halbe zwei.»

Holzhammer gab die Information weiter. Sollten die Stadtpolizisten mal zeigen, was sie draufhatten. Leider war Nepomuk keine vernünftige Personenbeschreibung zu entlocken. Seine Angaben waren noch nebulöser als Fischers Aussichten, jemals wieder nach München versetzt zu werden. Aber die Kollegen würden das schon machen.

«So viel Leut werden da ja ned im Parkhaus umanander warten», sagte er in den Hörer.

Anschließend sperrte er Nepomuk in eine der Zellen im Keller. Damit hatte er zwar seinen Mörder noch nicht, aber immerhin den zweiten frevelhaften Fellklauer. Die Entwendung des Buttnmandlkostüms war in Holzhammers Augen deutlich schwerwiegender als der Diebstahl eines albernen hakenkreuzbewehrten Brotzeitbrettls.

Nächster Punkt der Tagesordnung: Waldleitner auf dem Christkindlmarkt aufsuchen. Halt – lieber erst noch Rolf Berg anrufen? Zu dem Diebstahl war zwar alles geklärt, aber vielleicht konnte man auf diese Weise etwas über den Umgang von Waberer in Erfahrung bringen. Die verschiebbare Tarnung ließ ja darauf schließen, dass Waberer die Platte manchmal von der Wand geholt hatte, um ihre verborgenen Qualitäten irgendeinem Besucher zu zeigen. Oben an der Wand war sie jedenfalls vor der Putzfrau sicher gewesen, sodass Fingerabdrücke und DNA eventueller Bewunderer in voller Schönheit erhalten sein müssten.

«Ist recht, ich kümmer mich so bald wie möglich darum. Aber selbst wenn wir DNA-Spuren finden, dauert die Auswertung mindestens zwei Tage», sagte Berg.

«Schon klar, dank dir.»

Nach dem Telefongespräch schnappte er sich Müllerhuber, und sie machten sich auf den Weg. Ein paar Minuten später durchquerten sie den überdimensionalen Torbogen aus Holz am Eingang des Christkindlmarkts, der nach Meinung der Christkindlmarkt-GmbH die Besucher in Kauflaune versetzen sollte. Die Buden machten erst um zwölf Uhr auf, daher blieb noch genug Zeit, um ein paar andere wichtige Dinge zu erledigen.

«Der Metzger am Schlossplatz hat zu, woasst du, wo's sonst noch a anständige Brotzeit gibt?», fragte Holzhammer den Kollegen.

«Mei Tante macht in ihrem Imbiss Kaspressknödel selber», sagte Müllerhuber und bog nach rechts ab. Sie kamen am Neuhaus vorbei, wo während des Christkindlmarktes die Kinderbackstube und eine Malwerkstatt die kleinen Besucher anlockten. Die Engerlpost draußen im Garten würde allerdings jetzt, nach Weihnachten, nur noch wenig Zulauf haben, überlegte Holzhammer. Vielleicht mussten die Engel aber auch alle möglichen Reklamationen entgegennehmen, weil das Christkind sich nicht an die Bestellungen gehalten hatte. Engelpostler war möglicherweise gar kein so angenehmer Job. Auch ein kleines Tiergehege befand sich hier, die Ziegen und Schafe kamen gerade zum Dienst.

Plötzlich hörten sie hinter sich eine Art Aufruhr, und Menschen liefen kamerazückend an ihnen vorbei. Als sie sich umdrehten, war die vor einer Minute noch recht leere Fußgängerzone von wimmelnden und blitzlichternden Menschen erfüllt.

«Was ist los?», fragte Müllerhuber.

«Keine Ahnung, Trachtenumzug ist keiner angemeldet. Schaun wir mal nach.»

Nach ein paar Schritten sahen sie es. Die Ursache der Aufregung war vierbeinig und trug ein Geweih. Kein Wunder, dass die Touristen aus dem Häuschen waren. Neben dem Marktbrunnen, mitten auf dem Christkindlmarkt, stand ein junger Hirsch. Holzhammer drängte sich durch die Menschenmenge, die inzwischen einen geschlossenen Ring um die Szene gebildet hatte.

«Hättst du ned noch a Woch warten können, Rudi», sagte er – mehr zu sich selbst als zu dem Hirsch. Das hatte der Racker nun davon. Ein Hirsch war ja fast so etwas wie ein Rentier, auch wenn dieser hier aufgrund seiner Jugend noch kein nennenswertes Geweih trug. Wahrscheinlich dachten die Leute, er wäre eigens vom Tourismusbüro bestellt worden. Aber das war nicht der Fall – Rudi war kein Angestellter, sondern Privatier. In diesem Fall wahlweise auch mit Doppel-t zu schreiben.

Müllerhuber, der etwas zurückgeblieben war – natürlich nur geographisch gesehen –, rief er zu: «Die Streife soll herkommen. Mir brauchen an Wagen!»

Dann stellte er sich neben den Hirsch wie eine Leibwache, denn die Touristen, die ihren ersten Schreck überwunden hatten, rückten jetzt immer näher. Aus dem Ring der Zuschauer wurde eine Schlinge, die sich zuzog. Wahrscheinlich hätten sie das auch bei einem ausgebrochenen Löwen getan. Holzhammer überlegte, ob der Standardspruch Sinn machte: Gehen Sie weiter, hier gibt es nichts zu sehen. Doch angesichts der Tatsache, dass sich gerade zweihundert Menschen die Augen ausrenkten, weil es eben doch etwas zu sehen gab, wäre das seiner Autorität wahrscheinlich nicht dienlich gewesen.

Rudi war der zahme Hirsch vom Oberkälberstein. Er war in der Wohnung der Wirtsleute aufgewachsen und hielt sich für einen Menschen. Mit den übrigen Hirschen im Wildgehege hingegen kam er überhaupt nicht klar. Seit er nicht mehr so richtig in die Wohnung passte, wurde er daher in einem separaten Gehege gehalten. Doch wenn ihm dort allzu langweilig wurde, büxte er aus und trabte hinunter in den Markt und ließ sich bewundern. Des Sommers badete er auch gern im Brunnen. Rudi sah gelassen zu Holzhammer hinüber und machte eine langsame Kopfbewegung. Wollte er ihn einladen, sein Bad zu teilen? Dieser Hirsch war wirklich ein umgänglicher Mensch.

Nach einigen Minuten schob sich der Streifenwagen, den Müllerhuber angefordert hatte, durch die Menschenmenge. Der Beamte am Steuer war über die Lage informiert und schaltete die Sirene nicht an. Holzhammer notierte sich im Geiste einen Pluspunkt für den Mann: Gehirn eingeschaltet, sehr gut.

Der Wagen hielt direkt neben dem Brunnen. Holzhammer öffnete die hintere Tür und machte eine einladende Handbewegung zu Rudi. Mehr brauchte es nicht, der Hirsch war ein begeisterter Automobilist, was der Ordnungsmacht natürlich bekannt war. Schon öfter hatte er oben am Gasthof versucht, in die Fahrzeuge von Besuchern zu steigen. Mit einem eleganten Satz sprang der Paarhufer aus dem Brunnen und faltete sich ohne Umstände auf die Rückbank. Holzhammer schloss von außen die Wagentür, als wäre er der Portier vom Interconti. Der Wagen rollte davon – recht vorsichtig, denn Rudi hatte nie gelernt, sich anzuschnallen. Holzhammer blickte sich um. Letzte Blitzlichter, viele offene Münder. Die Gäste würde daheim viel zu erzählen haben. Das war doch auch was.

Holzhammer sah auf die Uhr. Es war inzwischen nach zwölf, die Buden hatten geöffnet, die Menschen verliefen sich. Und er hatte immer noch nichts gegessen. Fast bedauerte er schon, seine Leberkassemmeln so selbstlos den Kollegen gespendet zu haben. Doch jetzt stand ihrem Besuch in dem kleinen Imbiss von Müllerhubers Tante nichts mehr im Wege.

Die Tante hielt, was ihr Neffe versprochen hatte. Beide Polizisten aßen «Kaspress mit Kraut», das war ein Teller mit angeschmelztem Sauerkraut und darauf zwei große, lockere, mit Käse gefüllte Pflanzerl – alles frisch aus der Pfanne. Holzhammer bestellte gleich beim ersten Bissen noch eine zweite Portion.

So gestärkt, suchten sie endlich die Holzbude ihres Verdächtigen Xaver Waldleitner auf. Holzhammer wusste, wo sich der Stand befand, war er doch an Nikolaus dort mit Krippenfiguren unter Feuer genommen worden. Gegenüber lag das Baumlabyrinth, in das sich allerdings zu dieser Stunde noch niemand verlaufen hatte. Nur vor der Abfahrtstelle der Pferdekutsche standen schon zwei Familien mit Kindern. Die Kutschfahrten waren umsonst – das durfte man sich nicht entgehen lassen.

Bei den Krippenständen war noch nichts los. Auch Manu, in der Mitte zwischen den beiden, rührte noch einsam in ihren riesigen Töpfen. Als sie die beiden Polizisten erblickte, ergriff sie automatisch zwei leere Haferl. Doch Holzhammer nickte ihr nur im Vorbeigehen kurz zu. Ihm fiel auf, wie liebevoll die Waldleitner'sche Hütte geschmückt war. Der Schnitzer aus Königssee hatte sich offenbar Mühe gegeben, bereits von weitem seine künstlerische Überlegenheit kundzutun. Mit viel Moos und kleinen Ästen hatte er den Verkaufsstand dem Ambiente seiner Krippenställe angepasst. Er selbst trug einen Umhang aus Jute, der mit einem Seil zusammengehalten wurde. Um ihn herum war eine ganze Kleinstadt aus Krippen aufgebaut. So wirkte er wie Josef im Stall, der sich – auf seinem gelernten Beruf als Zimmerer aufbauend – zum Krippenbauer weitergebildet hatte.

«Servus, Waldleitner. Dei Frau sagt, dass ihr der Waberer fabelhaft geholfen hat», überrumpelte Holzhammer den Standinhaber.

Der bayerische Josef wechselte die Farbe.

«Und jetzt müss ma klären, ob du vielleicht dem Waberer geholfen hast – übern Jordan nämlich.»

«Blödsinn.»

«Und warum Blödsinn, bitt schön?»

«Weil ich es ned war und auch gar ned gewesen sein kann.»

«So? Und warum ned?»

«Den hat's doch beim Christkindl-Anschießen in der Schönau erwischt.»

Inzwischen hatte das sogar im Anzeiger gestanden. «Ja und?»

«Na, das ist doch um fünfzehn Uhr. Der Christkindlmarkt hatte aber auch an Heiligabend bis fünfzehn Uhr geöffnet.»

«Wenn du in der Nähe geparkt hast, kannst du fünfzehn Uhr zehn in der Schönau gewesen sein. Und vielleicht hast ja schon a paar Minuten vorher zusperrt.»

«So a Schmarrn, des darf man gar ned. Und dann muss man noch alles einräumen, von innen die Bretter vor das Verkaufsfenster hängen, absperren …»

Natürlich durfte man das nicht, alle Standbetreiber mussten während der gesamten offiziellen Öffnungszeit des Christkindlmarktes auch tatsächlich offen halten. Aber wer sagte, dass Waldleitner das auch tatsächlich getan hatte? Dazu sollte er besser … Holzhammer sah sich nach seinem frischgebackenen Adlatus um. Doch der stand schon drüben bei Waldleitners Konkurrenz. Sehr gut, wirklich ein schlaues Kerlchen.

Wenn Holzhammer Waldleitner jetzt noch fragte, ob er schießen konnte, würde der einfach nein sagen. Diese Erkundigung sollte er besser an anderer Stelle einziehen.

Holzhammer ließ den Krippenhändler stehen und wechselte zu Manus Glühweinstand. «Sag, an Heiligabend, hat der Waldleitner da bis zum Schluss offen gehabt?»

Manu überlegte einen Moment, während sie ganz automatisch ein Haferl für Holzhammer füllte. «Also, ich denk schon, aber ich möcht's ned beschwören. Hier war so viel los, kurz vor Toresschluss. Vom Parkplatz beim Rathaus schaut man ja ganz gut zum Lockstein, wo die Schützen stehen, deshalb war gerade um die Zeit ein Haufen Leut hier. Und jeder wollt noch schnell an Glühwein oder an Punsch, bevor der Markt geschlossen und oben geschossen wird.»

Das konnte Holzhammer nachvollziehen. «Verstehe. Aber wenn dir noch was einfällt, sagst es mir, gell?»

Manu schaute ihn treuherzig an und legte eine Hand auf die voluminöse Brust: «Versprochen.»

In diesem Moment kam Müllerhuber vom anderen Krippenhändler zurück. «Ich hab mal unauffällig gefragt», sagte er. «Der würde dem Waldleitner natürlich gern was anhängen, und wenn's nur die vertragsbrüchige vorzeitige Schließung des Marktstands ist. Aber sogar er sagt, er weiß es ned.»

«Seit wann ist der denn so vernünftig?», fragte Holzhammer.

«Na ja, wenn mir an andern Zeugen finden, der das Gegenteil sagt, könnt er Ärger bekommen. Er weiß halt ned, wen mir noch finden oder was die Manu sagt. Oder der Kutscher drüben.» Müllerhuber deutete zur Haltestelle der Pferdekutschen.

«Hast recht. Immerhin wissen mir jetzt, dass die Konkurrenz ihn definitiv ned vorher hat weggehen sehen. Die Gelegenheit, ihm was anzuhängen, hätt der Grobschnitzer da sich sicher ned entgehen lassen.»

«Dann versuchen wir es jetzt über die Schießschiene?», fragte Müllerhuber.

«Genau. Welche Sportschützen kennst denn du?»

Gemeinsam kamen sie auf genug Personen in jedem der drei Sportschützenvereine, die sie fragen konnten. Irgendeiner würde sicher wissen, ob der Waldleitner auf drei Meter ein Scheunentor traf – oder auf fünfzehn Meter ein Herz.

Ihr erster Kandidat war Beppo Hofreiter, langjähriger Kassier des SSV Berchtesgaden und Betreiber des rustikalen Kasers unterhalb der Jennerbahn-Talstation. Die jahrhundertealte ehemalige Almhütte war vor Jahren hierherversetzt worden, genau ans Ende der Piste. Von den zahlreichen Tätigkeiten, die auf einer Alm anfielen, war nur eine übrig geblieben: melken. Allerdings ging es jetzt um das Melken von Touristen.

Auf der Terrasse saßen bereits zahlreiche Skihasen aus der norddeutschen Tiefebene. Man hörte kein einziges bayerisches Wort, aber es ging zivilisiert zu. Die dümmlichen Après-Ski-Songs, bei denen man mitsingen und irgendwelche Bewegungen machen musste, waren der abseits aufgestellten Schirmbar vorbehalten und klangen nur gedämpft herüber.

Am Skiständer vor der Hütte konnte man die Wintersport-Entwicklung der letzten zwanzig Jahre verfolgen. Nicht nur Carver und Rocker waren vertreten, auch einige gerade geschnittene Exemplare aus dem letzten Jahrtausend hatten alle Trends bis heute überlebt. Tourenski stellten eine weitere Fraktion, hier meist ältere Exemplare mit Fritschi- oder Silvretta-Bindung. Das waren Leihski, wie Holzhammer wusste. Um es den Einheimischen gleichzutun, liehen sich viele Gäste mal für einen Tag die coolen Tourenski. Wer von der Talstation bis zum Stahlhaus kam, war bereits ein Held.

Überall lagen Pullover, Mützen und Handschuhe. Am Morgen war es kalt gewesen im Schatten des Jenner, doch wer hier am Kaser ein Sonnenplätzchen im Windschatten erwischte, bekam schnell das Bedürfnis, alles von sich zu werfen. Vor den Gästen standen fast zu gleichen Teilen Weißbier und Glühwein. Einige hatten sich auch das aktuelle Saisongetränk namens Hugo bestellt, und die ganz Sportlichen tranken Apfelschorle oder Skiwasser. Wer nahtlos braun werden wollte, hatte die Sonnenbrille ins Haar hochgeschoben.

Der Wirt war nirgends zu sehen. Sie fragten eine Bedienung, die unter dem Dirndl Leggins und warme Stulpen trug.

«Der muss in der Schirmbar aushelfen. Das macht normalerweise der Wasti, sein Sohn. Aber der ist krank», erklärte die Frau mit sächsischem Dialekt.

Todesmutig steuerten Holzhammer und Müllerhuber auf die Schirmbar zu, jene eigens für den Après-Ski-Betrieb erfundene Zeltkonstruktion. Dass es sich beim Dach der kreisrunden Bar tatsächlich um einen Schirm handelte, war von außen kaum zu sehen. Vom Dachrand bis zum Boden verlief rundherum eine weiße Plane, nur an einer Stelle von der Eingangstür unterbrochen und mit Klarsichtanteilen in Fensterhöhe. Schon von draußen hörten sie die anspruchsvolle Musik: «Komm, hol das Lasso raus ...» Sie traten durch die Tür und standen vor der kreisrunden Theke, die rund um den Mittelpfosten verlief. Erst wenige Gäste hatten sich eingefunden, Schirmbars waren etwas für den fortgeschrittenen Après-Genuss. Später würde hier der Bär steppen. Holzhammer hoffte inständig, dass er das niemals live erleben musste.

«... wir spielen Cowboy und Indianer ...», dröhnte es aus den Lautsprechern rundum. Der Wirt in der Mitte machte ein Gesicht, als würde er alles lieber tun, als ausgerechnet jetzt Cowboy und Indianer zu spielen. Zum Animateur waren nur wenige Berchtesgadener geboren. Aber da musste er durch, Schirmbarbesucher wurden mit jedem Promille großzügiger, da war mehr drin als bei den vernünftigen Wassertrinkern draußen auf der Terrasse.

Zum Glück kannte der Wirt Holzhammer und reagierte auf entsprechende Gesten, die Schladertauer Zipfler kurz leiser zu drehen. Sie flüsterten jetzt nur noch: «Wir reiten um die Wette ...»

Holzhammer fragte den Wirt nach Xaver Waldleitner. Er würde eine ehrliche Antwort erhalten. Wirte waren darauf angewiesen, sich mit der Obrigkeit gut zu stellen. Außerdem war dieser ein entfernter Verwandter seiner Frau – väterlicherseits, wenn er sich richtig erinnerte.

«Der Xaver? Na, der war ned bei uns. Aber vielleicht bei den Schönauern», sagte Hofreiter.

«Da werden mir eh noch fragen. Und wie steht's mit dem Tölzer Christian?»

«Der auch ned. Aber was ist denn des überhaupt für a Fragerei?»

Genau das wollten sie ihm natürlich nicht sagen. «Nix Besonders, geht nur um groben Unfug mit am Luftgewehr.»

«Dann haltet euch gefälligst an die verdammten Kids, so was macht doch a gestandenes Mannsbild ned.»

«Eh, aber mir haben halt an Tipp bekommen», sagte Müllerhuber schnell. Guter Mann.

«Na guad. Und, wollt's dann jetzt an Glühwein?», fragte der Wirt.

«Na, dank dir, mir müssen noch a wenig ermitteln. Viel Spaß noch heut Abend», sagte Holzhammer.

Damit strebten sie zum Ausgang und überließen den Wirt seiner selbstinduzierten Ohrenfolter. Aus den Lautsprechern dröhnten die Strudelhofer Spatzen jetzt wieder in voller Lautstärke. Es dämmerte bereits, doch immer noch kamen Skifahrer von oben. Genau hier stiegen sie aus ihren Bindungen. Die einen schulterten die Ski und wackelten in ihren klobigen Stiefeln Richtung Auto, die anderen stellten die Latten in den Ständer neben der Schirmbar und wackelten hinein. Für Holzhammer vollkommen unverständlich. Er bevorzugte sein Weißbier spatzenlos.

«Mir fragen noch den Bauer Brunner, der ist zweiter Vorsitzender bei die Schönauer Sportschützen», sagte Holzhammer draußen zu Müllerhuber. «Also auffi in d' Hinterschönau.»

Als sie den Einzugsbereich der Schirmbar verlassen hatten, drangen die Lautsprecherdurchsagen von der taghell erleuchteten Bobbahn herüber. Ganz anders als beim Christkindlmarkt, der in schummrig-warmes Gelb getaucht war, hatte man hier offenbar extra eisiges Licht gewählt. Das gewundene weiße Band schlängelte sich wie ein tiefgekühlter Lindwurm den Hang in Richtung Grünstein hinauf.

«Gästerennen», sagte Müllerhuber.

Holzhammer nickte. Die Gäste starteten nicht ganz oben, sondern beim Kreisel. Das reichte immer noch, um rund fünfzig Stundenkilometer draufzubekommen.

Sie stiegen ins Auto. Natürlich fuhr Holzhammer, denn Müllerhuber hätte erst sämtliche Sitzeinstellungen und Spiegel verdrehen müssen. Vor dem Abbiegen beim Brunneck holte er etwas Schwung, um die kurze Steigung sicher zu meistern. Zefix, da hätte er fast einen querstehenden PKW mit Berliner Kennzeichen gerammt. Heckantrieb und eingeschränkte Salzstreuung waren schon keine gute Kombination, aber Sommerreifen machten die Sache nicht gerade besser.

Holzhammer fuhr rechts ran, stieg aus und sah sich um. Schon baute sich aus Richtung Königssee ein Stau auf. Alles

Winterurlauber, die nach dem Skifahren unter die Dusche wollten. Keine Zeit für Diskussionen oder Strafmaßnahmen.

Er klopfte an die Scheibe des Verkehrshindernisses. «Wo soll's denn hingehen?»

Der Fahrer im knallgelben Skioverall nannte ein Hotel in der Ramsau.

«Fahren S' halt außen herum. Nunter nach Berchtesgaden und beim Kreisel Richtung Ramsau. Und gleich morgen in der Früh geht's zum Winterreifenkauf.»

«Aber …», fing der Fahrer an. Wahrscheinlich wollte er lieber einen Strafzettel bezahlen als vier neue Reifen kaufen.

«Nix aber. Und die neuen Puschen zeigen S' dann auf der Polizeiwache vor, verstanden? Auf geht's.»

Sie sperrten kurz die Straße, damit der Urlauber gefahrlos zurücksetzen konnte.

«Nie kommt der auf die Wache zum Winterreifen vorzeigen», sagte Müllerhuber, als sie wieder im Wagen saßen.

«Dann wird er erleben, wie so eine Stilllegung vor sich geht», sagte Holzhammer. «Diese Rutscherei ist doch gefährlich. Jedenfalls gefährlicher, als mit gescheiten Reifen a paar Kilometer zu viel draufzuhaben.» Womit er wieder bei der quartiersnahen Kontrolle war.

Neben der Zufahrtsstraße zu dem bäuerlichen Anwesen in der Hinterschönau standen zwei zottelige Pferde auf der schneebedeckten Weide. Aus dem Schornstein des Wohnhauses stieg dunkler Rauch. Es roch nach Kuhfladen.

Durch eisbedeckte Pfützen und gut gedüngten Schneematsch stapften sie zum Eingang. Bevor sie klopfen konnten, öffnete sich bereits die Haustür, und die Brunnerin erschien.

«Der Mo is ned do», beschied sie die beiden Polizisten.

Es stellte sich jedoch heraus, dass er nicht so wahnsinnig weit weg war. Bloß in der Scheune, beim Holzhacken.

Da die Story mit dem Luftgewehr schon ihren vorigen Kandidaten nicht wirklich überzeugt hatte, entschied Holzhammer sich diesmal für eine andere Taktik. Warum nicht mit dem Mordopfer anfangen? Klar, dass sie sich für dessen Gewohnheiten interessierten. Und von da würde er unauffällig auf die Verdächtigen kommen.

Also sagte er: «Mir ermitteln wegen dem Waberer. Der soll ja Sportschütze gewesen sein.»

«Stimmt, der war schon lang dabei. Hat auch ganz gut schießen können», antwortete Bauer Brunner.

Das brachte Holzhammer fast aus dem Konzept, hatte er die Behauptung doch völlig aus der Luft gegriffen. Auf der anderen Seite passte es zum Waberer, sich ausgerechnet dem Schießsport zu verschreiben. Und wenn er jetzt schon einen Zipfel von Waberers Privatleben erwischt hatte, konnte er das auch gleich ausnutzen. «Und war vielleicht einer von euch besonders gut Freund mit ihm?»

«Ned wirklich. Keiner hat ihn recht mögen. Das Beste an ihm war, dass er gern Runden spendiert hat», sagte Brunner und stellte sich ein neues Stück Buchenstamm auf den Hackklotz. Ein mächtiger Hieb zerteilte es in handliche Scheite.

«So, da war er wenigstens spendabel», sagte Holzhammer.

Während er noch überlegte, wie er elegant die Kurve zu den Verdächtigen kriegen sollte, sagte Müllerhuber schon: «Ist der Tölzer Christian ned auch bei euch?»

«Warum sollt der bei uns schießen?», fragte Brunner und baute ein neues Holzstück vor seiner Axt auf.

«Also ned?»

«Wirklich ned.» Ein Axthieb untermauerte Brunners Worte.

Also keine Umwege. Das konnte Holzhammer auch. «Aber der Krippenschnitzer Waldleitner schon, oder? Der soll ja genauso gut schießen können, wie er schnitzen kann», sagte er mit unschuldiger Miene.

«So a Schmarrn, da hat dich aber jemand sauber antrieben.»

«Wieso jetzt des?»

Der Bauer stellte schon wieder ein neues Holz auf den Hackklotz. «Weil, der Waldleitner war einmal da zum Gästeschießen, mit am Feriengast glaub ich.»

Holzhammer und Müllerhuber, die in respektvoller Entfernung von der langen Axt und den fliegenden Holzsplittern stehen geblieben waren, rückten näher und spitzten die Ohren.

«Und wisst's ihr, was er troffen hat? Die Wasserleitung. Ein Glück, dass die freiwillige Feuerwehr im gleichen Haus ist. Sonst wär der ganze Schießkeller abgesoffen.»

«Also beide ned im Schießverein», resümierte Müllerhuber auf der Rückfahrt. «Nur der Waldleitner einmal, um die Wasserleitung zu ersch– *Vorsicht!*»

Ein Reh lief durch den Lichtkegel des Autos, aber Holzhammer stand schon auf der Bremse.

Auf dem Polizeiparkplatz angekommen, stellte er fest, dass Fischers Wagen schon weg war. Würde er seinen Chef eben morgen früh ins Bild setzen. «Geh du heim, ich schau noch schnell an meinem Schreibtisch vorbei», sagte er zu Müllerhuber.

«Bis morgen dann. Pfüat di», verabschiedete sich dieser.

Holzhammer sah zu, wie der junge Kollege in einen tiefergelegten Golf stieg, auf dessen Motorhaube ein knallbunter, aufgeregter Adler prangte. Die Jugend von heute. Aber bitte.

In Holzhammers Dienstcomputer in der PI wartete eine Mail aus München. Die Nachricht war kurz, auch anderswo schien Schreibarbeit verhasst zu sein:

Zugriff erfolgt. Danke, Kollege.

Das war doch was. Holzhammer fiel ein, dass die Kollegen vielleicht etwas mit dem Drohbrief anfangen konnten – ihn möglicherweise ihrem Gefangenen zuordnen. Er scannte das Papier ein und mailte es nach München.

Das Beste aber war, dass Müllerhuber alle heute angefallenen Protokolle verfassen würde: über die Beschlagnahmung des Adlerschilds, über Rudis Badetag, über die Aussage vom Waldleitner und über dessen nicht vorhandene Schießkünste.

Am 29. wird's langsam eng

Der Neunundzwanzigste war ein Samstag. Trotzdem war sogar Fischer an seinem Arbeitsplatz. Wieder einmal musste Holzhammer seinem Chef den Stand der Dinge erläutern.
«Der Waldleitner kann ned schießen und hat im Prinzip auch a Alibi.»

«Gut, gut. Schade. Und diese Kerle, die die Potenztropfen gestohlen haben?», fragte Fischer.

«Die haben für fünfzehn Uhr alle definitiv a Alibi. Mord ist eh ned deren Kragenweite. Die haben halt die Gelegenheit genutzt, dass der Hausherr sie nimmer stören konnt.»

«Und dieser Nepomuk war wann im Haus?»

«Spätabends, Stunden nach den anderen. Wahrscheinlich mit zwei Promille im Blut. Ein Wunder, dass er beim Obifutzeln von dem Brotzeitteller ned von der Galerie gefallen ist.»

«Was ist eigentlich mit dem Drohbrief? Wissen wir inzwischen, wer den geschickt hat?»

«Da waren keine Fingerabdrücke drauf, aber es wird wohl um diesen blödsinnigen Adlerschild gangen sein. Ich hab a Kopie nach München geschickt.»

«Und wie sieht's mit dem Erben aus, wie hieß er doch gleich?»

«Ernst Dorsch. Dem sein Alibi wackelt a bisserl, des ist

nämlich von der Freundin. Aber wenn er ned g'wusst hat, dass er erben soll, hat er auch kein Motiv.»

«Klar, aber wer weiß, ob er nicht lügt», sagte Fischer. «Hast du den überhaupt schon richtig unter Druck gesetzt?»

«Waterboarding ist ned so mei Spezialität», sagte Holzhammer. «Aber tu dir keinen Zwang an.»

Dem kleinen Dorsch traute er den Mord nach wie vor nicht zu – ebenso wenig wie seinem Chef eine harte Vernehmung. Trotzdem hatte er natürlich die Traunsteiner längst auf Dorschs Schießkünste angesetzt, gleich als er vom Gewehr erfahren hatte. Eh klar.

«Mir hatten zwischenzeitlich noch an neuen Verdächtigen – zumindest verdächtiger als Ernst Dorsch», sagte Holzhammer, um Fischer von dem Erben abzulenken. Er berichtete von Lennis Unfall und dass Vater Tölzer dem Waberer die Schuld am jetzigen Zustand seines Sohnes gab. «Aber der hat halt noch nie an Schießclub von innen gesehen und weder Jagdschein noch Waffenbesitzkarte. Sagt der Computer, und der muss es wissen.»

«Und was macht dieser Tölzer? Und wieso erfahr ich das erst jetzt?», fragte Fischer.

Ohne auf Fischers zweite Frage einzugehen, beantwortete Holzhammer geduldig und ausführlich die erste: «Der ist Lehrer am Sportgymnasium, Sport und Englisch, soweit ich weiß. Im Winter macht er für die Kids den Skilehrer, besonders Langlauf. Im Langlauf trainiert er wohl teilweise auch den DSV-Kader. Direkt neben dem Gymnasium liegt ja die Loipe in der Scharitzkehl, die von allen am längsten Schnee hat.»

«Jaja», sagte Fischer in leicht genervtem Tonfall.

Das sollte wohl andeuten, er wüsste über all diese Dinge bestens Bescheid. Holzhammer argwöhnte jedoch, er hätte genauso gut behaupten können, in der Scharitzkehl sei das Zentrum des Curlingsports. Ein verführerischer Gedanke, doch stattdessen fuhr er wahrheitsgemäß fort: «Tölzer hatte auch seinen eigenen Sohn als Schüler, der soll sogar ein richtiges Talent gewesen sein. Wurde vom Vater aber auch extra hart rangenommen.»

«Logisch, welcher Vater würde das nicht», sagte Fischer.

Holzhammer zum Beispiel. Er hatte nie den Ehrgeiz gehabt, seine Kinder zu etwas Besonderem zu machen. Für ihn war immer das Wichtigste gewesen, dass die beiden glücklich wurden. Andererseits war er auch kein Sporttrainer. Da gehörte Ehrgeiz wahrscheinlich zum Berufsbild.

«Jedenfalls war's a Schlag für ihn, für den Vater, mein ich. Vielleicht sogar mehr als wie für den Sohn.» Wenn er nur daran dachte, dass Heidrun oder Andi so etwas passierte ... schnell weg mit dem Gedanken.

«Also, wie machen wir weiter?», fragte Fischer. Schon klar, mit «wir» meinte er wie üblich nur die anderen.

«Biathleten überprüfen. Schauen, ob der Tölzer ein Alibi hat. Nur zur Sicherheit. Genauso beim Dorsch. Aber ohne Waterboarding», rasselte Holzhammer herunter. Sein Chef brauchte eine starke Hand.

«In Ordnung. Aber wir halten nach wie vor zurück, was wir über die Tatwaffe wissen.»

«Fabelhafte Idee, Chef», sagte Holzhammer, «ist nur ned ganz einfach, wenn mir ausgerechnet alle Biathleten befragen.» Manchmal war die brodelnde Gerüchteküche im Talkessel eben auch von Nachteil für die Polizeiarbeit.

Holzhammer holte sich Müllerhuber aus dem Bereitschaftsraum, und gemeinsam tüftelten sie an einer Ausrede, um den Biathleten nicht gleich auf die Nase binden zu müssen, worum es wirklich ging. Eine routinemäßige Überprüfung der Waffen konnten sie kaum vorschieben – nicht an einem Samstag zwischen Weihnachten und Neujahr.

Also polierten sie Holzhammers Story von der toten Katze noch etwas auf. Es war eben während der Weihnachtsferien mehrmals grober Unfug mit einem Biathlongewehr getrieben worden, möglicherweise von Jugendlichen. Jetzt mussten sie überprüfen, ob irgendwo ein Gewehr abging. Und da es sein konnte, dass das Gewehr hinterher immer zurückgestellt wurde, waren bestimmte Zeiträume von besonderem Interesse. So konnten sie unauffällig nach Alibis fragen.

Die Sache war etwas dünn, aber besser als nichts. Natürlich würden sie auch darauf achten, wer bei Fragen nach seiner Waffe nervös wurde. Holzhammer, der sich immer gern auf seinen Instinkt verließ, fand diesen Punkt sogar am interessantesten.

«Die Kids im Internat können wir ja wohl vergessen», sagte Müllerhuber.

«Denk ich auch», sagte Holzhammer und legte das entsprechende Blatt beiseite. «Dafür erledigen mir den Tölzer gleich mit.»

Mit den verbleibenden Namen und ihrer Geschichte zogen sie nun wie Sternsinger von Tür zu Tür. Nur dass sie nicht sangen.

Ein Biathlet wohnte oben in Hintergern, am Ende der Straße, wo der Wanderweg auf den Untersberg begann. Das Tölzer'sche Haus befand sich auf dem Weg, nahe der Kirche von Maria Gern. Die ganze Gern mit ihren schmalen, abschüssigen Straßen musste für einen Rollstuhlfahrer die Hölle sein. Mehr Schnee als unten im Markt gab es auch. Wahrscheinlich konnte Lenni ohne seinen Vater kaum das Haus verlassen.

Sie parkten bei der Kirche und stapften zwischen zwei Schneewällen die kleine Stichstraße hinauf. Holzhammer klopfte, und wenig später öffnete Lenni Tölzer die Tür. Sie traten in eine sauber aufgeräumte Diele. Schuhe standen in Reih und Glied, Jacken hingen ordentlich auf einer Stange, daneben befand sich ein selbstgebauter Ständer mit ungefähr acht Paar Ski, ausgerichtet wie die Zinnsoldaten. Erstaunlich für einen Männerhaushalt. Holzhammer musste unwillkürlich daran denken, wie es bei ihm wohl ohne Marie ausgesehen hätte.

«Der Papa ist ned da», sagte Lenni. Sicher kannte er Holzhammer vom Sehen.

«Macht nix, können mir trotzdem kurz eini kommen?», sagte Holzhammer. Aber dann verlor er den Faden. Er konnte Lenni nicht aus heiterem Himmel fragen, ob sein Vater für den Vierundzwanzigsten ein Alibi hatte. Wintersonne fiel flach durch ein kleines Sprossenfenster in die Diele und brachte die Felgen des Rollstuhls zum Blinken. Es roch nach Kasspatzen mit viel Zwiebeln.

«Wo ist bitte des Häusl?», fragte Müllerhuber. Guter Mann.

Lenni wies zum anderen Ende der Diele. Müllerhuber ging in die angegebene Richtung und nestelte dabei demonstrativ an seiner Hose.

«Komm mit in die Küche, ich hab was auf dem Feuer», sagte Lenni zu Holzhammer.

Durch die Glasscheiben der Oberschränke sah Holzhammer, dass sie leer waren. Die ganze Küche war so umgeräumt, dass man vom Rollstuhl aus alles erreichen konnte. Lenni stellte die Kasspatzen in den Ofen und legte einen Deckel auf die Pfanne mit den angeschmelzten Zwiebeln.

«Weihnachten habt ihr wohl hier gefeiert?», fragte Holzhammer.

«Ja, die Tante und der Onkel san kommen und haben noch die Oma mitbracht. Es gab Würstel und Kartoffelsalat, dann sind die drei in die Kirch, und ich hab den Baum geschmückt.»

Lenni rollte in die gute Stube, wo ein kleines Bäumchen auf einem niedrigen Tisch stand – so klein, dass man es bequem vom Rollstuhl aus schmücken konnte. Bunte Kühe, Hasen, Pfauen, Hühner, Vögel, Tische, Stühle, Wiegen, Schränke, Laternen und Arschpfeifenrössel zierten das Tännchen so reichlich, dass kaum Grün zu sehen war. Wahrscheinlich hatten die Tölzers in früheren Jahren viel größere Christbäume gehabt.

«Und der Vater, ist der mit in die Kirch gangen?», fragte Holzhammer beiläufig. Die Kirchzeiten waren bekannt, danach brauchte Holzhammer den Jungen nicht zu fragen.

«Na, der hat's ned mit der Kirch. Außerdem war er noch unterwegs. Als er dann kam, so gegen fünfe, haben mir Bescherung gemacht. Aber weshalb seid ihr nun überhaupt kommen?»

Insgeheim hatte Holzhammner gehofft, Lenni würde seinem Vater ein Alibi geben. «Mir müssen nur was nachprüfen, was die Schule betrifft», sagte er.

«Und, was haben meine Schulkameraden angestellt?», fragte Lenni.

«Dienstgeheimnis. Und wann kommt der Vater zurück?»

Lenni wusste es nicht. «In letzter Zeit sagt er mir nimmer alles. Ich glaub, er hat a Freundin. Wahrscheinlich denkt er, mir wär's ned recht, dabei tät ich mich für ihn freuen.»

Sie verabschiedeten sich.

«Verschieben mir's halt», sagte Holzhammer draußen zu Müllerhuber. «Wahrscheinlich war er's eh ned.»

«Außer, mir hören was über seine Schießkünste», stimmte Müllerhuber zu.

Es blieb nicht die einzige Befragung, die sie verschieben mussten. Fast die Hälfte der Biathleten war nicht daheim. Eigentlich kein Wunder, schließlich handelte es sich um Skisportler, und draußen lag Schnee.

Sie beschlossen, erst einmal etwas essen zu gehen und dann einen Abstecher zur Wache zu machen. Vielleicht gab es ja Neuigkeiten.

Am 30. wird einer frech

Am Sonntag hätte Holzhammer normalerweise freigehabt, aber angesichts des Mordfalls fiel das natürlich flach. Er ließ es nur etwas ruhiger angehen, schließlich hatte die Hektik der letzten Tage auch nichts gebracht. Vielleicht war es besser, noch einmal alles in Ruhe zu durchdenken.

So schlurfte er morgens um zehn im Bademantel mit einem Kaffee in der Hand durchs Haus, während Mordmotive und Biathlongewehre, gefärbtes Wasser und Drohbriefe, unglückliche Väter und Buttnmandlkostümdiebe, Brotzeitbretter mit Hakenkreuzen und wundergläubige Krippenschnitzerfrauen durch sein Hirn kreuzten. Gedankenverloren öffnete er die Eingangstür und trat hinaus. Sein Atem produzierte riesige Dampfwolken.

Soeben flog ein Eichelhäher das Vogelhäuschen an, das Holzhammer pünktlich an Allerheiligen aufgestellt hatte. Die Eingänge waren jedoch nicht für seine Konfektionsgröße gemacht. Ähnliches hatte Holzhammer vor Jahren bei einem Biwak der Polizei erlebt, als er in ein kleines Zweimannzelt kriechen wollte.

Der Vogel hatte seine Sympathie. Und wie damals Holzhammer, gab auch der Häher nicht auf. Im nächsten Anlauf landete er auf dem Dach des Häuschens, wobei er den losen

Pulverschnee hinunterfegte. Von dort begutachtete er eingehend die Lage. Er schien genau Maß zu nehmen. Dann erfolgte ein neuer Anflug, und diesmal zielte der Vogel direkt auf eine der Aussparungen. Anstatt außen aufzusetzen, um aufrecht hineinzuhüpfen, zog er das Fahrwerk ein, legte die Flügel an und schoss wie ein dicker Torpedo direkt ins Innere des Häuschens. Geduckt, aber triumphierend saß er darin. Er füllte den Raum komplett aus, seine Federn plusterten aus den seitlichen Öffnungen.

Der Vogel hatte nicht nur Instinkt, sondern auch Grips. Bei ihm selbst hingegen hatte in den letzten Wochen beides versagt. Und das nur, weil er den Waberer nicht hatte ausstehen können. Als Polizist durfte man einfach nicht nach Sympathie gehen, weder im Positiven noch im Negativen. Plötzlich fühlte er sich schlecht. Schlimmer – er fühlte sich als schlechter Polizist. Vielleicht würde er nie wieder so entspannt an die Dinge herangehen wie früher.

Es war Zeit, sich an die Arbeit zu machen. Zuerst würde er die beiden Biathleten aufsuchen, die sie gestern nicht erwischt hatten – das schaffte er auch allein, sollte Müllerhuber ruhig seinen freien Tag genießen. Und natürlich den Tölzer, irgendwann musste der Mann ja mal daheim sein. Holzhammer wollte möglichst vermeiden, ihn zur Fahndung auszuschreiben, weil das seine Stellung als Lehrer gefährdet hätte.

Überhaupt hoffte er, dass der Täter sich nicht unter den bisherigen Verdächtigen befand. Er bedauerte den Waldleitner, der sein Häuschen verloren hatte und mit seinem «Psycherl» leben musste, fast ebenso wie den Tölzer, der den Unfall seines Sohnes zu verkraften hatte. Und Ernst Dorsch, den Heidrun so in Schutz nahm, sollte es, wenn es nach Holzhammer ging, auch nicht gewesen sein. Richtig, zur Freundin des Schnitzers wollte er ja auch noch, am besten gleich als Erstes. Hoffentlich hatte ihm inzwischen jemand die Adresse besorgt.

Auf dem Weg zur Polizeiwache fiel Holzhammer sein guter Vorsatz fürs neue Jahr ein: einmal im Monat Marie ausführen. Um seine Entschlossenheit zu unterstreichen, wollte er damit gleich am Neujahrsabend beginnen. Da sollte er am besten gleich noch etwas Geld von der Sparkasse holen.

Mit dem vorgeschriebenen Tempo dreißig fuhr er die Maximilianstraße entlang. Nur wenige Menschen waren an diesem Sonntagvormittag unterwegs. Selbst der Kiosk mit den Murmeltieren in Lederhosen und plüschhörnernen Steinböcken hatte geschlossen.

Plötzlich sah er auf dem rechten Gehsteig etwas Großes, Buntes, das sich bewegte. Holzhammer hielt an. Tatsächlich – da ritt der blaue Reiter des roten Arschpfeifenrössels auf seinem treuen Ross marktauswärts.

Wurden die Figuren etwa schon abgeräumt? Der letzte Tag des Christkindlmarkts war doch erst morgen. Und ein Gemeindemitarbeiter würde die Figur auch nicht zu Fuß wegrollen. Schon gar nicht in einem knallgelben Skianzug.

Ja ging's noch? Der Ausverkauf der Heimat wurde im Talkessel ja oft und gern beschrien, aber dafür bekamen die Einheimischen wenigstens Geld. Das hier hingegen war frecher Raub von Kulturgut – mindestens so verwerflich wie der Diebstahl eines Buttnmandlkostüms.

Der Dieb hatte den Streifenwagen gar nicht bemerkt. Hatte wohl genug damit zu tun, das Pferd am Pfeifenschweif durch den Schneematsch zu steuern. Die Holzrollen schienen alles andere als leichtgängig zu sein.

Holzhammer nahm die Kamera aus dem Handschuhfach. Bei manchen Verbrechen lohnte sich eine ausführliche Dokumentation. In einigem Abstand ging er fotografierend hinter dem Mann her. Sie kamen an Tante Steffis Wohnung vorbei. Holzhammer sah hoch, und richtig, hinter der Gardine bewegte sich etwas.

Der Fremde bog rechts ab und nahm die steile Auffahrt zum Parkdeck. Da musste er sich noch mehr gegen die Arschpfeife stemmen. Holzhammer wartete, bis er oben war. Erst dann folgte er dem Frevler und kam genau richtig, als der Dieb versuchte, das Pferd in den Kofferraum seines Geländewagens zu bugsieren.

«Glotzen Sie nicht so blöd, helfen Sie mir lieber», keuchte der Mann.

«Gern, wenn S' mir nur verraten, wo Sie des Rössl herhaben», sagte Holzhammer.

«Geht Sie gar nichts an», schnaufte der Mann und versuchte abermals, die überdimensionale Grobschnitzarbeit ins Auto zu hieven.

«Jetzt stellen S' des Ross hin und zeigen S' mir die Quittung und Ihren Ausweis», sagte Holzhammer.

Endlich merkte der Mann, dass er in Schwierigkeiten war. Natürlich hatte er keine Quittung. Holzhammer hingegen hatte inzwischen einen Plan. Den Mann regulär anzuzeigen, würde nur Schreibarbeit einbringen und ansonsten niemanden interessieren. Warum also nicht lieber ein Exempel mit Breitenwirkung statuieren und möglichst vielen Zuschauern vor Augen führen, dass man die Schätze der Heimat besser vor Ort beließ?

Inzwischen waren genug Urlauber unterwegs, um den seltsamen Zug gebührend zu würdigen: voran ein überdimensionales Arschpfeifenrössel, angeschoben von einem fluchenden Mann im Skianzug, und am Schluss der gestrenge Hauptwachtmeister, würdevoll und ehrfurchtgebietend, wie ein Landvogt zu Zeiten der Fürstprobstei. Den strengen Landvogtblick beizubehalten, war gar nicht so einfach, wenn man sich innerlich vor Lachen kugelte.

Auf dem Christkindlmarkt angekommen, befahl Holzhammer dem Urlauber, das Ross wieder an seinen Platz zu hieven. Blitzlichter zuckten. Ja, sollten sie es nur im Bilde festhalten und den Lieben daheim davon künden. War sowieso ein schönes Motiv, das rote Pferd mit dem blauen Reiter, der schnaufende gelbe Delinquent und der grüne Polizist.

Gelungene Prävention und Spaß dabei. Vielleicht würde es doch noch ein guter Tag werden.

Als Holzhammer auf der Wache ankam, klebte an seinem Dienstbildschirm ein gelber Zettel mit der Adresse von Dorschs Freundin, Sabine Weichsel. Frau Grassl musste die Information auf dem kurzen Dienstweg von Polizeisekretärin zu Schnitzschulensekretärin besorgt haben.

Bevor er sich auf den Weg machte, warf Holzhammer einen Blick auf seine Mails. Heute war zwar Sonntag, aber vielleicht wurde ja auch andernorts gearbeitet.

Tatsächlich waren aus Traunstein zwei Vernehmungsprotokolle angekommen. Das erste betraf die Mutter von Ernst Dorsch. Sie habe keine Ahnung gehabt, dass ihr Sohn Ernst ihren Bruder Heimito beerben sollte. Sie habe den Toten ewig nicht gesehen, zuletzt auf der Beerdigung ihres Vaters. Sie habe auch nicht mit ihm telefoniert oder anderweitig in Kontakt gestanden. Einmal sei ein Brief gekommen, in dem ihr Bruder sich nach Ernst erkundigte. Den habe sie sogleich verbrannt, damit Ernst nichts davon erfuhr. Schon seltsam, aber wer wollte der Frau das Gegenteil beweisen?

Familiengeschichten waren halt oft undurchschaubar. Was da im Verborgenen ablief, bekam kein Außenstehender mit. Oder erst, wenn der Kessel platzte. Wie damals, als eine Schulfreundin von Marie ihren Mann mit der Axt erschlagen hatte. Vorher hatte sie die Kinder zur Oma gebracht und hinterher dem Kerl noch Arme und Beine abgehackt, damit er in den Kofferraum passte. Dabei hatte das damalige Opfer nichts wirklich Dramatisches angestellt. Klar war der Mann vor aller Augen fremdgegangen und hatte einen Großteil seiner restlichen Freizeit in Spielhallen verbracht. Aber zugeschlagen hatte die Frau erst, als er im Suff über ihre liebevoll angelegten Frühbeete getrampelt war.

Marie hatte sich damals für Holzhammers Geschmack etwas zu wenig über die Sache gewundert. Er war ihr gegenüber danach eine Zeitlang besonders aufmerksam gewesen und hatte insbesondere darauf geachtet, den Frühbeeten nicht zu nahe zu kommen.

Die Traunsteiner hatten sogar noch einen weiteren Verwandten ausfindig gemacht, genauer einen Exverwandten, nämlich den Bruder von Waberers geschiedener Frau. Sie selbst war fortgezogen und hatte längst wieder geheiratet, womit sich auch jegliche Unterhaltsansprüche gegen Waberer erledigten. Darauf habe sie «gepfiffen», wie der Exschwager zu Protokoll gab. Auch er selbst sei «froh, den Kerl nicht mehr sehen zu müssen».

Beide Zeugen waren natürlich auch nach speziellen Feinden des Toten gefragt worden. Und beide hatten behauptet, dass ihnen da niemand Besonderes einfalle.

Außerdem schrieben die Kollegen, dass nichts über etwaige

Schießkünste von Ernst Dorsch bekannt sei. Keine Mitgliedschaft in einem örtlichen Sportschützenverein, keine Jägerprüfung, keine Scharfschützenausbildung bei der Bundeswehr. Auch kein Biathlon, angeblich konnte er nicht einmal Ski fahren. Sagte zumindest seine Mutter.

Na gut. Das alles war zwar etwas frustrierend, aber es erforderte keine Umstellung des aktuellen Schlachtplans. Holzhammer studierte die Anschrift auf dem gelben Zettel, griff sich außerdem die Adressen der restlichen Biathleten und machte sich auf den Weg.

Sabine Weichsel wohnte, wie Ernst Dorsch, bei der Witwe Riemental. Mit etwas Glück würde er sie jetzt, zur Mittagszeit, in ihrer Bude antreffen. Schnitzschüler hatten kein Geld, um essen zu gehen.

Die Witwe war eine bekannte Größe im Talkessel. Seit Jahrzehnten vermietete sie die meisten Zimmer ihrer Jugendstilvilla an Schnitzschüler. Sie freute sich, die jungen Leute im Haus zu haben, und war nach eigener Aussage schwerhörig genug, um sich durch Partylärm oder spätes Kommen und Gehen nicht gestört zu fühlen.

Außerdem war sie das nächtliche Trappeln vermutlich noch von früher gewohnt. Ihr Mann, der deutlich älter gewesen war, hatte nämlich das Kriegsende nie so richtig verkraftet und war mit den Jahren immer mehr aus der Spur geraten. Bis zu seinem Tod war er nachts oft mehrere Stunden lang in voller SS-Uniform im Stechschritt um den Esstisch marschiert. Die Feriengäste, die man damals beherbergte, hatten sich logischerweise über die nächtliche Ruhestörung beschwert, und es hatte regelmäßig Streit über den Zimmerpreis gegeben. Das war der ursprüngliche Grund gewesen, warum im Hause Riemental auf die möblierte Vermietung an Schnitzschüler umgestellt wurde.

Neben dem Eingang lehnten fünf zugeschneite Fahrräder an der Hauswand. Von der Fassade blätterte der Putz, einige der schiefen Fensterläden schienen akut absturzbedroht. Die abgegriffene Tür war nicht verschlossen, eine Klingel fehlte. Also streifte Holzhammer an einer von Haarausfall geplagten Fußmatte halbherzig den Schneematsch von seinen Schuhen und trat in einen muffig riechenden Flur. Weiter drinnen roch es außer nach altem Muff auch nach Eiern mit Speck.

Dieser Spur folgend, gelangte er in eine Küche, die so groß war wie sein Wohnzimmer. Das gesamte Mobiliar, inklusive der Elektrogeräte, stammte aus einer Zeit vor Erfindung der Einbauküche. Nur neben dem alten Kühlschrank mit den abgerundeten Formen und dem Ziehgriff stand noch ein zweites Exemplar aus aktueller polnischer Produktion. In der Mitte des Raumes befand sich ein einfacher Tisch mit weiß gestrichenen Beinen. Seine unbehandelte Holzplatte hatte Dellen vom vielen Scheuern. Rundherum stand ein Sammelsurium einfacher Holzstühle.

Hier hatten früher sicher die Hausangestellten gegessen. Heute saßen hier die neunzigjährige Witwe Riemental und die neunzehnjährige Sabine Weichsel vor Spiegeleiern mit Speck und Bauernbrot. In ihren Trinkgläsern, die handelsüblichen Senfgläsern verdächtig ähnelten, befand sich offenbar Leitungswasser. Nicht das Schlechteste, was man am Rande des Nationalparks trinken konnte, wobei Holzhammer allerdings die mit Hopfen und Malz veredelten Varianten bevorzugte.

Die beiden Frauen waren in ein intensives Gespräch vertieft, sie hatten nicht einmal Holzhammers Schritte gehört. Erst als er bereits mitten in der Küche stand, blickten sie auf.

Die Witwe trug ein Haarnetz und einen langärmligen blauen Putzkittel. Darunter ragten nackte Beine und Filzpantoffeln hervor. Sabine war in Jeans und Schlabberpulli gekleidet, ihre langen Haare hatte sie zum Pferdeschwanz gebunden und diesen zusätzlich hochgeklippt.

«Das ist der Polizist, der in der Schnitzschule war», stellte Sabine vor.

«Ja, ich kenn ihn», sagte die Witwe.

Dann war ja alles geklärt.

«Ich muss noch einmal auf den Vierundzwanzigsten zurückkommen», sagte Holzhammer.

«Wir waren hier, der Ernst und ich, den ganzen Nachmittag», sagte Sabine prompt.

«Den ganzen, soso. Und was habt ihr da gemacht?»

Sabine schwieg.

Da mischte die Witwe sich ein: «Na was werden die jungen Leut wohl g'macht haben, zu zweit auf der Stube von der Sabine, wo alle andern fort war'n.»

Holzhammer registrierte, dass Sabine ein bisschen rot wurde. Also fragte er die Witwe: «Und du warst wohl auch fort – beim Schießen zuschauen?»

«Na, wirklich ned. Ist eh jedes Jahr dasselbe. Ich soll auch nimmer Auto fahren, und mit dem Bus ist das so mühsam.»

«Also warst du hier?»

«Freilich. Erst hier in der Küche, und dann bin ich nach oben, in mein liebes Turmzimmer. Daher weiß ich, dass nur die beiden daheim waren. Im Zimmer von der Sabine.»

«Aber so einer geschlossenen Tür sieht man doch ned an, ob dahinter einer ist.»

«Aber die Kinder tun ja nicht absperren», sagte die Witwe, als sei damit alles erklärt.

Holzhammer stellte sich vor, wie die Alte auf ihren Wegen

durchs Haus jede Tür, an der sie vorbeikam, leise öffnete, um neugierig hineinzuspähen.

«Das heißt, Sie haben uns gesehen?», fragte Sabine entgeistert.

«Mei, ja. Ich wollt dir ein Stück Kuchen bringen. Aber als ich euch gesehen hab, bin ich gleich wieder naus.»

Super Ausrede, dachte Holzhammer.

«Was, ohne zu klopfen?», rief Sabine.

Bevor sie sich zu sehr aufregen konnte, ging Holzhammer dazwischen. Er wollte das jetzt unter Dach und Fach bringen. Sollten die Damen sich hinterher fetzen.

«Also, um es jetzt amtlich festzuhalten: Wann genau hast du den Ernst Dorsch am Vierundzwanzigsten nachmittags hier im Haus gesehen?»

Damit Sabine sich nicht noch mehr aufregte, sprach er extra nur allgemein vom Riemental'schen Haus und nicht speziell vom Sabine'schen Zimmer. Für Dorschs Alibi war das schließlich egal.

«Gegen Viertel viere muss das gewesen sein», sagte die Witwe.

«Woher weißt du das so genau?»

«Weil ich auffi bin, um die Weihnachtssendung mit Carolin Reiber auf Gut Aiderbichel zu sehen. Und die kam um halbe viere», antwortete die Witwe prompt.

Kuchen hin, Reiber her, damit war Dorsch raus. Holzhammer verabschiedete sich von den Damen und überließ sie einer erregten Diskussion über Diskretion und Privatsphäre.

Und was war mit den beiden anderen Verdächtigen? Die Aussagen über deren Schießkünste waren nur Hinweise – keine Ausschlusskriterien. Vielleicht hatte Waldleitner den Mord von langer Hand geplant und damals absichtlich das Wasserrohr angeschossen, um von sich abzulenken. Und sein Alibi beruhte bis jetzt lediglich auf einem Umkehrschluss: Er hätte bis fünfzehn Uhr am Marktstand sein müssen, niemand hatte ihn vorher weggehen sehen, also würde er wohl da gewesen sein. Und Tölzer – vielleicht hatte der schon als Kind schießen gelernt. Oder vielleicht war der exakte Schuss überhaupt nur ein Zufallstreffer gewesen, und der Schütze hatte in Wirklichkeit keine Ahnung. Was der Schütze jedoch auf jeden Fall hatte, war ein Biathlongewehr. Darauf lief alles hinaus.

Zefix. Und morgen war der letzte Tag des Jahres – die Deadline, die Holzhammer sich selbst gesetzt hatte.

Morgen war nicht nur Silvester, sondern auch eine Woche seit dem Mord vergangen. Auch Fischer musste klar sein, dass sie nicht länger allein weitermachen konnten, sein blödes Prestige hin oder her. Nein, spätestens am Ersten mussten sie das ganz große Fass aufmachen. Vielköpfige Sonderkommission von Gott weiß woher, die im ganzen Talkessel das Unterste zuoberst kehrte – vielleicht monatelang. Und er, Franz Holzhammer, würde während dieser ganzen Zeit täglich daran erinnert werden, dass all dies womöglich seine Schuld war.

Nachmittags gibt's was im Fernsehen

Christine und Matthias saßen in ihrer Wohnküche. Nach den vielen Feiertagen gab es schlichte Schweinekoteletts zu Mittag.

«Was ich schon die ganze Zeit fragen wollte – was war jetzt eigentlich so Besonderes an der Tatwaffe?», fragte Matthias, während er ungefähr eine halbe Flasche Ketchup auf sein Fleisch schüttete.

Richtig, das hatte Christine seit dem Abend unter Manus aufgestellten Lauschern noch gar nicht aufgeklärt. Sie erzählte es ihm. «Und wegen des kleinen Kalibers musste der Täter auch so nah heran.»

«Verstehe. Vielleicht ist er ja erst rangeschlichen, als der Rauch schon dicht genug war, um ihn zu decken. Und die Geräusche wurden von den Schüssen übertönt. Genau, bestimmt hat er es gemacht wie bei der Auerhahnjagd.»

«Was?» Wahrscheinlich schaute Christine selbst gerade wie ein Auerhahn, dabei hatte sie noch nie einen lebendigen gesehen. Ausgestopfte hingegen staubten hier überall herum, fast jedes Wirtshaus hatte mindestens einen.

«Wenn der Auerhahn balzt, kann er während eines Teils seiner Aufführung nichts hören», erklärte Matthias. «Früher haben die Jäger das ausgenutzt und sind immer genau dann ein paar Schritte näher gesprungen.»

«Witzig.» Wieder was gelernt.

Gemeinsam räumten sie den Tisch ab. Als Matthias die leere Ketchupflasche in den Kühlschrank stellen wollte, nahm Christine sie ihm wortlos aus der Hand und gab sie zum Altglas – Abteilung pfandlos. Ganz automatisch kreuzte sie anschließend «Ketchup» auf der Checkliste an, die sie mit Magneten am Kühlschrank befestigt hatte. Alle Lebensmittel, die sie regelmäßig brauchten, standen darauf. Christine liebte Listen, die waren übersichtlich, man konnte nichts vergessen, das Leben wurde einfacher. Sie hatte allein fünf verschiedene Packlisten für jede Art von Bergtour.

Matthias hingegen hatte in zwei Jahren noch kein einziges Kreuzchen auf der Einkaufsliste gemacht. Schon lange fragte sie sich, wie diese Wurstigkeit zu seinem Bankjob passte. Da gab es doch sicher auch Listen, da war Genauigkeit gefragt, da konnte er doch auch nicht mit buddhistischem Gleichmut drüber weggehen.

Plötzlich fiel es ihr ein. Es passte zwar nicht zu seinem Job, aber es passte zu dem Gefühl, das sich seit einiger Zeit immer wieder meldete – hartnäckig wie die Zeugen Jehovas. Es passte zu der unheimlichen Harmonie, dieser Abwesenheit von Konflikten in ihrer Partnerschaft. Beides ließ sich mit Gleichgültigkeit erklären.

Sie musste das endlich ansprechen, bevor sie sich noch ganz verrückt machte. Aber wie? Jedenfalls vorsichtig.

«Gibt's eigentlich irgendwas, das noch mit auf die Liste sollte? Vielleicht etwas, das du gerne magst?», fragte sie.

«Steht Kinderschokolade drauf?», fragte Matthias zurück.

Er hatte die Liste also noch nie gelesen. «Die würdest du also immer ankreuzen, wenn ich sie draufschreibe?»

«Wahrscheinlich – nicht», sagte Matthias gedehnt.

Es war ihm also bewusst. «Und warum nicht?»

«Ach, ich muss schon den ganzen Tag organisieren, unterschreiben und abhaken. Daheim will ich das nicht auch noch.»

«Aber es ist praktisch, es optimiert den Einkauf», argumentierte Christine.

«Ich will gar nichts optimieren. Den Kühlschrank nicht, mich nicht und dich auch nicht», sagte Matthias.

«Und was ist mit deinem Motorrad? Ständig bastelst du daran herum, geht's da nicht um Optimierung?»

«Das ist was anderes. Das ist Zen. Gibt sogar ein Buch dazu: *Zen und die Kunst ein Motorrad zu warten.*»

Zen also. Das nahm ihr für einen Moment den Wind aus den Segeln. Dann entschloss sie sich, doch deutlicher zu werden. «Weißt du, es wirkt auf mich einfach ein bisschen gleichgültig.»

Matthias verstand sofort.

«Jetzt verwechsel mal nichts», sagte er, plötzlich ganz ernst. «Deine Listen sind mir egal, aber du doch nicht. Was glaubst du denn, warum ich dich mit deinem Nacken gleich zum Lukas verfrachtet habe? Weil ich will, dass es dir gut geht. Und warum ich mit dir zu diesen ganzen Brauchtumsveranstaltungen gehe, die mich nicht interessieren? Weil ich dir damit eine Freude mache. Und warum zittere ich wohl bei jeder deiner Bergtouren und bestehe drauf, dass du anrufst, wenn du wieder unten bist? Weil du mir wichtig bist. Das Wichtigste überhaupt.»

Christine legte den Kopf an seine Brust. Nach ein paar Sekunden sagte sie: «Es tut mir leid. Ich war mir in letzter Zeit manchmal nicht ganz sicher, dass du mich wirklich hier haben möchtest.»

«Hey, ich habe bei deinem Einzug sogar die Motorradteile aus dem Wohnzimmer geräumt.»

«Und du möchtest sie auch nicht wieder zurückräumen?»

«Na ja, ich hab schon gern vor dem Fernseher an meinen Teilen geschraubt. Das war immer sehr gemütlich. Aber du bist mir doch noch etwas lieber als ein Auspuff.»

Christine gluckste an seiner Brust.

Er nahm sie bei den Schultern, sah ihr in die Augen und sagte: «Ich liebe dich. Verstanden?»

«Verstanden.»

Sie lösten sich voneinander.

Er liebte sie. Zärtlich strich sie ihm über den Rücken, während er ein leeres Marmeladenglas vom Tisch nahm und in den Kühlschrank stellte.

Matthias wollte nun ein Skirennen anschauen, und Christine verzog sich mit einem Buch ins kleinere Zimmer. Sie mummelte sich in eine Kuscheldecke und versank in dem großen Ohrensessel am Fenster. Ihr Blick wanderte in den vereisten Garten, wo der beständig von der Schneekanone herüberwehende Eisnebel alle übrig gebliebenen Stängel mit bizarren Reifgebilden verziert hatte. Es sah romantisch aus und machte gleichzeitig frösteln. Sie zog die Decke fester um die Schultern.

Da hörte sie Matthias im Wohnzimmer lachen. Was konnte an Skifahrern so komisch sein?

«Komm schnell, das glaubst du nicht», rief er.

Sie warf die Decke von sich und lief hinüber.

Matthias lag der Länge nach auf dem Sofa, und auf dem Bildschirm sprintete jemand über eine Langlaufloipe. So weit nichts Ungewöhnliches, doch dieser junge Mann war nicht nur ohne Ski, sondern auch ohne Hose unterwegs. Nur mit

Turnschuhen und Baseballkappe bekleidet, rannte er im Zickzack durchs Bild, vier Ordner hinterher.

Plötzlich blieb der Flitzer stehen, drehte sich um und machte hintereinander mehrere Saltos rückwärts. Alles flatterte. Dann hatten sie ihn.

«Perfekter Flickflack», kommentierte Matthias.

Die Ordner hüllten den Flickflackflitzer hastig in eine Decke.

Als die Kamera auf sein Gesicht zoomte, rief Matthias: «Hey, den kenn ich, der läuft bei den Oberseern.»

Das war ja wieder klar. Flitzen konnte jeder, aber das Ganze im Winter und mit artistischen Einlagen, ohne auch nur die Baseballkappe zu verlieren – dazu brauchte es schon ein Berchtesgadener Buttnmandl.

Anschließend gab es eine Aufzeichnung vom Vortag. Die Sportler, die sich dort in dünnen Rennanzügen abhetzten, hatten Gewehre auf dem Rücken.

«Das war gestern in Inzell», erklärte Matthias. «Schau doch ein bisschen mit, Biathlon ist spannend.»

Er streckte vom Sofa her die Arme aus. Also kuschelte sie sich bei ihm an. Auf dem Bildschirm war jetzt ein Schießplatz zu sehen, und die Sportler schmissen sich auf den Bauch. Da fiel ihr ein drahtiger Typ ins Auge, der ganz am Bildrand außerhalb des Schussfelds stand.

«Was macht der denn da, ist das nicht der Lehrer mit dem kranken Sohn?»

«Ja, Lehrer am Sportgymnasium und Langlauftrainer. Früher nur bei den Junioren, inzwischen auch bei den Erwachsenen. Und seit kurzem Kotrainer bei den Biathleten. Die Beinarbeit ist ja die gleiche», sagte Matthias.

«O Scheiße», sagte Christine.

«Was ist denn jetzt schon wieder?», fragte Matthias.

«Biathlon! Und sein Sohn sitzt wegen Waberer im Rollstuhl. Zumindest glaubt er das. Das mit dem Waberer weiß Holzhammer schon, aber ich glaub nicht, dass er das mit dem Biathlon weiß.»

«O Scheiße», sagte jetzt auch Matthias.

Christine schnappte sich das Telefon.

Als sein Smartphone klingelte, stand Holzhammer gerade im Wohnzimmer eines missmutigen Biathleten in Unterhosen. Das Display zeigte, dass seine Lieblingspsychologin in der Leitung war.

«Christine, schon wieder Sehnsucht?»

Dreißig Sekunden später war ihm die gute Laune vergangen, und auch er sagte: «O Scheiße.»

Tölzer hatte also nicht nur ein Motiv, er hatte auch Zugang zu einer entsprechenden Waffe. Und egal, woher er diese Kenntnis hatte, er würde sich beim Schießen bestimmt nicht ganz blöd anstellen. Hatte sich sein Hass gerade deshalb so aufgestaut, weil er über die Sache nicht reden konnte?

Wenn irgendjemand ein richtig gutes Alibi brauchte, dann war es jedenfalls der Tölzer. Sollte man bei ihm allerdings die Tatwaffe finden, dann musste das Alibi schon vom Papst persönlich kommen.

Verdammt. Eigentlich sollte Holzhammer froh und glücklich sein, dass sich endlich ein Hauptverdächtiger herauskristallisierte. Doch anstatt zu überlegen, wie er den überführen konnte, überlegte er, was den Mann entlasten könnte. Ja und? Ein Polizist sollte schließlich neutral ermitteln.

Holzhammer stand immer noch in der Wohnung des konsternierten Biathleten. Der stieg gerade in seinen Rennanzug. «Was ist jetzt? Ich muss zum Training», sagte der Sportler, während er den Reißverschluss hochzog.

Bei Holzhammer machte es *Pling*. «Tut mir leid, sonst kriegst du wohl Ärger mit dem Trainer?»

«Kann schon sein. Der Trainer ist zwar über Silvester weg, aber der Kotrainer ist eh viel schärfer.»

«Der Tölzer?»

«Wer sonst.»

«Okay, mir hams dann», sagte Holzhammer.

Der Mann im Rennanzug warf sich eine Daunenjacke über, gemeinsam gingen sie hinaus.

Draußen rief Holzhammer Müllerhuber auf dem Handy an. «Bist du eigentlich im Dienst?»

«Freilich. Nehmen mir uns jetzt die übrigen Biathleten vor?»

«Vergiss die Biathleten. Mir müssen sofort zum Silberg.»

«Weil da ja nie welche sind», sagte Müllerhuber.

«Jaja, ich erklär's dir oben. Nimm dir an Wagen und komm sofort hin.»

Die Zufahrt durch den Wald hatte inzwischen eine feste Schneedecke. Man musste zügig fahren, um nicht stecken zu bleiben. Die Stelle, an der die Skiabfahrt die Straße querte, war glatt gefahren. Holzhammer musste zwei Anläufe nehmen, um hinüberzukommen.

Er parkte diesmal ein paar Meter weiter vorn, wo der Wagen von der Loipe her noch nicht gesehen werden konnte. Hier wollte er Müllerhuber abfangen. Ihm fiel ein, dass Tölzer ihnen möglicherweise mit einem Gewehr auf dem Rücken entgegentreten würde. Hätte er besser gleich die ganze Bereitschaft anfordern sollen? Theoretisch stand das wahrscheinlich so in irgendeinem Handbuch. Doch nach einem solchen Großeinsatz würde es dem Lokaltratsch ganz egal sein, ob Tölzer schuldig oder unschuldig war. Und selbst wenn er schuldig sein sollte, war es für Holzhammer undenkbar, dass Tölzer fortan auf jeden anlegte, der ihm in die Quere kam.

Ein Streifenwagen kam schwungvoll die Straße entlang, vernünftigerweise ohne Blaulicht. Knirschend hielt er neben Holzhammers Fahrzeug, und heraus sprang Müllerhuber mit einem Fragezeichen im Gesicht.

Holzhammer klärte ihn über Tölzers Nebenjob auf. «Des heißt, mir setzen ihn jetzt fest. Schnell und unauffällig und bevor er oder ein anderer was merkt. Anschließend dann volles Programm, Haussuchung, Pipapo. Aber erst holen mir ihn, bevor da noch was verschwindet. Die Waffe zum Beispiel.»

Innerlich seufzte Holzhammer bei dem Gedanken, sie könnten in Tölzers Haus die Mordwaffe finden.

«Ist klar. Fischer weiß also schon Bescheid?», fragte Müllerhuber.

Holzhammer sah ihn nur an. Dann drehte er sich um und stapfte aus dem Schatten der Bäume ins fahle Winterlicht, das durch hohe Wolken hindurch auf die ausgedehnte Lichtung fiel.

Dort herrschte reger Betrieb. Zahlreiche weißbunte Rennanzüge waren im Uhrzeigersinn auf der Loipe unterwegs. In welchem steckte Tölzer? War er überhaupt auf der Loipe?

Gerade preschte ein Athlet direkt an ihnen vorbei. Er grüßte nicht, schien die beiden Polizisten gar nicht zu bemerken. Schaute nur konzentriert vor sich auf die Bahn. Alles an ihm war in kraftvoller Bewegung, mit jedem weiten Skating-Schritt wirbelte er feinen Schneestaub auf. Nur das Gewehr auf seinem Rücken saß wie angeklebt. Ohne dieses Gewicht würde er noch viel schneller sein. Holzhammer wusste inzwischen, dass es mindestens dreieinhalb Kilo haben musste.

Er ließ den Blick wieder in die Ferne schweifen. Da, ein Läufer, der gerade hinten rechts in die Kurve ging, trug kein Gewehr. Stattdessen hatte er etwas um den Hals. War das ein Megaphon? Holzhammer stieß Müllerhuber an. «Schau, dort hinten.»

Wie es aussah, konnte Tölzer fast mit den Kadersportlern mithalten – zumindest ohne das zusätzliche Gewicht der Wettkampfwaffe. Er bewegte sich auf der Innenseite der Loipe und machte jedes Mal Platz, wenn einer seiner Schützlinge von hinten kam.

«Er sieht uns noch gar nicht», sagte Müllerhuber.

Holzhammer nickte. «Und eine Waffe hat er auch nicht.»

Er hatte zwar nie angenommen, dass Tölzer auf sie schießen könnte, doch trotzdem war ihm angesichts dieser Tatsache wohler. Immerhin hatte er auch die Verantwortung für Müllerhuber.

Der Trupp näherte sich. Schon waren die ersten Läufer vorbei. Endlich sah Tölzer die beiden Polizisten am Rand der Loipe. Der Anblick warf ihn buchstäblich aus der Bahn. Er kippelte auf seinen schmalen Langlaufskiern und konnte sich erst im letzten Moment mit Hilfe der Stöcke wieder fangen.

Wenige Skating-Schritte vor ihnen kam Tölzer am Innenrand der Loipe zum Stehen. Holzhammer ging ihm am Außenrand entgegen. Tölzer verharrte regungslos. Ein langes, dünnes Kaninchen vor einer kurzen, dicken Schlange.

Einige Athleten preschten zwischen ihnen hindurch.

«Komm einmal hier herüber, mir müssen mit dir reden»,

sagte Holzhammer. Das mit der Verhaftung sagte er lieber erst, wenn Tölzer in Reichweite war. So, wie der schaute …

Wie in Trance überquerte Tölzer die Loipe und stieg über den kleinen Wall.

«Am besten, du ziehst dich erst einmal um», sagte Holzhammer.

Immer noch auf Skiern, begleitete Tölzer sie folgsam zum Gebäude. Dort stieg er schweigend aus der Bindung. Steif und langsam wie ein Roboter ging er vor ihnen hinein. Doch drinnen kam plötzlich Bewegung in den Verdächtigen. Während die beiden Polizisten sich noch durch den halbdunklen Vorraum schoben, knallte er die Tür des Umkleideraums von innen zu. Was sollte das werden? Blecherne Spindtüren schepperten. Beide schalteten zu spät.

Als Tölzer die Tür wieder aufriss, hatte er eine Waffe in der Hand. Verdammte Kurzschlusshandlung, was sollte ihm das nützen?

«Versuch ja nichts», sagte Holzhammer leise zu Müllerhuber. Jetzt ging es nur noch darum, dass keiner durchdrehte.

«Zurück, beide!», rief Tölzer.

Beide Polizisten gingen vorsichtig, mit halb erhobenen Händen, rückwärts zurück ins Freie.

Draußen stieg Tölzer wieder in die Bindung seiner Ski. Die Waffe mit einer Hand haltend, nahm er mit der anderen seine Stöcke auf. Immer noch zielend, ging er rückwärts in Richtung Wald. Dann drehte er die Ski plötzlich gekonnt um hundertachtzig Grad, warf das Gewehr in den Schnee und wandte sich bergaufwärts Richtung Waldrand.

Die schmalen Langlauflatten hinterließen tiefe Spuren im Schnee, fürs freie Gelände waren sie nicht gedacht. Trotzdem kam er damit immer noch schneller voran als jeder Fußgänger.

Natürlich war die Flucht völlig sinnlos, eine Panikreaktion. Genauso sinnlos, wie ihm jetzt hinterherzulaufen – was Müllerhuber gerade tun wollte.

«Lass sein!», rief Holzhammer.

«Was? Mir können den doch ned laufen lassen.»

«Machen mir auch ned.»

So las Müllerhuber nur die weggeworfene Waffe auf und kam dann zurück. Sekunden später war Tölzer zwischen den dichten Tannen verschwunden. Das Adrenalin musste ihm zu den Ohren rauskommen, sonst war so eine Anstrengung gar nicht möglich.

«Alles klar», sagte Holzhammer. «In der Richtung kommt er zur Waldabfahrt vom Götschen, und dann gibt es nur zwei Möglichkeiten. Entweder, er fährt zur Talstation, oder er nimmt die Tourenabfahrt.»

Müllerhuber nickte. «Stimmt.»

«Also, mir machen es so: Du fährst zur Talstation, und ich stell mich an die Tourenabfahrt, wo sie die Straße überquert. An der Talstation ist Schluss mit Ski, da kriegst du ihn. Aber niemand gefährden, verstanden? Wenn du mit gezogener Dienstwaffe zwischen den Urlaubern herumspringst, kriegst du es mit mir zu tun. Notfalls lass ihn lieber laufen. Aus dem Talkessel kommt er eh ned.» Die drei hinausführenden Straßen ließen sich innerhalb weniger Minuten sperren.

«Okay.» Schon eilte Müllerhuber zu seinem Wagen, wendete rutschend und brauste davon.

Nach Holzhammers Berechnung war jedoch keine Eile geboten. Im Übrigen hatte er nicht umsonst selbst die Route in den Ort übernommen, denn was sollte Tölzer am Lift wollen?

Oberhalb des schmalen, vereisten Schneebands hielt er an. Ob er den Streifenwagen als Sperre aufstellen sollte? Nein, zu gefährlich. Er konnte nicht riskieren, dass untalentierte Skifahrer aus dem Flachland dagegenklatschten.

Soeben kamen vier Tourengeher von unten. «Grias di, machst wohl Geschwindigkeitskontrolle?»

«Alkoholkontrolle», antwortete Holzhammer. Auf Antreiberei antwortete ein Berchtesgadener ganz automatisch mit einer Gegenantreiberei. Doch schnell schob er nach: «Na, ganz im Ernst, gebt's a bisserl Obacht, da kommt gleich einer mit Langlaufski die Pist'n obi.»

«Ja freilich, warum ned gleich auf Rollerskates.»

Die vier zogen weiter. Beim Aufstieg blieb man nicht gern stehen, weil sonst der Schweiß gefror.

Holzhammer sah der Gruppe nach. Oberhalb der Straße war die Piste schmal und ausgefahren. Der lockere Schnee lag in Wulsten links und rechts, in der Mitte war es eisig.

Ein paar Kinder rutschten von oben heran und auf der schmalen Schneegasse über die Straße. Sie juchzten und versuchten, sich gegenseitig zu überholen.

Holzhammer sah auf die Uhr. Kurz vor vier. Die letzte Bergfahrt des Götschenlifts war um vier. Genau jetzt mussten also die Alpinfahrer ihren Skitag beschließen. Viele würden das mit einer Abfahrt auf genau dieser Strecke tun. Zefix, hoffentlich kam es nicht zu Zusammenstößen mit dem panischen Trainer auf seinen wackligen Langlaufskiern.

Einige Behelmte sausten halsbrecherisch an Holzhammer vorbei. Das mit den Geschwindigkeitskontrollen war eigentlich gar keine schlechte Idee.

Noch während die Raser um die nächste Kurve verschwanden, ertönten von oben erstaunte Rufe. Dann ein erschrockener Schrei. Holzhammer sah hoch.

Christian Tölzer bretterte in Schussfahrt das Engstück herunter. Selbst wenn er gewollt hätte, hätte er hier nicht bremsen können. Seine Ski bockten und bogen sich. Langlaufski waren eben keine Abfahrtsski. Sie waren viel zu schmal und weich und nur an der Spitze mit den ebenso wackligen Schuhen verbunden. Jeder andere hätte sich wahrscheinlich längst das Genick gebrochen. Sich oder jemand anders. Und auch bei Tölzer war es nur eine Frage der Zeit.

Deshalb musste er den Wahnsinnigen stoppen! Hier und jetzt, bevor etwas passierte!

Es gab nur eins, was Holzhammer tun konnte. Er stellte sich mitten auf den schmalen, eisigen Schneestreifen, der die Skifahrer über die Straße leitete. Zwei Skispitzen sausten wie schlingernde Speere auf ihn zu.

Holzhammer nahm die Arme vors Gesicht, um es gegen Tölzers unkontrolliert herumwirbelnde Skistöcke zu schützen. Beim Rest konnte er nur auf seine ausgedehnte Pufferzone vertrauen.

Angesichts des Hindernisses versuchte Tölzer auszuweichen. Oder zu bremsen, es kam aufs Gleiche raus. Die weichen Langlaufski nahmen die Bewegung übel, Tölzer stürzte hart nach vorn. Dort aber stand Holzhammer.

Als unentwirrbares Knäuel wurden beide über die Straße katapultiert. Ineinander verkeilt schlitterten sie die harte Piste hinunter. Erst an der nächsten Kurve verließen sie die Piste und wurden von einem Baum unsanft aufgehalten.

Ohne sich zu rühren, ging Holzhammer seine wichtigsten Bestandteile durch. Schien alles noch intakt zu sein. So eine Knautschzone hatte eben auch Vorteile. Die ganzen Prellungen würden erst später richtig weh tun. Er lag auf etwas Hartem, Kantigem, das sich bei näherer Betrachtung als Christian Tölzer herausstellte.

Holzhammer rollte von seinem Verdächtigen herunter und im gleichen Schwung auf die Füße. Dabei hielt er Tölzers Unterarm umklammert – nicht nur, um sich abzustützen. Dem Lehrer lief Blut über die Wange.

«Kannst aufstehen?», fragte der Hauptwachtmeister.

Tölzer nickte und kam, von Holzhammer halb gezogen, auf die Füße. Er trug nur noch die Langlaufschuhe, seine Ski hatten sich im Verlauf ihrer Rutschpartie verabschiedet.

«Mir gengan», sagte Holzhammer und führte den Humpelnden am Rand der Piste hinauf zum grünsilbernen Wagen. Bereits auf diesem kurzen Stück kam er ordentlich ins Schnaufen, während Tölzer trotz seiner vorangegangenen Cross-Country-Veranstaltung und der Beinverletzung keine Anstrengung erkennen ließ.

Der Verhaftete stieg schweigend ins Auto. Das Blut in seinem Gesicht schien er gar nicht zu bemerken.

«Meine Ski», sagte er, als er bereits auf dem Beifahrersitz saß.

Holzhammer rief Müllerhuber an, den musste er ja sowieso erlösen. Er solle die Ski und Stöcke aufsammeln und damit zur Wache kommen.

Holzhammer dachte nicht daran, Tölzer Handschellen anzulegen. Wie ein normaler Beifahrer saß er da. Ein äußerst schweigsamer Beifahrer. Erst als sie bereits auf den Polizeiparkplatz einbogen, sagte er: «Ich muss Lenni anrufen.»

Ihm war also klar, dass er heute nicht mehr nach Hause kommen würde. Und natürlich musste Lenni informiert werden. Aber vom Verdächtigen selbst? Immerhin stand als Nächstes die Haussuchung an. Was, wenn Tölzer seinem Sohn einen versteckten Hinweis gab, die Tatwaffe verschwinden zu lassen?

Zefix, Holzhammer musste sich eingestehen, dass er insgeheim wünschte, die Tatwaffe würde nicht gefunden werden. Nicht im Hause Tölzer. Er vertagte die Entscheidung.

«Später», sagte Holzhammer, als sie aus dem Wagen ausstiegen.

Er führte den Gefangenen in sein Dienstzimmer. «Da, setz dich.»

Schlaff wie eine Marionettenfigur nach der Vorstellung, sank Tölzer auf den Stuhl vor dem Schreibtisch.

«Also. Willst du a Aussage machen?»

Tölzer schüttelte den Kopf und starrte dabei auf seine Knie.

«Hast du auf den Waberer geschossen?»

Tölzer schwieg.

«Wo warst du am 24. Dezember zwischen fuchzehn Uhr und fuchzehn Uhr dreißig?»

Tölzer schwieg.

Bisher verlief die Vernehmung ein wenig unergiebig. Als Tölzer auch auf die nächsten drei Fragen eisern schwieg, beschloss Holzhammer, die Sache zu vertagen. Er war kein Verhörexperte. Sollte doch Fischer das machen, der hatte den Kurs besucht. Und vielleicht wurde der Verdächtige auch gesprächiger, wenn die Ergebnisse der Haussuchung vorlagen. Von ihm aus konnte Fischer sich den Erfolg gern an die Chefbrust heften.

«Du wirst an Anwalt brauchen. Hast einen, den du jetzt am Sonntagabend anrufen kannst?» Dabei fiel ihm ein, dass er während der Festnahme die vorgeschriebenen Standardfloskeln gar nicht hatte fallenlassen. Von wegen ‹Sie haben das Recht zu schweigen›, ‹alles kann gegen Sie verwendet werden› ... ‹Sie haben das Recht auf einen Anwalt›.

Tölzer schüttelte den Kopf.

«Also gut, mir besprechen des morgen weiter. Dann suchen mir dir auch an Anwalt. Ich muss dich natürlich hierbehalten.»

«Aber ich muss mich um Lenni kümmern», erwachte Tölzer zum Leben.

«Den Lenni ruf ich an. Wenn es notwendig ist, schicken mir auch jemand auffi.»

So wurde es gemacht. Holzhammer brachte Tölzer in einer Zelle unter und sagte im Bereitschaftraum Bescheid, dass jemand sich um Essen für den Gefangenen kümmern sollte. Und um eine Zahnbürste. Irgendwo in der Wache lagen für solche Fälle amtliche Kulturpäckchen bereit. In jungen Jahren hatte Holzhammer mal eins mit auf Zelturlaub genommen.

Als für Tölzer gesorgt war, rief Holzhammer seinen Chef auf dem Chefhandy an. Er wusste vorher, dass es ein ätzendes Gespräch werden würde. Nicht ganz zu Unrecht, wie man zugeben musste, fühlte Fischer sich schändlich übergangen. Aber was sollte man machen bei den ganzen Funklöchern, leeren Akkus und defekten Telefonen, die Holzhammer nun vorschob? Und geändert hätte es absolut nichts.

Als Fischer ausreichend Dampf abgelassen hatte, besprachen sie das weitere Vorgehen. Noch heute Abend würde die Waffe, die Tölzer am Silberg weggeworfen hatte, zur Untersuchung eingeschickt. Morgen dann Haussuchung und Spurensicherung im Hause Tölzer und im Umkleideraum am Silberg. Außerdem systematische Vernehmung Tölzers. Holzhammer war direkt ein wenig gespannt, wie Fischer das angehen würde.

Anschließend kam Rolf Berg dran. Auch der schien wenig begeistert. Dabei sollte er sich doch langsam dran gewöhnt haben, dass seine Wenigkeit auch außerhalb der üblichen Bürozeiten gefragt war. Er sagte zu, sich gleich in der Früh das Tölzer'sche Anwesen vorzunehmen und anschließend die Spinde am Silberg.

Die Chancen, an einem dieser Orte die Tatwaffe zu finden, standen nicht schlecht. Wenn es nicht sogar die Waffe war, die sie schon hatten. Da sie unter Verschluss gehalten hatten, dass die Bauart der Waffe genau bekannt war, hatte Tölzer sie womöglich gar nicht entsorgt. Der Mann war schließlich Lehrer und kein Auftragskiller.

Immer noch nährte Holzhammer die stille Hoffnung, dass es doch nicht Tölzer war. Auf jeden Fall würde er auch die Biathleten zu Ende überprüfen. Doch eine andere Stimme, die mit der Polizeikelle in der Hand, sagte ihm, dass er das vergessen konnte.

Dann kam der schwere Anruf. Holzhammer musste Lenni sagen, dass sein Vater in Untersuchungshaft saß. Was sollte er nur antworten auf die Frage, warum? Die Wahrheit. Was sonst?

«Ich verstehe», sagte Lenni nur.

Dass er sich so bemühte, cool zu bleiben, machte Holzhammer mehr zu schaffen, als wenn er seine Gefühle gezeigt hätte. Lenni behauptete auch, er würde problemlos allein klarkommen. Aber darauf wollte Holzhammer sich nicht verlassen – nicht einmal eine einzige Nacht.

Deshalb machte er noch einen Anruf. Den schwersten von allen.

Silvester knallt's

Am Montag, dem 31. Dezember, herrschte auf der Wache bereits frühmorgens Hochbetrieb. Sogar Fischers Wagen stand schon da, als Holzhammer anrollte. Wenig später rief Rolf Berg an. Sein Team sei im Anmarsch auf Maria Gern, und Holzhammer solle gefälligst ein paar Leute zur Unterstützung schicken.

«Willst du den Bauerngarten umgraben lassen oder was?», fragte Holzhammer ungnädig.

«Das spar ich mir noch auf, aber womöglich gibt's schwere Bauernschränke zum Verrücken.»

«So, und die feinen Herren Kriminaltechniker möchten natürlich ned ins Schwitzen kommen.» Das übliche Geplänkel, aber für Holzhammer hatte es heute einen bitteren Unterton.

Zum Glück war wenigstens Lenni in den besten Händen. Marie war schon gestern Abend, gleich nach Holzhammers Anruf, zu ihm in die Gern gefahren und hatte auch dort übernachtet. Er selbst war nach dem anstrengenden Tag in ein leeres Haus gekommen. Nur einen Zettel hatte Marie in der Küche hinterlassen: *Mach dir Brote.* Musste das sein?

Vielleicht war sie ja doch die bessere Hälfte von ihnen beiden. Die andere Hälfte hatte den Vater des Jungen verhaftet.

Er hatte sogar überlegt, Marie hinterherzutelefonieren und sie zu bitten, darauf zu achten, dass Lenni keine herumliegenden Waffen versteckte. Im Interesse der eigenen Sicherheit hatte er das natürlich gleich wieder verworfen. Marie würde sich das nicht nur empört verbitten, er würde auch auf unabsehbare Zeit statt Leberkassemmeln nur Grünzeug in seinem Brotzeitpackerl finden.

Pling, da kam die Mail herein, auf die er gewartet hatte. Das Gewehr, das Tölzer am Silberg weggeworfen hatte, war keinesfalls die Tatwaffe. Wenigstens etwas. Außerdem war damit die umfassende Beweissicherung, die gerade anlief, gerechtfertigt. Andererseits musste er deren Ergebnis jetzt noch ein paar Stunden fürchten.

Holzhammer beschloss, sich vom Acker zu machen. Schließlich mussten ja noch die letzten Biathleten aufgesucht werden. Und Tölzers Chef beim DSV könnte er auch befragen. Er presste sich gerade in seine Daunenjacke, als der Anruf aus der Chefetage kam.

«Gerade ist mir etwas aufgefallen», sagte Fischer. «Wieso habt ihr eigentlich nicht schon vor Tagen herausgefunden, dass Christian Tölzer quasi Berufsschütze ist? Was ist das eigentlich für eine bodenlose Schlamperei?»

Gute Frage. Aber es gab auch gute Antworten. Und da Holzhammer sich die Frage in der unruhigen einsamen Nacht bereits selbst gestellt hatte, brauchte er nicht erst nachzudenken. «Erst amal ist Tölzer eben kein Berufsschütze. Er ist ned amal im Verein, ned bei den Biathleten und ned im Schützenverein. Waffenschein hat er auch keinen. Ned amal a Waffenbesitzkarte. Warum ned, klären mir noch.»

«Aber auf der Liste mit den Biathleten muss er doch gestanden haben.»

«Eben ned. War ja ned aktiver Sportler, bloß quasi Hilfskraft.»

«Na gut. Wollt's nur wissen. Falls die Presse fragt.»

Darum ging es also. Deshalb war Fischer überhaupt schon so früh auf dem Posten – er wollte keinen Journalisten verpassen. Klar, Tölzers Verhaftung war zwar geräuschlos vonstattengegangen, aber spätestens die Aktivitäten der Kriminaltechniker würden sich schneller herumsprechen als Sonderangebote im Bergsportladen.

Holzhammer selbst war in der Nacht noch eine weitere Frage zu ihren Ermittlungen eingefallen. Als nämlich Müllerhuber und er beim Bauern Brunner waren, dem Funktionär der Schönauer Sportschützen, hatte der ungefähr Folgendes gesagt: *Warum sollte der Tölzer bei uns schießen?* Da hätten sie nachfragen sollen. Im Nachhinein war es sonnenklar, was Brunner damit sagen wollte. Tölzer hatte keinen Grund, zu den Sportschützen zu gehen, weil er schon bei den Biathleten so viel schießen konnte, wie er mochte.

Auf dem Weg nach draußen kam Holzhammer ein Mann im Mantel entgegen. Nasse Lederschuhe, schwarze Aktentasche. «Anwalt Sebastian Bebel. Ich möchte mit meinem Mandanten sprechen.»

Kaum zu glauben, dass der junge Lenni den so kurzfristig aufgetrieben hatte. Dann fiel ihm ein, dass Marie ja vor Ort war. Ja, das war seit vielen Jahren ihre typische Arbeitsteilung. Er fing die bösen Buben ein, und Marie brachte ihnen Apfelkuchen in die Zelle. Oder eine Bibel. Oder was sie nach Maries Ansicht sonst so brauchten. Und zweifellos brauchte Christian Tölzer einen Anwalt.

«Gengan S' doch schon vor, in den Besprechungsraum im ersten Stock. Ich bring Ihnen gleich den Tölzer.»

Er hätte jemand schicken können, aber stattdessen stieg Holzhammer lieber selbst hinunter zu den Zellen. Tölzer sah furchtbar aus, übernächtigt, graues Gesicht. Er hatte weder den Kamm noch den selbstmordsicheren Rasierer benutzt. Nur die Decke auf der Pritsche hatte er überexakt gefaltet, wie bereits für den nächsten Gast hergerichtet.

«Wie lang werdet's ihr brauchen?», fragte Holzhammer, als er Tölzer und den Anwalt im Konferenzraum platziert hatte.

«Nicht lange. Aber bei der Vernehmung bin ich natürlich auch dabei.»

Jetzt war Holzhammer sicher, dass der Anwalt von Marie kam. Woher sonst sollte er wissen, dass erst heute die Vernehmung durch den famosen Kriminaloberrat Dr. Klaus Fischer stattfinden würde? Und obwohl er seinen Chef nicht für Columbo hielt, war er ungemein froh, dass Tölzer bei dieser Veranstaltung einen Beistand haben würde.

Jetzt drängte es Holzhammer jedenfalls nicht mehr so sehr, die Wache zu verlassen. Stattdessen machte er ein paar Anrufe. Beim DSV erfuhr er, dass Tölzer sich kurz nach Lennis Unfall als Biathlon-Aushilfstrainer beworben hatte. Da seine Qualifikation als Jugendtrainer der Langläufer bekannt war und er seine Schießkenntnisse unter Beweis stellen konnte, bekam er die Teilzeitstelle. Das vom Verband gestellte Gewehr habe er immer in seinem Spind am Silberg gelassen, deshalb habe er keine Waffenbesitzkarte benötigt. Das war also die offizielle Darstellung.

Als Anwalt Bebel eine halbe Stunde später das Mandantengespräch für beendet erklärte, kam Fischers Auftritt als Chefermittler. Es war ein kurzer Auftritt, denn Bebel hatte seinem Mandanten geraten, auch weiterhin das zu tun, was er schon die ganze Zeit getan hatte: schweigen.

Gegen Mittag rief Rolf Berg an. Im Haus hatte sich keine Waffe gefunden. Ein Schlüssel vom Schlüsselbrett passte zu einem Spind am Silberg, darin hing allerdings nur eine löchrige Daunenjacke. Doch zwei andere Dinge hatte man gefunden. In einem Aktendeckel – der tatsächlich unter einem alten Bauernschrank gelegen hatte – steckte der Schweigevertrag zwischen Tölzer und Waberer. Und im Handschuhfach von Tölzers Wagen prangte eine angebrochene Patronenschachtel der gleichen Marke wie das Geschoss in Waberers Schädel.

Holzhammer bedankte sich bei Rolf Berg und rief den freundlichen Waffenexperten Peter Treffmann an, um zu erfahren, wie wahrscheinlich dieses Zusammentreffen war.

«Daraus können Sie nicht viel machen, es gibt nur zwei oder drei Patronensorten, die überhaupt in Frage kommen», sagte Treffmann.

Es blieb also dabei: Alles hing an der Tatwaffe. Und am Alibi. Auch dazu hatte Tölzer bislang geschwiegen.

Mittags besorgte Holzhammer sich ein paar Leberkassemmeln. Nach ihrer Vernichtung suchte er den letzten Biathleten auf. Auch dieser konnte seine Waffe vorweisen, hatte für den Vierundzwanzigsten ein Alibi und ansonsten nichts Interessantes zu erzählen.

Fast hätte er über all dem vergessen, dass heute Silvester war. Als es ihm einfiel, fuhr er heim und legte sich aufs Ohr. Marie war immer noch nicht da, und schlafen konnte er auch nicht.

Silvester war in Berchtesgaden zum Glück keine große Sache, auch nicht für die Polizei. Nicht zu vergleichen mit Festivitäten, die ein Bierzelt beinhalteten, oder gar mit dem Buttnmandllaufen. Stattdessen gab es traditionell am Neujahrstag ein großes Feuerwerk am Königssee. Der offizielle

Grund für diesen ungewöhnlichen Termin war, dass die vielen in der Gastronomie tätigen Einwohner am Silvesterabend bedienen mussten und daher kein Feuerwerk anschauen konnten. Der inoffizielle Grund war, dass man an Neujahr mit der Party nicht bis Mitternacht warten musste.

Heute hingegen, an Silvester, brauchte Holzhammer erst ab zweiundzwanzig Uhr ein bisschen durch die Fußgängerzone zu patrouillieren, vorbei an den nun endgültig geschlossenen Ständen des Christkindlmarkts. Er verwarnte ein paar Halbwüchsige, die sich gegenseitig mit Böllern bewarfen, schaute sich um Mitternacht das Feuerwerk an und wie die beleuchtete Jahreszahl drüben am Berg auf magische Weise wechselte. Dann ging er wieder heim.

Im Ehebett lag bereits Marie und schnarchte den Schnarch der Gerechten. Schön, dass sie wieder da war.

An Neujahr kommt die Müllabfuhr

Als Holzhammer am Neujahrsmorgen bademantelumhüllt in die Küche tapste, wirbelte Marie dort bereits aufgekratzt herum. Er selbst war noch nie ein Morgenmensch gewesen, und diese Nacht hatte er außerdem schlecht geschlafen. Er hatte geträumt, an Christian Tölzers Stelle zu sein.

Marie stellte ihm ein Haferl Kaffee hin. Wortlos gab er fünf Löffel Zucker hinein und ließ ihn dann abkühlen.

«Scheißdreck», äußerte er schließlich.

Marie kam mit zwei Portionen Rührei und setzte sich zu ihm. «Horch zu», sagte sie. «Du bist a guter Polizist. Mehr als dreißig Jahr bist jetzt für die Leut da. Dreimal warst sogar Hebamme, als im Dienstwagen a neuer Berchtesgadener zur Welt kommen ist.»

Das stimmte. Dreißig Jahre. Kurz nach seiner Übernahme in den öffentlichen Dienst hatten sie geheiratet. Seitdem kümmerte er sich um die Straftaten, die im Talkessel so anfielen. Fahrraddiebstähle, Einmietbetrug, Fahrerflucht von Nach-Gehör-Einparkern, Rowdytum unter Alkoholeinfluss. Die Frage nach Gut oder Böse stellte sich da kaum. Noch nie während seiner gesamten Dienstzeit hatte ihn wegen einer Festnahme das schlechte Gewissen geplagt.

«Verdammt, was der Tölzer höchstwahrscheinlich getan

hat, hätten du und ich doch höchstwahrscheinlich auch getan.»

«Blödsinn, ich hätt den Waberer doch ned daschossen», sagte Marie energisch – und fuhr nach einer Kunstpause fort: «Ich hätt den zerfetzt wie Kaiserschmarrn und an die Säu verfudert.»

Holzhammer sagte lieber nichts mehr, denn Marie fuhrwerkte jetzt mit dem Messer in ihrem Rührei herum, als wolle sie schon einmal üben.

Schließlich legte seine sonst so friedliebende Gattin das Besteck weg und sagte: «Jetzt mach dir mal keine Sorgen mehr, du hast nix falsch gemacht. Und wenn der Tölzer wirklich ins Gefängnis muss, werden mir schon was für den Lenni organisieren, die Renate, die Vroni und ich.»

Wäre er ein Dackel gewesen, hätte Holzhammer ihr jetzt wohl über das Gesicht geleckt. So hingegen ließ er nur ein schiefes Lächeln sehen. Eigentlich hatte er sich mehr um seine Frau kümmern wollen, und jetzt kümmerte sie sich um ihn. Schließlich beugte er sich doch über den Tisch und drückte ihr einen ungewohnten morgendlichen Schmatz auf die Wange.

Marie strich sich über die beschmatzte Stelle. «Und jetzt auf zum Revier, mach irgendwas, schreib von mir aus Parksünder auf. Und heut Abend nach dem Feuerwerk lädst mich zum Essen ein.»

Folgsam ging Holzhammer seine Uniform anziehen. Eigentlich hatte er erst am Nachmittag Dienst, aber es würde sich schon etwas zu erledigen finden. Außerdem musste er sowieso noch über seine schriftliche Aussage nachdenken. Vielleicht auch mit Müllerhuber ein kleines Schwätzchen halten, über das Thema Cross-Country-Flucht. Tölzers Panikreaktion würde sich nämlich nicht gut machen vor Gericht.

In dem unguten Bewusstsein, dass ein Stockwerk tiefer Christian Tölzer in Untersuchungshaft saß, betrat Holzhammer gegen zehn die Polizeiwache. Da er nicht im Dienstplan stand, meldete er sich im Wachzimmer. «Falls ihr was habt, ich bin da.»

Ein paar Minuten später klingelte das interne Telefon auf seinem Schreibtisch. «Hier ist jemand, der will was aussagen.»

«Schön, in welcher Sache denn?» Eigentlich war es ihm vollkommen egal. Hauptsache, Ablenkung.

«Zum Mordfall.»

«Soll kommen», sagte er wie aus der Dienstpistole geschossen, die er noch nie benutzt hatte.

Um wen es sich handelte, fragte er gar nicht erst, das sparte Sekunden; umso schneller würde er erfahren, was los war. So gespannt war er sonst nicht einmal auf den nächsten Zug seines Schachgegners. Schon waren Schritte auf dem gefliesten Gang zu hören. Ein kurzes Klopfen. Gleichzeitig wurde bereits die Klinke heruntergedrückt.

Im Türrahmen erschien Xaver Waldleitner. Der Krippenbauer mit der durchgedrehten Frau. Der Mann, der seine Sach' verloren hatte. Und er hielt sich nicht mit Begrüßungen auf. So was von proaktiv, das hätte Fischer gefallen.

«Ich möchte etwas zu Papier geben.»

«Zu Protokoll. Aber immer doch.» Holzhammer rückte seine Tastatur zurecht.

Waldleitner hatte sich die Sache offenbar gut überlegt. Ganz korrekt gab er zunächst die Rahmenbedingungen zu Protokoll, die Holzhammer bereits kannte. Er sei Inhaber eines Stands auf dem Berchtesgadener Christkindlmarkt. Alle Standbetreiber seien vertraglich verpflichtet, während der gesamten offiziellen Marktzeiten geöffnet zu halten. Am 24. Dezember sei bis fünfzehn Uhr geöffnet gewesen.

Und dann kam es: Kurz vor fünfzehn Uhr sei an diesem Tag zufällig sein alter Schulfreund Christian Tölzer vorbeigekommen. Beim Glockenschlag habe Tölzer ihm dann geholfen, die Verkaufstheke abzuräumen und die dicken Holzbohlen einzusetzen, mit denen die Buden über Nacht verschlossen wurden. Tölzer habe ihn übrigens schon früher ein paarmal am Stand besucht, das hätten sicher einige der benachbarten Standbesitzer bemerkt.

«Und warum hast des ned schon früher gesagt, zum Beispiel, als mir nach deinem Alibi g'fragt haben?»

«Hab's vergessen, ist mir jetzt erst wieder eingefallen.»

«Und vor Gericht, wirst dich da erinnern? Unter Eid?», fragte Holzhammer.

«Freilich. Jetzt weiß ich's ja wieder», sagte Waldleitner mit unbewegtem Gesicht.

Na klar. Holzhammer druckte das Protokoll aus und ließ Waldleitner unterschreiben.

Später stellte sich heraus, dass Waldleitner nach seiner Aussage noch einmal ins Wachzimmer gegangen war und gebeten hatte, kurz den Christian Tölzer besuchen zu dürfen.

«Die haben nur ganz kurz miteinander gesprochen», sagte der Kollege, der den Krippenbauer arglos hinunterbegleitet hatte.

«Ist recht», sagte Holzhammer.

Gegen fünf machten Christine und Matthias sich warm eingepackt auf den Weg zum See. Der Graben im Gehweg vor der

Villa Waberer war inzwischen mit einem gelben Blinklicht abgesichert, offenbar ein Abfallprodukt der polizeilichen Untersuchungen.

Direkt am Seeufer, in der Nähe der Bobbahn, standen rechteckige, weiße Zelte. Das größte war natürlich das Bierzelt. Auf der Bühne packten gerade die Alphornbläser zusammen, um der Rockband Platz zu machen. Ein junger Musiker stieg an Ort und Stelle aus seiner Kniebundhose. Offenbar trat er in beiden Formationen auf, daher stand Kostümwechsel an – von Berchtesgadener Tracht zu Jeans und Totenkopf-T-Shirt.

Christine riss sich von dem Anblick los und ließ die Blicke weiterschweifen. «Da drüben. Ist das nicht der Krippenschnitzer, den Holzhammer in Verdacht hatte?»

Matthias folgte ihrem Blick «Stimmt, das ist der Waldleitner. Und – ich glaub's ja nicht, der hat seine Frau dabei.»

Die auffallend dünne Frau an Waldleitners Seite hatte Christine schon ein paarmal auf der Straße gesehen. Immer war sie wacklig und gebeugt gegangen, als bereite ihr jeder Schritt Mühe. Heute stand sie fest und aufrecht und hatte einen Glühweinbecher in der Hand.

Sollte das etwa mit den Artikeln im *Anzeiger* zu tun haben? Die Lokalzeitung hatte natürlich groß über den Mordfall berichtet. Auch die hausgemachten Wundermittel, mit denen Waberer seine Kunden betrogen hatte, waren ausführlich zur Sprache gekommen. Im Gegensatz zur Beschaffenheit der Mordwaffe hatte die Polizei diesen Aspekt nicht geheim gehalten. Im Gegenteil, man hatte die Betrogenen sogar aufgerufen, sich zu melden. Hatte natürlich niemand gemacht. Aber vielleicht waren ein paar Gläubige dadurch von ihren eingebildeten Krankheiten geheilt worden. Heilung durch Zeitunglesen. Wenn es nur immer so einfach wäre.

Über dem Wasser lag Dunst, der langsam dichter wurde. Auf dem Inselchen Christlieger bewegten sich Stirnlampen. Der Feuerwerker legte letzte Hand an die Dramaturgie seines diesjährigen Werks.

«Hoffentlich ist die Sicht nicht zu schlecht», sagte Christine.

«Zu schlecht gibt's nicht, der Nebel beim Feuerwerk ist eine grundlegende Tradition am Königssee», sagte Matthias.

«Und warum belastet man trotzdem jedes Jahr damit die Gemeindekasse?»

«Da wird nichts belastet. Die Feuerwerkskörper haben ein Ablaufdatum, und alles, was am Jahresende von diversen Volksfesten übrig bleibt, spendet der Feuerwerker der Gemeinde.»

«Dann kann ich nur hoffen, dass der Glühwein nicht genauso überständig ist wie die Raketen.»

Auf dem Weg zum Glühweinstand entdeckten sie Franz Holzhammer. Er war in Uniform und sah desinteressiert aus. Natürlich wollte Christine von ihm wissen, was sich seit ihrem Anruf getan hatte. Holzhammer erzählte in dürren Worten, dass Tölzer verhaftet war, von der fast ergebnislosen Haussuchung und – mit rätselhaftem Gesichtsausdruck – von dem neu aufgetauchten Alibi.

«Dann gibt's ja noch Hoffnung», sagte Christine.

«Aber er war's doch, oder?», fragte Matthias.

«Es gilt die Unschuldsvermutung», sagte Holzhammer und guckte neutral.

«Und was ist mit Lenni?», fragte Christine.

«Marie kümmert sich», antwortete Holzhammer. «Sie ist schon gestern Abend auffi, und ihr Hilfsverein wird auch für die nächste Zeit was organisieren. Manchmal sind die direkt zu was nützlich.»

Christine merkte sehr wohl, dass er hinter dieser abfälligen Art nur seine Anerkennung verbarg. Plötzlich spürte sie ein leises Ziehen im Nacken. Vielleicht war es auch nur Einbildung – eine psychosomatische Erinnerung, dass Vater Tölzer noch auf freiem Fuß wäre, hätte sie nicht diesen Skiunfall gehabt. Blöder Gedanke.

Kurz vor sechs senkte der Nebel sich endgültig über den See. Ein Kanonenschlag signalisierte den Beginn des Feuerwerks. Das war auch notwendig, denn anstatt brillant und knallbunt zu funkeln, erzeugten die Raketen nur blasse, pastellfarbene Flecken im Nirgendwo. Ein Hoch auf die Tradition.

Zwei Stunden später hatte die Seepromenade sich geleert, und Holzhammer konnte heimfahren. Als er in der Stanggass aus dem Auto stieg, lag ein Hauch von verbranntem Kunststoff in der Luft. Hatte da jemand in einem Anfall von Weihnachtsfrust seinen Plastikbaum verbrannt? Wohl eher einen Haufen Weihnachtsgeschenkverpackungsmüll. Marie konnte es jedenfalls nicht gewesen sein, dafür war sie viel zu umweltbewusst. Außerdem würde sie nicht in seiner Abwesenheit den Kamin anfeuern.

Holzhammers Blick fiel auf die beiden gelben Säcke, die zur Abholung an der Straße lagen. Da waren auch Verpackungen drin, und auch die würden verbrannt werden, bei hohen Temperaturen. Es war allgemein bekannt, dass die Hinterlassenschaften des dualen Systems im Talkessel gemeinsam mit dem sonstigen Müll «energetisch behandelt» wurden. Eigenartig, dass Marie die Dinger hinausgeschafft hatte, normalerweise war das seine Aufgabe.

Er besah die Säcke näher. Durch die fragile Hülle des einen hatte sich etwas hindurchgebohrt – ein dünnes Metallrohr. Etwas Geschmolzenes war darumgeschlungen, das einmal ein Tragegurt gewesen sein mochte.

Holzhammer spähte die Straße auf und ab. Niemand zu sehen. Er ließ die Säcke liegen und ging ums Haus herum, die Außentreppe hinunter in den Keller. Dort riss er schnell zwei leere gelbe Säcke von der Rolle, stülpte sie ineinander, eilte wieder hinaus und versah das beschädigte Exemplar mit der doppelten Verstärkung.

Drinnen im Haus traf er auf Marie, die gerade seelenruhig seinen liebsten Winterpullover in ein Päckchen für notleidende rumänische Waisenkinder packte. Er gab ihr einen Kuss. Seine Entdeckung erwähnte er nicht. Nicht heute und nicht in Zukunft.

Ein paar Tage später wurde Christian Tölzer bis zur Verhandlung auf freien Fuß gesetzt. Die Gerichtsverhandlung im Februar endete mit einem Freispruch mangels Beweisen.

PS

Wer mehr über die Berchtesgadener Buttnmandl wissen möchte, braucht «Der Nikolaus und seine Buttnmandl» von Martin Hallinger.

MIX
Papier aus verantwortungsvollen Quellen
FSC® C083411

Das für dieses Buch verwendete Papier ist FSC®-zertifiziert.